KB043028

최약무패의 신장기룡

바하무트

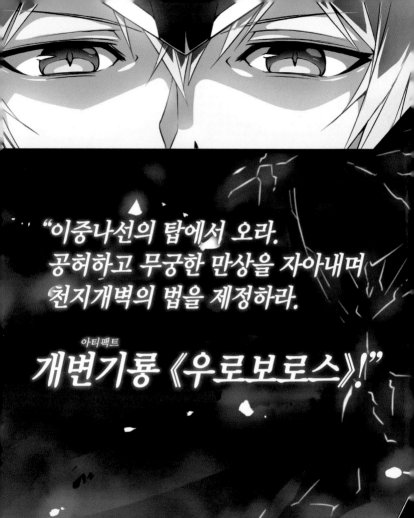

"이중나선의 탑에서 오라.
공허하고 무궁한 만상을 자아내며
천지개벽의 법을 제정하라.

아티팩트
개변기룡《우로보로스》!"

CONTENTS

UNDEFEATED
BAHAMUT
CHRONICLE

최약무패의

바하무트

신장기룡

15

아카츠키 센리 지음
카스가 아유무 일러스트
원성민 옮김

Character

룩스 아카디아

멸망한 아카디아 제국의 왕자.
『무패의 최약』이라고 불리는 기룡사.

리즈샤르테 아티스마타

아티스마타 신왕국의 왕녀. 붉은 전희(戰姬)라고 불린다.
신장기룡《티아마트》의 파일럿.

피르히 아인그람

아인그람 재벌의 차녀. 룩스의 소꿉친구이며 학원장의 여동생.
신장기룡《티폰》의 파일럿.

크루루시퍼 에인폴크

북쪽의 대국, 유미르 교국에서 온 유학생 클래스메이트.
신장기룡《파프니르》의 파일럿.

아이리 아카디아

구제국 황족의 생존자.
1학년이며 룩스의 친여동생.

세리스티아 라르그리스

『기사단』의 단장, 학원 최강의 3학년. 사대 귀족인 공작가 영애
이며, 신장기룡《린드부름》의 파일럿.

키리히메 요루카

『제국의 흉인』이라고 불리던 암살자 소녀.
룩스를 주인으로 인정하고 섬기고 있다.
신장기룡《야토노카미》의 파일럿.

후길 아카디아

섬기던 『창조주』를 배신하고 그 본성을 드러낸다.
개변기룡《우로보로스》를 부리는, 수수께끼로 가득한 강자.

World

장갑기룡《드래곤 라이드》

유적에서 발굴된 고대병기.
그중에서도 희소종이며, 높은 성능을 보유한 것은 신장기룡이라고 부른다.
또한, 장갑기룡의 파일럿은 기룡사《드래곤 나이트》라고 부른다.

유적《루인》

전 세계에서 발견된 일곱 개의 고대유적. 장갑기룡《드래곤 라이드》이 발굴된 이후, 국력을 좌우하는 중요한 거점으로써 각국 간에 세력 다툼이 일어나고 있다.

환신수《어비스》

유적에서 나타나는 수수께끼의 환수. 인류를 위협하는 존재이며, 기룡사만이 대항할 수 있다.

종언신수《라그라뢰크》

한 유적에 단 한 마리만이 존재한다는 초현실적인 힘을 숨긴 일곱 마리의 환신수.

『검은 영웅』

정체불명의 장갑기룡《드래곤 라이드》을 사용하여 단신으로 약 1,200기에 달하는 제국 장갑기룡을 쓰러뜨렸다고 하는 전설의 영웅.

아티스마타 신왕국

리즈샤르테의 아버지인 아티스마타 백작이 아카디아 제국에 대항하여 일으킨 쿠데타가 성공하며 5년 전에 건국된 나라.

아카디아 구제국

세계의 5분의 1을 지배했던 대국. 세계최강이라고 일컬어지던 압도적인 군사력을 바탕으로 압정을 펼쳤으나, 쿠데타로 인해 멸망하였다.
룩스와 아이리는, 이 제국 황족의 생존자.

칠용기성

갈수록 늘어나는 환신수의 위협에 대항하여, 세계협정의 가맹국에서 선출한 대표 기룡사들.

짐승이 그르렁거리는 듯한 땅울림이 고성 하늘에 울려 퍼진다.

마르카팔 왕국, 페도 게르니카.

불타 무너진 성벽과 온갖 잔해의 산.

전화(戰火)의 잔재가 하얀 연기를 뿜어내고 있는 그곳에서는 두 진영이 대치하고 있었다.

『창조주(로드)』의 유산인 『대성역(아발론)』을 차지하기 위해, 이 땅에서 많은 전사들이 피를 흘렸다.

그리고 지금, 남아 있는 마지막 전력이 부딪치려 하고 있었다.

한쪽은 세계 연합에 가담한 마기알카 젠 반프리크를 필두로 하는 『칠용기성』.

신장기룡 《요르문간드》를 착용한 주황색 머리카락의 소녀는 무참한 전장의 풍경에도 동요하지 않고 대담한 시선으로 적을 바라보고 있었다.

일곱 개의 거대 장갑팔을 가진 이질적인 형태의 기룡을 조종하는 탓에 그녀의 자세는 독특했지만, 언제든지 적을 공격할 수 있도록 준비한 채 입을 열었다.

"앞으로 10분 뒤면『대성역』이 기동하고 세계의 재편성이라는 게 시작된다고 했지, 후길— 영웅이라 불리는 자여."

"……."

2백 메르 앞 위치에서 《바하무트》를 장착한 후길은 아무 대꾸도 하지 않았다.

여유로운 웃음을 유지한 채 잿빛 눈동자로 주위를 둘러볼 뿐이었다.

발밑에 굴러다니는 두 구의 시체는 『대성역』의 정통한 후계자였을 터인 『창조주』 리스테르카와 『열쇠 관리자』 미스시스다.

『방주』의 휴면 포드에서 잠들어 있던 그녀들을 깨우고 여기까지 인도했을 터인 사내는, 이 마지막 국면에서 주군을 배신하고 살해했다.

"……다들, 조심, 해."

약간 떨어진 후방에서 엎드려 있던 룩스는 의식을 되찾고 멀리서 그 광경을 바라보았다.

쉬어버린 목을 쥐어 짜내며, 이제 결전에 임하는 동료를 향해 말했다.

그러나 당연하게도 목소리는 닿지 않았다.

그럼에도 불구하고 손을 뻗어 일어나려고 힘을 주었다.

후길이 《바하무트》를 애용하는 이유를, 일찍이 그것과 맞서 싸워서 실력의 편린을 경험해본 룩스는 안다.

이 사내가 기룡사로서 범접할 수 없는 독보적인 경지에 올라섰다는 사실을.

그리고 자신의 사명을 방해하는 존재를 무자비하게 배제한다는 사실을.

『—영웅은 운명에 저항하고 구제를 바라지. 약자의 편이다.』

5년 전. 형이었던 후길이라는 사내가 룩스에게 남긴 말.

그 진정한 의미를 룩스는 이해했다.

아니— 지금 막, 잊고 있던 기억의 늪에서 건져냈다.

그러나 그 사실을 전할 여력이 이제는 없었다.

"예전부터 네놈을 조사해왔다만, 결국 내 정보망에는 걸리지 않았지. 흥미가 동하지만, 시간이 없구먼. 이야기는 그대를 다 함께 두들겨 패면서 듣도록 함세."

마기알카의 눈매가 매서워지고 입가에 섬뜩한 미소가 떠올랐다.

그녀의 말에 응하는 것처럼 에이릴과 『칠용기성』이 포위망을 좁혔다.

"—간다!"

신장기룡《쿠엘레브레》를 착용한 칙칙한 금발 소년 그라이퍼 네스트가 짧게 외치며 전방으로 비행.

사복검형 특수무장《용미연검》을 나선 궤도로 휘둘렀다.
테일 블레이드

동시에 발동한 신장《광자잠행》에 의한 무적화로 후길의
포톤 다이브
《바하무트》의 즉격을 경계하지 않고 밀어붙였다.

그러나 후길은《바하무트》의《폭식》을 기동하지 않고 그라
리로드 온 파이어

이퍼의 일격을 대검으로 튕겨냈다.

《테일 블레이드》를 흘려내며 후길 자신은 그라이퍼의 왼쪽으로 이동.

특수 무장 《낙인검》으로 순식간에 바꿔 들고는 《쿠엘레브레》의 등날개를 베려고 했다.

하지만 그 일격은 간단히 튕겨 나갔고, 그 여파로 《바하무트》와 후길은 뒤로 쭉 밀려났다.

"……핫! 쓸데없는 짓이다! 《광자잠행》이 있는 이상, 날 공격해봐야 아무짝에 소용없다고!"

빛의 입자에 뒤덮인 《쿠엘레브레》는 주위로 충격을 확산하여 모든 공격을 무효화 한다.

그리고 그라이퍼는 앞으로 몇 초는 더 신장을 유지할 여유가 있었다.

"……《폭식》."

그러나 추격하려는 찰나에 후길의 《바하무트》가 진홍색 빛을 띠었다.

그것을 본 직후, 온몸의 털이 곤두서는 듯한 전율이 그라이퍼를 꿰뚫었다.

"―큭?!"

반사적으로 비행 궤도를 틀면서, 그라이퍼는 수십 메르 가량 거리를 벌렸다.

그 모습을 본 메르 기잘트는 어이없다는 투로 소리쳤다.

"뭘 겁먹고 그래? 당신의 신장은 아직 더 유지할 수 있잖

아. 우리의 지원을 믿을 수 없다는 거야?"

"무모한 도전의 아이콘도 이젠 옛말인가 보네."

로자가 더욱 놀리고, 이어서 한마디 하려던 소피스가 입을 다물었다.

사실상 어떤 공격도 받지 않은 것과 다름없건만, 그라이퍼가 땀을 비 오듯 흘리고 있음을 알아차렸기 때문이다.

"그라이퍼, 무슨 일이 있었어?"

"글쎄다. 전혀 모르겠어. 단순한 직감, 아니— 잠시 생각해보고 겨우 알아냈다고. 어째서 내가 녀석과 거리를 벌린 건지."

몇 초 후, 그라이퍼는 자신이 느낀 위화감을 설명했다.

"정확히 5초 뒤였어. 저 놈이 《폭식》을 발동한 타이밍과 내 《광자잠행》의 효과가 사라지는 시간이 **일치**하더군."

《바하무트》의 신장인 압축 강화는 5초간 에너지나 온갖 현상을 격감시킨 후 5초간 몇 배로 증폭시킨다.

예를 들어 시간을 가속한다면 5초 후 몇 배의 속력으로 움직일 수 있게 된다.

"후길이 고속으로 움직이게 되는 타이밍에 그라이퍼의 무적화 《광자잠행》이 해제된다…… 그 타이밍이 완전히 일치해서, 너는 경계하고 깊이 추격하지 않은 거지?"

"그래……"

에이릴이 묻자 그라이퍼는 즉시 수긍했다.

두 사람의 대화를 듣고 나머지 《칠용기성》은 사태를 이해하고 숨을 죽였다.

후길은 자세가 무너진 척하며 유인한 후 그라이퍼를 처리하려고 했다.

본디 상황에 따라 달라지는 《광자잠행》의 지속 시간을 완벽하게 간파하고 《폭식》으로 즉격을 시도하려던 그의 전략에 경계심을 더욱 곤두세웠다.

"⋯⋯."

그라이퍼는 에이릴의 지적을 긍정했지만, 실제로는 반쯤 틀렸다.

『탐랑(貪狼)』, 탐욕스러운 늑대라고 불릴 만큼 호전적이고 물불을 가리지 않는 그라이퍼의 성격을 생각하면, 그 정도 위험이 예측된다 해도 개의치 않고 돌격했을 것이다.

경종을 울린 것은 이성이 아닌 소년 자신의 본능이다.

그때 후길이 보인 표정.

어떠한 감정도 담기지 않은 미소를 짓고 있었지만, 순수한 살의가 느껴졌다.

그것도 사람에 대한 적의가 아닌, 나뭇가지라도 부러뜨리려는 듯한 낌새가.

위태로운 사선을 누비며 살아남는 것에 특화된 재능 덕에 가까스로 죽음의 덫을 회피했다 할 수 있었다.

"과연 『성식(聖蝕)』의 구제를 받은 값은 하는군. 하지만 그렇게 몇 번이나 목숨을 건질 수 있을 거라 생각하지 마라."

거리를 두고 체공하고 있던 후길이 불쑥 입을 열었다.

발동한 《폭식》의 효과가 끝나길 기다리기 위해, 그라이퍼는 최대한 경계하면서 대화에 응했다.

"……? 무슨 개소리야? 잠꼬대라면 저세상이나 감옥에서 하셔."

"네가 그렇게 장갑기룡^{드래곤 라이드}을 사용할 수 있게 된 건 『성식』의 엘릭시르를 투여받은 덕분이란 말이다. 기억 못 할지도 모르겠지만, 사실이지."

"……!"

그 말을 들은 에이릴의 표정이 팍 일그러졌다.

예전에 코랄이라는 신분으로 위장했을 때, 그라이퍼는 취중에 어떤 얘기를 한 적이 있다.

기룡 적성이 없어 장갑기룡을 다룰 수 없었던 그라이퍼는 무리해서 훈련을 계속하다 죽을 뻔했다고. 그때 수수께끼의 소녀와 만나 기룡을 다룰 수 있게 됐다고.

"설마, 『성식』의 소행이라는 거야? 대체 뭘 위해서……."

"─구제다."

에이릴의 질문에 후길은 즉답했다.

온화하며 편안한 표정.

그 눈가에 드리워진 심연의 그림자에 모두의 등줄기가 싸늘하게 얼어붙었다.

"그녀는 구하고 싶다고 생각했지. 모두에게 버림받은 가련한 자, 잔혹한 운명에 사로잡힌 순수한 자, 각오를 다지고 호기에 목숨을 건 자. 소중한 누군가를 구하고자 싸우는 자에게, 도움을 요청하는 자에게 손을 내밀고 싶다고 그녀는 기도

하고, 바라였다."

"......."

"아샤리아 레이 아카디아. 그녀는 아카디아 일족과 『열쇠 관리자』의 혼혈이며— 진부한 말로 표현하자면 천부적인 기술자였다. 황위를 얻은 그녀는 당시 황족의 적으로 여겨지던 나를 비호하고, 호위로 삼았다. 황국의 내란을 수습하고 평화로 인도하기 위해서. 그리고 그 후에는 세계에 진정으로 구제하기 위해서 『대성역』을 사용하기로 계획했지. 1천 년도 더 전에 말이다."

"......무슨 말을 하는 거야—? 관계없는 옛날애기로 시간을 벌 셈이라면 나중에 하지 않겠어?"

로자는 곤혹스러워하며 코웃음 쳤다.

《바하무트》의 신장이 지속 시간이 지나 해제된 틈을 타 다시 공격하기 위해 《고리니시체》로 활주해서 거리를 좁혔다.

그러나 배후에서 접근하는데도 불구하고 후길은 미동도 하지 않았다.

"그게 바로 저 아샤리아. 『대성역』의 자동인형^{오토마디}이자 『성식』의 모델이 된 인물인가……."

에이릴의 지적에 후길은 냉소로 대답했다.

동시에 포격 사정거리 내에 들어온 《고리니시체》의 기룡식 포^{캐논}가 굉음과 함께 불을 내뿜었다.

투쾅—!

고막을 강타하는 작렬음.

넘실대는 에너지 격류가 일직선으로 《바하무트》의 등날개에 육박했다.

후길은 앞을 본 채 《카오스 브랜드》를 뒤로 들며 방어 자세를 취했다.

그 순간 후길 바로 옆에서 접근하던 소피스가 신속하게 《브리트라》의 신장을 발동했다.

"……《바람의 위광》!"
<small>마하푸라나</small>

표적은 후길이 아닌 《고리니시체》가 해방한 포격 에너지.

가드하는 《카오스 브랜드》를 피하는 움직임이 아니라, 빛줄기를 확산시키기 위한 궤도 조작을 시도했다.

일격의 위력은 약해지지만, 그만큼 회피 난이도가 대폭 상승한다.

일단 후길의 자세를 무너뜨린 후 에이릴이나 메르, 마기알카가 추격타를 시도할 작정이었다. 그러나―.

"―홋."

후길이 슬쩍 웃은 순간, 그의 모습이 사라졌다.

전원이 공격 대상을 놓치고 경계심을 최대로 높인 찰나에 마기알카의 노성이 날아왔다.

"모두 뒤로 물러나게! 그대들의 등은 내가 보호하겠네!"

신장기룡 《요르문간드》의 일곱 개의 거대한 팔을 동시에 뻗어 주위에 있는 아군의 뒤를 막았다. 나머지 두 개의 장갑팔은 마기알카 자신의 뒤와 앞에 두었다.

"《우로보로스》의 특수 무장 《생사유전》……. 사정권 내의
<small>제로 원</small>

대상을 없애고 자유롭게 원래대로 출현시키는 힘이지만, 내 예상이 옳다면 그게 전부가 아닐 걸세."

마기알카는 이마에서 식은땀을 흘리며 중얼거렸다.

후길 자신도 간섭할 수 없는 공간으로 진입할 수 있다는 게 장점이지만, 그렇게까지 위협적이지는 않다.

문제는 그 다음이다.

"설마, 녀석은 저 상태에서도—."

에이릴이 중얼거린 찰나, 눈앞에 붉게 발광하는 《바하무트》가 출현했다.

동시에 《요르문간드》의 장갑팔과 에이릴의 《자하크》가 반응했다.

섬광 같은 속도로 휘두른 특수 무장 《용인광편》과 최단 최속으로 움직인 거대한 주먹.

그러나 양쪽 다 가속한 《바하무트》에 대처하지 못했다.

《제로 원》으로 근처에 다시 나타난 후길이 에이릴에게 곧장 돌진하며 참격을 날렸다.

'늦었어……! 당한다!'

에이릴이 속으로 각오한 찰나, 억지로 끼어든 그라이퍼와 《쿠엘레브레》가 방패가 되었다.

《광자잠행》의 무적 효과로 공격을 방어하자, 후길은 뒤로 도약하며 거리를 두었다.

남은 『칠용기성』이 반격에 나서는 것보다 빠르게 회피한 형국이었다.

간발의 차이로 격추당하는 것을 피한 에이릴은 안도의 한 숨을 내쉬었고, 마기알카의 표정도 풀어졌다.

"—후우. 그라이퍼, 그대의 명령 위반 덕분에 살았구먼. 그 나저나 저 녀석이 이 타이밍에 에이릴을 노릴 거라고 용케 예 측해냈군."

"덕분에 살았어. 고마워, 그라이퍼."

에이릴도 이어서 그렇게 말하자, 그라이퍼는 무뚝뚝한 표정 을 유지한 채 대답했다.

"뭐, 그냥 감이었지. 만약 녀석이 이 세계에서 모습을 지운 상태에서도 움직일 수 있다면, 《바하무트》의 《폭식》의 틈을 없애기 위해 쓸지도 모른다고 생각했거든."

"——."

《폭식》에 의한 압축 강화의 약체화.

그 무방비한 첫 5초를 《우로보로스》의 《제로 원》을 이용해서 간섭 불가능한 공간으로 회피한 거라면 가공할 만한 연계다.

위험부담 없이 몇 배 이상으로 가속하고 파괴력을 증강하 여 일방적으로 상대를 유린할 수 있다.

"틀림없이 딱 5초 뒤에 나타날 거라 생각했다고. 아까 나와 맞붙었을 때처럼 말이야. 그때의 보답인 셈이지."

압축 강화의 약체화 시간은 5초.

조금 전 후길이 《광자잠행》의 효과가 끝나는 타이밍을 예 측한 것처럼, 이번엔 그라이퍼가 후길의 심리를 읽은 것이다.

"나를 맨 처음에 노릴 거라는 건 어떻게 알았어?"

"……그냥, 가까워서 도와줬을 뿐이라고. 우연이지."

"넌 여전하구나."

에이릴은 쓴웃음을 지으며 다시금 앞에 있는 적을 향해 시선을 돌렸다.

그러나 지금부터가 문제였다.

이번에는 다행히 그라이퍼의 기지 덕에 피했지만, 다음도 잘 되리란 보장은 없다.

그라이퍼의 《광자잠행》 같은 무적화를 먼저 발동해두는 것 외에 막을 수단은 없는 것일지도 모른다.

그 자리에 있는 모두가 상황을 이해하고 재차 경계심을 강화했을 때.

"과연. 역시 강하구먼, 영웅이여."

마기알카가 당당한 웃음을 머금으며 말로 후길을 견제했다.

"《바하무트》의 약점을 《우로보로스》의 특수 무장으로 보완하다니. 그대가 모든 기룡을 조종할 수 있음에도 불구하고, 그걸 애용하는 연유가 이해되는구먼."

"……."

후길은 아무 대꾸도 없었다.

그저 변함없이 위엄 있는 미소를 지은 채 허공에 떠 있을 뿐이었다.

"헌데, 비밀은 그뿐만이 아닌 듯하군. 그대는 그 허리에 찬 기공각검(소드 디바이스)을 써서 두 개의 특수 무장을 구사하고 있지. 《우로보로스》 본체가 없는데, 그런 기예가 가능하단 말인가?"

"그건, 확실히 그러네."

소피스도 『열쇠 관리자』로서 생각하는 바가 있었는지 무감정한 한마디를 덧붙였다.

계속해서 에이릴도 동의하며 고개를 끄덕였다.

"맞아……. 《윤회전생》으로 창조한 《바하무트》만이 아니라, 다른 특수 무장까지 자유자재로 사용한다는 건—."

장갑기룡의 기본 원칙을 생각하면 의문스러운 상황이었다.

기룡이 존재하지 않으면, 그 기능을 온전히 활용하는 것은 불가능하다.

"하지만 《우로보로스》의 본체 같은 건 어디에도 안 보인단 말이지—. 어지간히 거대하거나, 아니면 작거나, 그것도 아니면—."

"이미, **보고 있다면?**"

"……흡!"

로자가 중얼거린 말에 에이릴의 말이 겹쳐치자 모두가 숨을 짧게 들이마셨다.

그 직후. 미소를 흘린 마기알카가 위화감의 정체를 정리해서 말했다.

"아무래도 나도 속고 있었던 모양이로구먼. 이미 보이고 있을 줄이야. 네놈이 가진 개변기룡 《우로보로스》가 『대성역』의 정체였다니."

"—뭐라고?"

그 말에 그라이퍼가 자기도 모르게 놀라 소리쳤지만, 후길은 여전히 미소를 머금고 있었다.

그러나 그 말을 들은 에이릴은 속으로 수긍했다.

모든 신장기룡을 특수 무장으로 사용할 수 있는 《인피니티》라는 기구도 《우로보로스》가 『대성역』 그 자체라면 이해할 수 있다.

"그리고 아마도 《우로보로스》는 비행형, 육전형, 특장형의 기능도 갖추고 있겠지? 지금까지 치른 전투를 그것에 기록해 두고 그 정보를 관리하고 있다면 그라이퍼가 사용한 신장의 최대 지속 시간쯤은 손쉽게 파악할 수 있을 터야."

"실질적으로 적은 『대성역』의 서포트를 받고 있다는 뜻?"

소피스가 아무 표정 없이 보충했지만, 그 내용은 무시무시했다.

《우로보로스》는 지금까지 그 전모를 보여주지 않았을 뿐, 편린은 이미 나타나 있었다는 뜻이다. 즉 『대성역』의 가늠할 수 없는 능력과 직접 싸워야 한다는 것이었다.

"반쯤 정답, 이라고 해둘까."

후길은 한 호흡 두고서 포상이라도 주는 듯한 투로 대답했다.

"『대성역』은 제0 유적 《우로보로스》의 반신이다. 『한계돌파』에 쓰이는 것처럼 강화 부품에 불과하지. 하지만 그걸 알아낸들 달라지는 게 있나?"

"지금까지 숨겨둔 주제에 말은 잘하는구면. 아무래도 네놈만 그 기구를 이용하여 이 역사에서 내키는 대로 행동해온 듯싶은데 말이지."

무언가 확신이 있는 것인지 마기알카가 강경하게 미소 지으며 말했다.

그러자 공중에 떠 있던 후길은 조용히 자세를 풀고 《카오스 브랜드》의 끝을 아래로 내렸다.

"내키는 대로란 말이지. 돈과 권력으로 많은 걸 복종하게 해온 네 녀석에게 그런 소릴 들을 줄이야."

"그 대답은 뭐지? 정당한 수단으로 이 자리에 올라선 나를 질투하는 겐가?"

조롱 섞인 웃음을 흘리는 마기알카를 보며 후길은 코웃음 쳤다.

"나는 말이다, 너희를 죽이고 싶진 않아. 『칠용기성』들이여."

"──."

에이릴을 포함한 『칠용기성』 일행의 표정에 약간의 긴장과 의문이 떠올랐다.

그건 너무나도 자연스럽게 튀어나온 항복 권고였다.

"실제로, 너희는 참으로 대단하다. 단순히 재능이 있을 뿐만 아니라, 인생에 몇 번이나 찾아온 시련을 극복해냈지."

그라이퍼 네스트는 가문이 몰락한 후 빈민가에서 자랐다.

기룡사가 될 재능이 없었음에도 불구하고, 필사적인 노력과 정신력으로 그 운명을 뒤집었다.

메르 기잘트는 어려서 환신수에게 일가족을 빼앗기는 불행을 겪었건만, 그 후 재기하여 최연소 천재 기룡사로서 정상까지 올랐다.

로자와 소피스, 에이릴 역시 가혹하고 기구한 운명에 지지 않으려고 저항하며 자신의 신념을 관철하려 했다.

"너희에겐 자격이 있다. 규범으로써, 전설로써, 많은 미숙한 자들을 이끌 자격이 말이지. 앞으로 도래할 세계에서 새로운 선택을 할 자격, 혹은—"

담담하고 온화한 미소를 머금은 채 자아내는 말.

그런 후길의 눈에 빛은 없었다.

"혹은, 다음 왕이 될 자격. 내가 고대하던 존재가 나타날지도 몰라. 나는 기대하고 있다. 그러니 이제 그만해라. 이『대성역』의 정보까지 알 필요는 없다. 모든 것을 잊은 세계에서, 새로운 길을 선택해라."

망설임 없는 어조에서는 후길의 진의를 엿볼 수 있었다.

이대로 손을 떼라고. 그래도 너희에게 해를 끼치지 않을 것이라고. 그러나—

"모든 걸 잊으란 말이지. 과거에 무슨 짓을 해왔는진 모르겠다만, 에이릴이 네놈의 정체를 대강 설명해주었다. 네놈의 손바닥 위에서 춤추는 인생을 살라는 말인가. 네놈에게 무슨 짓을 당할지도 모르는 채로,『성식』도 내버려 두라는 말인가? 동지들이여, 어떻게 생각하는가?! 저놈의 말을 따를 텐가?!"

마기알카는 구태여 큰 목소리로 주위에 있는 동료들에게 물었다.

기운을 북돋우려는 의도에서 용성을 쓰지 않는데, 예상 이상의 대답이 돌아왔다.

"—웃기지 마. 내 불행도 행복도, 전부 내가 얻어온 거야.

다 안다는 것처럼 마음대로 주무르려 하지 마, 영웅 씨."

가변형 기룡 《드래이그 귀버》를 두른 소녀, 메르 기잘트는 동료를 언제든지 도와줄 수 있도록 집중하며 《상극의 천리》^{듀얼 시프트}의 발동을 준비했다.

온도를 자유자재로 조종하는 그 신장은 대기의 굴절로 인한 거리감 오차, 돌풍, 열이나 저온에 의한 피해 및 기룡의 작동 불량, 심지어 지형 변화까지 손쉽게 일으킨다.

상황에 따라 최적의 전술을 선택해서 다종다양한 공격을 퍼부을 수 있는 그녀의 재능.

그렇게 연마해온 기술을 집중해서 후길을 쓰러뜨릴 기회를 노렸다.

"이젠, 남이 시키는 대로 사는 건 지긋지긋해—. 룩스 님 명령이라면 환영이지만."

신장기룡 《고리니시체》를 두른 붉은머리 로자 그랑하이드는 배후에서 거리를 좁히며 후길의 허점을 찾았다.

그녀의 특기는 의태. 재구축을 통해 어떤 형태로도 변형할 수 있는 《연옥기구》를 구사한다.

그리고 로자 자신 또한 적을 속이고 기망하는 싸움을 장기로 삼는다.

"하지만 더는 내 본심을 속일 생각은 없다고—."

자신의 약함을 외면하기 위해 도망치던 길은 이미 끊겼다.

망설임도, 두려움도 없었다. 구원의 손길을 내밀어준 룩스의 은혜에 보답하고 싶을 따름이었다.

"나도— 받아들일 수 없어. 누군가에게 맡긴다는 건, 신뢰한다는 뜻. 룩스는 날 신뢰해주었어. 상처 입으면서도 손을 뻗어줬어. 당신과는 달라."

갈색 피부의 『열쇠 관리자』 소피스가 중얼거리자 옆에 있던 에이릴도 특수 무장 《블레이즈 윕》을 꽉 쥐었다.

"나는 『창조주』야. 내가 생각한 방식으로, 이 세계의 이상적인 모습을 찾아낼 거야."

자매를 잃은 《자하크》를 두른 에이릴의 외침.

그라이퍼는 그 옆에서 여느 때처럼 못마땅한 표정을 지은 채 말했다.

"내겐 다른 녀석들 같은 대의는 없지만, 딱 하나 아는 게 있어. 너무 사람을 얕보지 말라고, 영웅 양반."

모두가 회유의 말을 걷어차고 임전태세를 취했다.

그 직후 마기알카가 대담하게 웃으며 손가락을 딱 울렸다.

"다들 그렇다는구먼. —각오는 되었는가, 영웅이여!"

그 말을 방아쇠 삼아, 세계 최강의 기룡사들이 일제히 움직였다.

『성식』을 저지하고 세계를 붕괴에서 구해내기 위한 싸움.

그들의 긍지와 의지를 담은 전력이, 기룡을 통해 해방되어 전투의 막이 열렸다.

『대성역』의 제어실— 중추에서 솟아오른 빛 앞에 선 사내는, 자신을 뒤덮은 칠흑빛 기룡으로 날아오르며 대검을 높이 들어 올렸다.

"다들— 싸우면서 내 얘기를 들어줘."

에이릴의 긴장 어린 목소리가 기룡을 통해 증폭되어 모두에게 전달됐다.

"내가 아는 걸 알려줄게. 『대성역』에 숨겨진 진정한 기능을."

Episode 1　평화의 시작

"─오빠. 일어나세요. 들어갑니다?"

"아, 응……."

살짝 노크하는 소리와 귀에 익은 동생의 부드러운 목소리.

룩스가 건성으로 대답하자 문이 열리고 인기척이 다가왔다.

"정말, 당분간 잡일을 안 해도 된다지만 대체 언제까지 자려는 거예요? 오늘은 정기 검진일이니까 준비 잘하세요."

"으, 으응……."

아이리가 커튼과 창문을 열자 햇빛이 들어오고 고요한 아침 공기가 흘러들어왔다.

반질반질한 윤기가 흐르는 목조 공간.

어딘지 모르게 고급스러움을 풍기는 고풍스러운 인테리어.

이곳은 신왕국, 성채 도시의 왕립 사관 학원.

룩스는 여자 기숙사에 있는 자신의 정든 방에서 자고 있었다.

룩스는 몽롱한 의식을 깨우고, 침대 위에서 몹시 나른한 몸을 일으켰다.

"아이리……? 오늘이 며칠이더라?"

"1월 10일이에요. 얼른 세수하세요. 아침 식사 시간이 끝나겠어요."

"그런가, 그랬지 참."

룩스는 침대에 앉은 채 한 차례 심호흡을 했다.

아직 완벽하게 회복되진 않았지만, 신체에 심각한 위화감이나 후유증은 남지 않았다.

그 치열한 격전을 헤쳐 나온 결과로써는 기적에 가까운 행운이나 다름없다.

"오빠, 괜찮아요? 제가 먹여드릴까요?"

아이리의 놀림을 쓴웃음으로 받아넘기며 남매는 함께 식당으로 향했다.

학원 전속 실력파 요리사가 만든 아침 식사는 여전히 맛있었다.

마르카팔 왕국의 폐도 게르니카에서 펼쳐진 세계의 운명을 판가름하는 최종 결전.

그 뒤로 벌써 2주가 흘렀다.

각국 대표인 『칠용기성』과 신왕국의 『기사단』. 그리고 세계 연합의 기룡사들.

리스테르카를 위시한 『창조주』들의 세계 통치를 저지하고 인간형 종언신수 『성식』에 의한 세계붕괴를 막기 위해, 룩스와 그 동료들은 사력을 다했다.

각국에서 선출된 기룡사 중 상당수가 희생됐지만, 리샤 일행은 전부 무사하다는 것이 유일한 위안이었다.

그리고 몰래 독점을 획책하던 싱글렌을 야망을 분쇄하고 『대성역』을 손에 넣는 데 성공했다.

그 승리야말로 그 무엇보다도 낭보였다.

룩스가 쓰러진 후 마기알카를 포함한 『칠용기성』이 제어실에 도착했고, 에이릴이 중추와 연결됐다.

자동인형 아샤리아가 부과한 세 개의 시련을 무사히 이겨내고『대성역』의 숨겨진 기능을 파악.

우선 인간형 라그나뢰크 『성식』의 재생을 저지한 시점에서 힘이 다해 일시적으로 후퇴했다.

이 대전으로 기룡사를 다수 잃은 각국은 구시대의 유산과 기술이 잠든 『대성역』을 그냥 둘 이유가 없었지만, 관리할 수 있는 에이릴을 잃게 된다면 본전도 찾을 수 없다.

『대성역』의 관리자가 된 에이릴의 감시는 각국이 돌아가며 맡기로 결정되어, 그녀는 일단 신분을 보장받게 되었다. 그리고—.

우선 신왕국이 그 신병을 맡게 되었다.

"잘 먹었습니다. 그럼 아이리. 나중에 삼화음^{트라이어드}에게 병문안 다녀올게."

"네. 부탁할게요, 오빠."

참고로 아이리가 함께 다니는 이유는 오랜만에 학원에 나온 룩스가 여학생들에게 에워싸이는 것을 피하기 위해서라는 모양이다.

『성식』의 존재와 세계붕괴 위기 자체는 리스테르카의 선동으로 학원에도 전달됐지만, 룩스 일행이 이를 막기 위해 마르카팔 왕국으로 향했고, 훌륭하게 해냈다는 사실도 모든 학생들에게 전달됐다.

지금까지 요양하느라 만날 수 없었던 룩스에게 물어보고 싶은 것도 산더미처럼 쌓여 있을 테니 질문 공세는 피할 수 없으리라.

원래는 학원 명물 트라이어드가 그런 상황을 막는 방파제가 되어주었지만, 그녀들도 막심한 부상과 피로 때문에 요양하는 중이다.

학원에 있던 치료용 포드도 결국 에너지가 바닥났는지, 모두를 최소한으로 치료한 후 완전히 기능을 정지했다고 한다.

게다가 요루카를 제외한 『기사단』의 주력— 리샤 일행은 각자 집으로 돌아갔다.

골절 등의 부상은 대체로 나았지만, 피로를 풀기 위해 휴양하게 되었다.

기숙사 계단에서 아이리와 헤어진 룩스는 방에서 잠시 휴식한 후에 교실로 향했다.

계속 몸져누워 있던 룩스에게는 새해 첫 수업이 시작되었다.

"그러고 보니 반 친구들을 보는 것도 오랜만이구나."

처음 이곳에 왔을 때는 청일점이라 어색했지만, 지금은 그녀들과 대화할 수 있다는 게 진심으로 기뻤다.

"오랜만이야, 룩스 군! 세계를 구했다면서? 고마워!"

"하아…… 네가 없는 동안 얼마나 부탁할 일이 많았는데.

다 나으면 알려줘. 예약할 테니까."

"뭐야, 티르파가 없다고 해서 몰래 앞지르기 없기야. 우리도—."

아니나 다를까 조례가 시작되기 전에 급우 소녀들에게 둘러싸였지만, 곧 교실에 들어온 라이글리 교관의 일갈에 후다닥 흩어졌다.

"새해 벽두부터 어수선하군. 지금 자리에 앉지 않은 사람에겐 과제를 줄 거다."

아름다운 묘령의 교관.

라이글리의 늠름한 얼굴과 분위기도 룩스에겐 무척 오랜만이다.

그녀는 훔쳐보는 것처럼 룩스를 흘끗 보고 상태를 확인한 후에 말을 재개했다.

"이번 전쟁으로 세계 각국은 많은 기룡사를 잃었다. 신왕국도 마찬가지지. 유적의 위협은 일단 사라졌지만, 귀공들은 한시라도 빨리 제 몫을 하는 사관으로 거듭나 앞으로 신왕국을 지탱해줄 주춧돌이 되어야만 한다."

라이글리의 어조는 진지했다.

물론 이 학원 외에도 각지에서 사관을 육성하고 있지만, 필요한 인원에 비해 그 숫자는 너무나도 적었다.

마르카팔 왕국 원정 때 병사를 빌려준 사대귀족도 제법 많은 병사를 잃었지만, 왕도로서도 묵과할 수 없는 중대한 문제였다.

이런 상황에서 환신수나 『용비적』 같은 외적이 습격한다면 잠시도 버티지 못하리라.

"이 학원도 아직 갈 길이 멀어. 신왕국의 내일은 귀공들에게 달려있다. 다들 잘 알아들었나? 그럼, 수업 전에 편입생을 한 명 소개하지."

"엑……?"

학생들의 표정이 굳고, 교실 내에 당황하는 기색이 감돌았다.

이런 타이밍에 편입생이라니 누구일까?

아마도 모두가 그런 생각을 하고 있을 와중에 한 소녀가 교실에 들어왔다.

"처음 뵙겠습니다. 저는 『창조주』의 황녀. 에이릴 뷔 아카디아라고 합니다. 이곳에서 지내는 건 한 달 정도이지만, 그동안 잘 부탁드려요."

교실에 들어와 칠판 앞에서 인사하는 중성적인 용모의 예쁘장한 소녀.

룩스와 같은 은색 머리카락은 세 가닥으로 땋아 허리까지 길게 늘어뜨렸고, 서로 다른 색으로 빛나는 두 눈동자는 현실과 동떨어진 신비함을 자아냈다.

반하임 공국의 『칠용기성』 보좌관 『코랄』로 위장해서 몇 번 학원에 찾아오긴 했지만, 『창조주』 신분으로 나타난 것은 이번이 처음이었다.

'이게 어떻게 된 거야? 에이릴이 편입생이라니?! 심지어 치마를 입고 있잖아!'

원래는 엄연한 소녀이니 잘못된 옷차림은 아니지만, 룩스에게는 꽤 충격적이었다.

"어, 『창조주』에이릴 씨라면, 소문의 그 사람이지?"

"응. 우리의 아군이 되어준 사람인데…… 그건 그렇고 룩스 군이랑 정말 많이 닮았네. 머리카락 색이라든지……."

"왠지 코랄 군이랑도 닮은 것 같은데…… 잘생겼다. 아니, 예쁘네."

그렇게 수군거리는 소리가 들려오는 가운데, 룩스의 동요를 즐기는 것처럼 에이릴은 윙크했다.

"그렇게 됐으니, 다시 한 번 잘 부탁할게. 룩스 군."

에이릴은 교실 안에서 일어난 소란을 가르는 것처럼 걸어서 룩스 근처에 앉았다.

『창조주』이자 낯선 미소녀의 방문에 학생들은 다시 떠들어댔지만, 라이글리는 눈빛 한 번에 바로 정리하고 수업을 시작했다.

물론 에이릴 본인은 연합군의 협력자로 학원에 알려졌지만, 그래도 화제가 되기에 부족함이 없는 인물이다.

쉬는 시간마다 학생들에게 에워싸여 룩스와 함께 질문 공세를 받은 것은 당연한 수순이었다.

†

―점심시간, 학교 옥상.

학원의 유격부대 『기사단』의 호출이라는 핑계를 내세워서 룩스는 에이릴과 함께 가까스로 학생들에게서 도망쳤다.

"대체 어떻게 된 거야? 그 모습으로 학원에 편입하다니—."

"내 요청을 라피 여왕 폐하와 렐리 학원장님이 들어주셨어. 왕도에 있으면 표적이 됐을 때 오히려 지키기 어렵잖아."

요양 중이긴 하지만, 현재 에이릴은 『대성역』을 제어할 수 있는 중요한 인물이다.

그 능력을 탐내는 적대 세력이 언제 그녀를 노릴지 모른다.

이번 대전으로 수많은 기룡사를 잃은 왕도 주변보다는 신장기룡 사용자가 모여 있는 학원에서 지내는 게 안전하다고 판단한 듯했다.

사대귀족인 디스트 라르그리스에게 맡기자는 의견도 나온 모양이지만, 학원에는 딸 세리스티아가 있으니 안전할 것이라며 역시 학원 편입을 지지했다고 한다.

"하지만 의외네. 다들 생각보다 자연스럽게 에이릴을 받아들이다니—."

『창조주』라는 점은 에이릴이 아군이라고 국민들에게 설명해서 해결되었다 치더라도, 그녀가 인식 조작을 통해 코랄이라는 신분으로 위장한 사실을 조금은 추궁하리라고 생각했다.

"그 있잖아, 룩스 군이 잘 아는 거."

에이릴은 장난스럽게 미소 지으며 대답했다.

비취색으로 빛나는 눈동자는 『세례』를 받았다는 증거.

유적을 이용한 인식 조작 능력을 지니고 있다.

그러니 학생들이 코랄과 에이릴의 관계를 모름에도 불구하고 거부감 없이 받아들인 것은 딱히 이상할 게 없었다.

"하지만, 내가 인식을 조작한 요소는 그게 다야. 여기서 더 손댈 생각은 없어. 에이릴로서 살아갈 노력을 해야 하고, 무엇보다도— 이젠 거짓말이라면 지긋지긋하거든."

"그렇구나."

룩스가 고개를 끄덕이자 에이릴은 후련한 표정으로 제자리에서 빙글 돌았다.

짧은 치맛자락이 옥상에 부는 바람을 맞아 아슬아슬하게 뒤집히고, 룩스의 시선이 허공을 맴돌았다.

양손으로 누른 하얀 허벅지가 요염하고, 살짝 홍조가 떠오른 얼굴이 사랑스러웠다.

"……봤어?"

"그, 그게…… 조금."

레이스로 포인트를 준 하늘색 속옷은 중성적인 에이릴과 잘 어울렸다. 하지만 제아무리 룩스라 해도 곧이곧대로 말할 수는 없었다.

에이릴은 부끄러움으로 물든 뺨을 살짝 부풀리더니 「뭐, 룩스 군이라면 상관없지만」이라고 의미심장하게 한마디 했다.

"결국 나 자신이 아직 『여자아이』에 익숙하지 않나 봐. 어쩐지 하반신이 허전하고, 반 친구들도 아직 잘생겼다는 얘길 하고—."

"내가 보기엔 그…… 귀여운데."

"……웃!"

룩스가 저도 모르게 말하자 에이릴은 눈을 동그랗게 뜨며 움찔했다.

속옷을 보였을 때보다 훨씬 얼굴을 붉게 물들이고는 초조한 듯이 시선을 돌렸다.

"여자 교복, 잘 어울려. 편입한 거 축하해."

자연스럽게 그런 말을 할 수 있었던 것은 사탕발림이 아니라 진심이기 때문이다.

아니, 이번 전투가 끝난 이후로 룩스 자신에게도 변화가 생겼다.

소녀들을 향한 마음이 이전보다 훨씬 강해졌다.

단순히 친구로서의 친애가 아니라 이성으로서 호감을 품기시작했다.

"고마워⋯⋯. 아아~ 정말, 아쉬워라."

에이릴은 수줍게 대답한 다음 난처해하는 것처럼 뒤로 돌아섰다.

"아쉽다니?"

룩스가 고개를 갸우뚱하자, 작은 한숨이 돌아왔다.

"『협정』이 끝날 때까지, 정말 얼마 안 남았거든. 지금 확 말해버리고 싶은데—."

"뭐라고⋯⋯?"

안타까워하는 에이릴의 옆모습을 보며 룩스는 가슴이 쿵쾅대는 걸 느꼈다.

하지만 그녀는 대답하는 대신에 청명한 하늘을 올려다보며말했다.

"슬슬 돌아갈까? 점심 먹으러 가자."

코랄이라는 신분을 쓰던 때처럼 싹싹한 친구로서의 미소를 짓는 에이릴.

룩스는 알 수 없는 감정에 당황하면서도 에이릴과 함께 옥상을 떠났다.

†

방과 후가 되자, 룩스는 일단 에이릴과 기숙사 앞에서 헤어졌다.

좀 더 함께 있고 싶었지만, 룩스는 룩스대로 볼일이 있었다.

잡일 의뢰가 산더미처럼 쌓여 있긴 하지만, 그것보다 먼저 찾아가야 할 곳이 있었다.

우선은 학원을 나가 성채 도시의 꽃집으로 향했다. 그다음에는 시장에서 신선한 과일을 구입했다.

마지막으로 다시 학원으로 돌아와서 찾아간 곳은 기숙사의 어떤 방— 바로 아이리의 방이었다.

"룩스인데, 들어가도 될까?"

"Yes. 사양 말고 들어오세요."

담담하고 억양 없는 어조에 내심 안도했다.

이 방에는 아이리의 룸메이트이자 친구인 녹트가 있다.

2주 전의 사투에는 트라이어드까지 최종 결전에 참전했고 크게 다쳤다고 들었다.

다행히 후유증이 남을 걱정은 없다고 하지만, 목숨을 걸고 아이리를 지켜준 데에 대한 감사 인사도 할 겸 제일 먼저 만나고 싶은 상대였다.

"그럼, 실례할게— 우와?!"

방문을 열자마자 세 소녀의 모습이 보여서 당황하고 말았다.

분명 녹트만 있을 줄 알았는데 트라이어드 전원이 모여 있었다.

"오랜만입니다, 룩스 씨. 건강해 보여서 다행입니다. 후암……."

저녁인데도 조금 전까지 자고 있었는지 드물게도 잠에 취해 멍해 보이는 녹트를 발견했다.

연녹색 잠옷을 입고 한쪽 팔로 베개를 안고 있었다.

약간 팬시한 모습이었다.

"꼴사나운 모습이라 죄송합니다. 이제야 의료실에서 이쪽으로 오게 된 참인지라."

종자 가문의 딸인 녹트는 잠에서 막 깬 것처럼 보이는 자신의 모습을 부끄러워하는 듯했다.

무표정한 채로 살짝 뺨이 달아오른 모습이 귀여웠다.

"아냐, 신경 쓰지 마. 이렇게 축 늘어진 녹트라니, 뭔가 귀중한 걸 본 느낌인걸."

"어~쩨 말투가 음흉한데에. 루크찌, 갑자기 연하 취향에 눈뜨기라도 한 거야?"

한편, 검은색 베이스의 얇은 옷을 입은 티르파가 침대 옆 의자에 앉은 채 말을 건넸다.

골절은 휴면 포드에서 어느 정도 회복된 녹트와 다르게, 티르파는 한쪽 팔에 부목을 대고 있었다.

그래도 의식은 또렷했다. 저마다 피로나 입은 피해에 차이가 있는 듯했다.

티르파의 놀림에 쓴웃음을 지은 룩스는, 실제로 소녀들에 대한 정이 늘어났음을 깨달았다.

아까 에이릴 때도 그랬지만, 싸움이 일단락되면서 마음 한편이 편해진 탓일지도 모른다.

"티르파도 참, 룩스 군이 병문안 온다는 얘길 듣고 허겁지겁 몸을 단장한 주제에 잘도 말하는군. 조금 전까지만 해도 뻗친 머리에 속옷 바람으로 졸고 있었으면서."

"아 샤리스, 뭐야! 루크찌 앞에선 말 안 하기로 했잖아! 두고 봐, 곤란해하더라도 안 도와줄 거니까!"

티르파는 얼굴을 빨갛게 물들이고 당황하면서 2층 침대에서 내려온 샤리스에게 쏘아붙였다.

트라이어드 멤버 중에서 가장 연장자이며 리더인 소녀는 붕대와 부복으로 오른팔을 고정한 채 여느 때처럼 붙임성 있는 미소로 맞이해주었다.

"샤리스 씨도 오랜만이에요. 저어, 다친 데는 좀 어때요……?"

골절 정도가 가장 심했는지 휴면 포드로 치료하지 않았다면 팔이 완벽하게 낫진 못했을지도 모른다고 한다.

그런데도 여장부 기질이 있는 소녀는 그런 고충이라곤 티끌만큼도 내비치지 않으며 놀리는 듯한 미소를 지었다.

"아아, 팔 얘기라면 괜찮아. 완쾌까지는 시간이 좀 걸리긴
해도 후유증은 안 남을 거라더군. 그런 사투에서 살아남은
걸 생각하면 행운이라고밖에 할 수 없겠지."

"그렇군요. 다행이에요."

룩스는 진심으로 안도하며 표정에서 긴장을 풀었다.

"그래도 너무 무리하진 마세요. 작전상 어쩔 수 없었다지만,
저나 아이리를 위해 다치는 건……."

아이리와 트라이어드가 『대성역』 심층부에 침투하는 작전을
룩스는 몰랐다.

물론 전달하지 않은 내용이니 당연하지만, 도중에 들었을
때는 심장이 멎을 줄 알았을 정도다.

"Yes. 매번 죽기 직전까지 가는 룩스 씨가 말해봐야 설득력
은 없습니다만."

녹트가 눈매를 좁히며 중얼거리고 티르파는 장난스럽게 몸
을 만지작거렸다.

"그럼그럼~. 루크찌야말로 괜찮아? 마사지해줄까?"

"흐음. 연하의 후배가 걱정해주는 것도 나쁘지 않은 기분이
군. 그렇다면 내 팔이 나을 때까지, 네게 옷 갈아입기와 목욕
시중을 부탁해볼까?"

"네. 저라도 괜찮다면야— 아니, 뭐라고요?!"

샤리스가 룩스에게 팔을 얽고 얼굴을 가까이 붙이자 적당
히 커다란 가슴의 감촉이 전해졌다.

동시에 그녀가 애용하는 장미 향수가 코끝을 간질이고 머리

가 멍해졌다.

몇 초 후, 계속 붙어 있고 싶다는 유혹을 간신히 뿌리친 룩스는 얼굴을 빨갛게 물들인 채 팔짱을 풀었다.

"어라, 아주 싫지만은 않나 보군. 반응을 보아하니 우리도 여자로서 매력이 아예 없진 않은 모양이야."

"뭐예요! 그런 식으로 놀리지 마세요. 일단은 저도, 그러니까—."

"알아. 네가 믿음직한 남자라는 건. 그 싱글렌 경에게 도전해서 원수를 갚아줬다는 것도."

"……."

아이리를 호위하다 다친 그녀들을 위문하러 온 건데, 오히려 감사 인사를 듣게 될 줄은 생각지도 못했다.

아니, 그 이상으로 룩스가 그녀들의 부상에 너무 부담을 느끼지 않게끔 배려해준 것이리라.

선배로서, 친구로서 스스럼없이 대해주는 그녀들의 마음을 느끼며 룩스는 새삼 가슴이 뜨거워졌다.

모두를 지켜내서 정말 다행이다.

"참고로 방금 그건 내 개인적인 보답이었어. 부족하다면 티르파와 녹트에게도 시킬까?"

"추, 충분해요. 그럼 회복하면 『기사단』에서 봐요. 또 병문안 올게요."

"루크찌, 의뢰서가 무더기로 쌓였다는 거 잊으면 안 된다?"

"아하하, 적당히 봐주길 바랄게……."

한동안 학원 잡일에서 벗어나 있었는데, 지금은 얼마나 양이 늘어났을까.

물어보기 두려웠던 룩스는 쓴웃음으로 얼버무리고 방에서 나왔다.

그리고 몇 분 후, 방 안에 남은 세 사람은 작은 목소리로 얘기했다.

"후우……. 나답지 않게 두근거리고 말았군. 그도 눈치챈 것 같은데 말이야. 우리에 대한 마음의 벽이 사라졌다는 걸."

『성식』을 둘러싼 세계의 위기가 일단락되고, 소녀들을 대하는 룩스의 태도에서 친근함이 늘어났다.

다시 말해 그 감정에 부응해줄 순간이 가까워졌다는 뜻이다.

"Yes. 하지만 반응을 보아하니 룩스 씨의 마음은 아직 누군지 정하지 못한 것 같네요."

녹트가 평소처럼 담담한 어조로 감상을 말했다.

한편 티르파는 불만스럽게 한숨을 푹 쉬고는 침대 위에 벌렁 드러누웠다.

"심경이 복잡하네. 에휴~ 다른 애들이 너무 강하다구……."

룩스에 대한 트라이어드의 감정.

그것 또한 평범한 친구의 영역을 넘으려 하고 있다는 것은 부정할 수 없다.

그렇기에 소녀들의 『협정』을 관리하고 아이리와 함께 지켜보는 역할을 자처한 것이었다.

"이거야 원. 이래서야 앞날이 걱정되는걸. 우리의 임무도, 앞으로 며칠 안에 대단원을 맞는데 말이야."

샤리스가 그렇게 말하자 녹트가 고개를 끄덕였다.

"Yes. 우리도 그때에 대비하죠. 신왕국의 퍼레이드와『협정』의 끝을."

와야 할 순간이 다가온다.

머지않은 미래에 오리라고 줄곧 생각하던 것.

그 도래를 실감한 세 사람은 서로 마주 보고서 고개를 끄덕였다.

†

트라이어드의 병문안을 마친 룩스는 학원에서 의뢰한 간단한 잡일을 해결했다.

업무 내용은 비교적 가벼웠는데, 따지고 보면 룩스가 여학생들의 추궁을 피하기 위한 구실을 만들어 준 것에 가까웠다.

그리고— 밤.

룩스는 식당에서 저녁을 먹은 후 대욕탕으로 이동했다.

여학생들 다음에 쓰는 대욕탕은 룩스 혼자 전세 낸 거나 다름없었다. 그 넓은 공간에서 오랜만에 느끼는 해방감에 가슴이 두근거렸다.

당연하게도 마르카팔 왕국 요새에는 제대로 된 목욕 시설이 없어서 온수에 적신 수건으로 몸을 닦는 정도가 고작이었다.

"하아……. 어쩐지, 조금 붕 떠 있는 느낌이네……."

유백색 온수가 가득 찬 욕조 안에서 룩스는 혼자 중얼거렸다.

긴장감에서 해방된 학원의 분위기가 그렇다는 게 아니라, 룩스 자신에 대한 느낌이었다.

생각해보면 구제국을 타도하겠다고 결심한 날부터 정신없이 달려왔다.

혁명 계획, 후길을 쫓으면서 날품팔이 업무, 모의전 훈련, 학원 입학.

아카디아의 황자로서 나라를 바꾸기 위해서.

그 뒤에는 스스로 내건 사명을 완수하기 위해서 계속 싸웠다.

엄밀히 따지자면 리샤의 기사라는 직분이나 『칠용기성』으로서 『대성역』의 유산과 기술 분배에 입회하는 등 여러 과제가 남아 있지만, 일단락 된 것은 틀림없다.

"나는 앞으로 어떻게 해야 하는 걸까……?"

며칠 뒤에는 이번 대전으로 인해 연기된 신년 퍼레이드가 사흘가량 개최되므로 조만간 학원 여학생들과 함께 왕도로 떠나야 한다.

룩스도 세계 연합의 일원으로서, 크게 공헌한 『기사단』의 일원으로서, 리샤의 전속 기사로서, 퍼레이드 마지막 날에 영예의 표창을 받게 될 것이라고 한다.

죄인인 자신이 표창을 받는다고 생각하니 심경이 복잡했지만, 한편으로는 같은 처지인 아이리를 생각하면 환영해야 할 상황이라고도 할 수 있을 것이다.

그 후로도 리샤의 기사로서 신왕국에 공헌하고, 그리고.

피르히의 몸을 완전히 치료하고, 아이리의 목에서 죄인의 목걸이를 벗기기 위해 공적을 세우고, 에이릴을 지키고.

"나는, 그 다음에―"

그 밖에도 아직 무언가 해야만 하는 일이 남아 있는 것 같았다.

그러나 어째서인지 떠오르지 않았다. 생각하려 하면 할수록 사고가 흐릿하게 사라져갔다.

"······모두가, 보고 싶다."

트라이어드와 아이리만이 아니라 함께 싸운 리샤 일행도 보고 싶었다.

그녀들과 함께 있으면 자신이 무엇을 해야 하는지 떠올릴 수 있을 것 같았다.

대욕탕에서 울리는 자신의 혼잣말을 들으며 개방감, 그리고 약간의 쓸쓸함을 곱씹었다.

†

신왕국에서 룩스가 감회에 젖어 있을 무렵. 물밑에서는 소녀들의 전쟁이 시작되었다.

기룡을 동원하는 것은 아니지만, 의심의 여지가 없는 전쟁이다.

어떤 의미로는 『대성역』 때보다 치열한, 그녀들의 운명을 건 싸움.

그 작전 회의가 유미르 교국 변경에서도 열렸다.

국경 인근 가도.

그곳에 자리 잡은 여관에서 머무는 세 소녀와 한 성인 여성이 밤늦게까지 떠들썩하게 담화를 나누고 있었다.

"왕도 퍼레이드에서 입을 드레스의 준비도 완벽하네. 설마 가문에서 준비해줄 줄은 몰랐지만."

짙은 파란색 드레스를 입어본 크루루시퍼가 난로 옆에서 키득 웃었다.

양아버지 스테일 에인폴크의 부정이 어쩐지 무척 우스웠다.

요양과 정보 교환을 위해 잠시 귀국한 크루루시퍼는 유미르 교국의 친가에서 2주를 보냈다.

그동안 룩스와 떨어져 있어야 해서 아쉬웠지만, 어차피 부상을 치료할 필요도 있었기 때문에 적절한 선택이었다.

지난 전투에서 입은 찰과상이나 타박상 등도 다행히 흉터가 남지 않고 완치되었기 때문이다.

왕도 퍼레이드에서 룩스와 재회하기에 더할 나위 없는 시추에이션이다.

"너희가 보기에 어때? 지금의 나라면 승산이 있을 것 같아?"

"그래그래. 아주 완벽해, 아가씨. —가슴만 빼고."

호화로운 4인실.

네 개의 침대 중 하나 위에서 자그마한 소녀가 한숨 섞인 목소리로 중얼거렸다.

유미르 교국의 『칠용기성』 메르 기잘트는 심플하지만 깜직한 캐미솔을 입고 어이없어하는 눈초리로 크루루시퍼를 보았다.

룩스를 차지하기 위한 소녀들의 결전.

이에 대비한 크루루시퍼의 마음가짐에 살짝 질린다는 태도를 취하고 있었다.

"그래? 너한테 가슴이 어떻다는 얘기는 듣고 싶지 않지만, 고마워. 소피스, 네가 보기엔 어떠니?"

이어서 다른 침대에서 퍼즐을 풀고 있는 소녀, 갈색 피부의 소피스 엑스퍼 쪽으로 시선을 옮겼다.

유미르 교국과 『열쇠 관리자』라는 접점 때문에 세 사람은 함께 휴식을 취하며 2주 정도 같이 행동했다.

소피스는 잠시 뜸을 들인 후, 무표정을 유지한 채 나직하게 중얼거렸다.

"……이 나라는 너무 추워. 빨리 왕도로 돌아가고 싶어."

"아무도 그런 건 묻지 않았어. 그리고 애초에 이 나라에서 그런 옷차림으로 다니는데 추운 게 당연하지."

크루루시퍼는 한숨을 내쉬며 지적했다.

평소에 반라에 가까운 차림으로 다니는 소피스는 역시 1월 유미르 교국의 추위를 버티기 힘든 모양이었다.

"결국 네이 루슈도 못 만났고, 비교적 한가해."

유적 『갱도』의 상황도 가볍게 둘러보러 갔는데, 어쩌다 보니 친한 자동인형은 만나지 못했다.

『달』의 자동인형이자 동생이나 다름없는 리 프리카와 만나지 않은 소피스는 요양 중에 거의 혼자서 시간을 보냈다.

　가슴과 허리께만 최소한의 예의 수준으로 가린 속옷 차림으로, 난로와 가장 가까운 침대에 진을 치고 꼼짝도 안 하려고 했다.

　다시 크루루시퍼의 모습을 관찰한 후, 팔짱을 끼고 생각하는 자세를 취하면서 평가했다.

　"룩스는 그렇게 보여도 편향된 취향을 가졌으니, 지금의 크루루시퍼라면 이기지, 못할지도."

　"……감옥에서 묶인 채로 실례한 건 네 사정이잖아……. 멋대로 룩스 군을 특수한 성벽을 가진 사람으로 만들지 말아줄래?"

　"윽……?! 그 정보는 어떻게 알아낸 거야?! 룩스가 떠벌였어?! 왕도에 도착하면 혼내줄 거야!"

　소피스는 무표정한 얼굴을 수치심으로 빨갛게 물들이면서 주먹을 꽉 쥐었다.

　형언할 수 없는 눈초리로 그 모습을 바라보던 메르는 재차 크루루시퍼 쪽으로 시선을 돌렸다.

　"이 오줌싸개 기성이 하는 얘기는 그렇다 치고, 사실 외모만으로는 어떻게 될지 잘 모르겠어. 오빠에게 어프로치 한 것도 한두 번이 아니잖아?"

　"난 오줌싸개가 아냐! 룩스에게 부탁했지만 화장실에 보내주지 않았을 뿐!"

　"그렇지. 다른 아이들과 비교해도 손색없다고 생각하지만, 크게 리드하고 있다는 실감도 없어. 물론 자신은 있지만, 확실하다곤 할 수가 없네."

크루루시퍼는 소피스의 항의를 무시하고 메르의 말에 수긍했다.

"확실하지 않으면 곤란합니다. 에인폴크 일가의 모두가 룩스 님과 결혼하시기를 바라고 있으니까요."

방문을 열고 집사 알테리제가 들어왔다.

이번에는 크루루시퍼 일행의 호위로서 왕도의 퍼레이드까지 숙소 준비를 포함한 다양한 서포트를 담당하게 되었다.

추가로 에인폴크 가문에서는 이번에야말로 룩스와 크루루시퍼를 맺어주는 역할도 맡긴 모양이다.

"룩스 님도 이번 전투로 어지간한 문제는 일단락되었다고 했지요? 그렇다면 재회했을 때 아가씨를 보는 시선도 달라지리라고 생각합니다만."

"경쟁 상대가 평범한 수준이라면 나도 불안하지 않았을 텐데 말이야."

물론 크루루시퍼도 자신의 용모 및 신분, 룩스와 쌓아온 인연이 부족하다고 생각하진 않지만, 라이벌 소녀들은 상당한 강적이다.

예전부터 첩 자리를 노리는 것으로 보이는 요루카는 논외로 두고, 소꿉친구 피르히는 앳된 얼굴에 비해 풍만한 몸매로 남심을 살살 자극하는 존재이며, 무엇보다도 과거의 인연이라는 요소에서 우위를 차지한다.

『기사단』의 단장 세리스티아는 기품 있고 늠름한 외모에 비해서 남들에게 쉽게 오해를 사며 잘 어울리지 못하는 어수룩한 면이 있는데, 그 갭이 남을 잘 챙겨주는 룩스의 마음을 사로잡기 쉽다.

지금까지는 그 소심함 탓에 룩스에게 적극적으로 다가가지 않았지만, 요즘 들어 룩스에게 강한 호의를 드러내기 시작했으며, 그도 마냥 싫진 않은 듯했다.

크루루시퍼처럼 사대귀족의 장녀라는 신분도 그 관계에 힘을 실어주기 쉬울 것이다.

『창조주』인 에이릴은 솔직히 말해서 변칙적인 존재라 전혀 예상할 수 없다.

룩스와 같은 아카디아 혈족이며 『대성역』을 관리하는 위치에 있는 이상 앞으로도 함께 행동하리라는 점이 성가셨으며, 룩스를 교묘하게 유도하는 점은 경시할 수 없다.

뒤늦게 나타난 신입이라고 얕보다간 가로채 갈지도 모른다.

그리고 마지막 인물인 신왕국 왕녀 리즈샤르테는 크루루시퍼가 가장 경계하는 대상이지만, 실제로는 가장 룩스와 맺어질 가망이 없을지도 모르는 소녀다.

룩스를 학원에 편입시킨 인물이며, 구제국과 인연이 깊은 신왕국의 왕녀로서 유력한 입장이기도 하다.

문제는 리샤 본인이 그 권력의 사용법과 호의를 표현하는 방법을 완전히 잘못 알고 있다는 점인데, 버팀목이 되어줄 보람이 있다는 점에서는 누구보다도 매력적인 소녀라고 생각한다.

신왕국의 공주라는 쉽게 다가갈 수 없는 지위에 있음에도 불구하고, 학원의 모두가 친근함을 느끼고 있기 때문이다.

이는 크루루시퍼도 예외가 아니다.

그녀가 학원에서 제일 허물없이 대하는 소녀는 리샤다. 몇 번씩 도움을 받기도, 도움을 주기도 했다.

굳이 표현하지 않는다 뿐이지 실력도 노력도 인정하고 있으며, 친구로서 호의도 품고 있다.

'하지만 그렇기 때문에―.'

질 수 없다.

며칠 뒤. 전원이 집합하는 왕도 퍼레이드 첫째 날에 『협정』이 종료되고, 룩스에게 고백할 수 있게 된다.

선수를 치는 것도 중요하지만, 거기까지 가는 과정도 중요하다.

지금 가장 우려하는 점은 룩스가 모두에게 동등한 호의를 품고 있을지도 모른다는 것이니까.

"아무래도 좋으니까 이기기나 해. 안 그러면 내가 낚아채갈 거니까."

의미심장한 메르의 놀림을 듣고 크루루시퍼는 생각을 중단했다.

"미안하지만 그럴 일은 없을 거야."

여러모로 생각해보았지만 그 한마디로 확신했다.

자신은 양보할 마음 따위 없으며, 반드시 룩스를 사로잡을 거라고.

그러기 위해 전력을 다하겠다고 재차 결심한 후 작전을 세웠다.

　―한편 그 무렵.
　다른 소녀들 역시 룩스에게 고백할 날이 다가오자 저마다 생각이 많아졌다.
　세리스는 사대귀족 영지에서 휴양과 훈련을 병행하면서. 피르히는 렐리와 함께 아인그람 저택에서. 요루카는 몰래 룩스를 경호하면서. 저마다 준비를 갖추었다.
　그리고 마침내 퍼레이드 전날이 되었다.
　예년보다 조금 늦은 신년 축제.
　쟁취한 평화를 향수하는 축제에 참가하기 위해서 룩스는 왕도로 향하는 마차에 올라탔다.

Episode 2　연애전쟁

"오랜만이네요. 이곳 공기는 건국 기념일 이후 처음이죠?"

장엄한 성문을 지나 마차에서 내리고 시가지로 발걸음을 옮긴다.

오랜만에 맡는 반가운 향기에 옆에 있는 아이리가 미소 지었다.

신왕국 수도 로드갈리아.

고풍스럽고 화려한 건축물이 가득한 거리는 형형색색 화려하게 장식되었고, 큰길은 퍼레이드 전부터 활기가 가득했다.

"이제 환신수는 더 안 나타나는 거지? 평화가 찾아온 거 맞지? 신난다~!"

"축제 때는 뭘 먹을 수 있어?"

룩스는 숙소로 가는 길에 스쳐 지나간 어린 남매가 활기차게 대화하는 모습을 바라보았다.

리스테르카가 섀도라는 환신수를 퍼뜨려서 정보 조작을 시도했을 때, 백성들도 정신적으로 많이 지쳤을 것이다.

그러나 무사히 『성식』의 활동을 저지한 덕에 그 불안도 사라졌다.

어린 남매를 흐뭇하게 보면서 룩스는 내심 안도했다.

이제는 이 퍼레이드에서 라피 여왕에 대한 국민들의 평가가 무사히 회복되길 바랄 뿐이었다.

'여왕 폐하가 걱정이야.'

얼마 전 마르카팔 왕국 요새에서 만났을 때는 쌓이기만 하는 심리적인 피로 탓에 약한 모습을 보여주었다.

그런 와중에 원로 집정관들까지 왕좌를 노려대는 통에 신왕국을 다스릴 자신을 잃었는데, 룩스로서는 곤란한 상황이었다.

과도한 남존여비 풍조와 오랫동안 지속된 압정.

구제국의 긴 역사에 정면으로 대항한 영걸 아티스마타 백작.

그의 여동생인 라피 여왕이 신왕국을 이어받았기에 해묵은 편향을 바로잡을 수 있었다.

그리고 원래는 처형당해도 이상하지 않은 룩스와 아이리를 구해주었다.

그 은혜에 보답하고 리샤의 힘이 되어주기 위해서라도 아직 할 일이 남아 있었다.

'세계를 위기에서 구해내고 목표를 잃다니. 내가 생각해도 참 제멋대로라니까.'

자조 섞인 쓴웃음을 지은 순간, 아이리가 룩스의 교복 소매를 살짝 잡아당겼다.

"오빠. 이런 큰길에서 멍하니 있으면 어떡해요."

"아, 미안. 조심할—."

룩스가 그렇게 대답하며 길을 오가는 대형 마차를 피하려는 찰나에 커다란 짐이 무너졌다.

통나무 같은 목재 하나가 아이리 근처로 굴러 떨어졌다.

"앗……?!"

"─위험해!"

룩스가 반사적으로 아이리를 감싸듯이 앞을 막아서고 주위의 학생들이 놀라며 헛숨을 삼켰다.

하지만 떨어진 목재는 룩스나 아이리에게 부딪히지 않고 그 자리에서 딱 멈춰 있었다.

"어……?"

"루우, 괜찮아?"

멍하고 느긋한 목소리.

정겨우면서도 기분 좋은 울림에 룩스는 자기도 모르게 질끈 감고 있던 눈을 떴다.

눈앞에는 어떤 소녀가 룩스와 아이리를 감싸고 통나무를 팔 하나로 가볍게 지탱하고 있었다.

학원 교복과 검대를 찬 분홍색 머리카락의 소녀는 룩스의 소꿉친구, 피르히 아인그람이었다.

"피이?!"

"영, 차."

몹시 당황한 모습으로 마차에서 내린 마부를 보고 피르히는 한 손으로 통나무를 던져서 원래 위치로 돌려놓았다.

그 뒤에 도착한 학원장 렐리 아인그람과 함께 숙소로 향하는 행렬에 합류했다.

"덕분에 살았어. 고마워."

"루우의 보디가드, 이니까."

피르히의 희미한 미소를 보자 룩스도 저절로 미소가 떠올랐다.

겉보기엔 느긋하고 얌전하지만, 마기알카가 전수해준 무술을 구사하고 환신수의 힘을 지닌 소녀는 건강해 보였다.

지난 전투에서 일부러 폭주시킨 라그나뢰크의 종자가 악영향을 끼치지는 않을지 걱정했지만, 일단 퍼레이드에 참가할 수 있을 정도로는 괜찮은 듯했다.

그래도 이제는 『대성역』을 차지하게 되었으니 기회가 되는 대로 환신수 부분을 치료해주고 싶었지만—

"어머나, 계획이 살짝 틀어졌구나. 룩스 군과 피이는 파티장에서 재회하게 할 생각이었는데. 하지만 이런 것도 나쁘진 않네."

"학원장님…… 원래 목적을 뒤로 미루고 오빠 공략법을 얘기하는 건 자제해주세요."

"이날을 위해 피이 전용 드레스까지 준비했다니까. 파티장에서 우리 피이와 재회한 룩스 군이 저도 모르게 자제심을 잃는 걸 기대했는데 말이야~."

아이리가 기막히다는 표정으로 핀잔을 주었지만, 망상에 돌입한 렐리는 멈추지 않았다.

'렐리 씨도 참 여전하네…….'

룩스는 쓴웃음을 짓긴 했지만 무사히 피르히와 재회하게

되어 기뻤다.

아무래도 몇몇 『기사단』 일원과는 파티 전에 합류할 수 있을 것 같았다.

곤혹스러워하는 학생들과 함께 통째로 빌린 숙소로 들어가니 더욱 뜻밖의 인물이 기다리고 있었다.

"여독으로 피로할 차에 미안하네만, 잠시 시간을 내주지 않겠나? 왕녀의 기사여."

신왕국의 대영주— 사대귀족인 라르그리스가의 인물.

그곳에 있는 건 친숙한 세리스가 아니라 그녀의 아버지였다.

입체적인 이목구비의 장년 남성, 디스트 라르그리스.

룩스는 어렸을 적부터 그를 몇 번 보았지만, 개인 대 개인으로 대화해본 경험은 없다.

긴장한 채 따라가자, 근처의 인기척 없는 지하 주점으로 안내받았다.

호위로 보이는 남자 병사가 몇 명 따라왔지만, 그들도 문앞에서 자리를 비켜서 완전히 단둘만 남았다.

룩스의 보디가드를 자처하는 피르히도 따라오려고 했지만, 아무리 그래도 분위기를 파악하고 숙소에 남아주었다.

디스트는 무언가 중요한 용건이 있어 룩스를 기다린 것이 분명했기 때문이다.

"미안하군. 휴식을 방해하고 이런 음습한 곳으로 데려와서."

"괘념치 마십시오. 그보다—"

룩스는 진한 갈색 광택을 발하는 목조 카운터 쪽으로 슬쩍 눈길을 주었다.

이 가게를 통째로 빌린 듯싶었지만, 카운터에는 점주의 모습조차 보이지 않았다.

디스트는 술 대신 물을 유리잔에 따라 룩스의 앞에 두었다.

"자네와 이렇게 얘기하는 건 처음이지? 딸이 도와주느라 고생이 많아."

"천만의 말씀입니다, 디스트 경. 저야말로 세리스 선배에게 늘 신세를 지고 있습니다."

"그렇게 격식을 차리려 할 필요 없네, 영웅이여."

디스트는 그렇게 말했지만, 엄격한 기운과 말투 때문에 룩스는 쉬이 긴장을 풀 수 없었다.

간단히 인사를 마치자 디스트는 곧장 본론을 꺼냈다.

"조금 전엔 큰일 날뻔했지. 그냥 우연이라고 볼 수도 있네만, 만일의 경우도 생각해서 왕도에서는 조심하게나. 귀공은 이미 화제의 중심인물이니까."

말을 마친 디스트는 물로 희석한 포도주를 마셨다.

"네……? 그게, 무슨 말씀이십니까?"

룩스가 고개를 갸웃하자, 그 모습이 자못 우스웠는지 처음으로 디스트의 입꼬리가 살짝 올라갔다.

"자각이 없나 보군. 하긴, 그 격전 이후로 2주나 치료에 전념했으니 당연하겠지."

그 말에 룩스는 잠시 생각해본 후 나름대로 대답을 도출했다.

"신왕국 내부에서 무언가 새로운 움직임이라도 있는 겁니까?"

"그렇다네. 정세가 어수선할 때면 안정하려는 힘이 움직이지. 그리고 안정을 찾은 지금, 파도를 일으키려 하는 자들도 있지."

아무래도 정답인 듯했다.

요양 중에 학원에서 들은 소문에 불과하지만, 라피 여왕을 대신해서 정권을 바로잡겠다며 집정관 몇 명이 나섰다고 한다.

물론 대다수의 민중은 이에 부정적이었다.

구제국의 오랜 지배에서 해방된 지 고작 5년이 지났을 뿐인데, 국내의 권력 다툼에 말려들고 싶을 리가 없었다.

"헌데, 『창조주』 리스테르카가 각국 대표를 끌어내기 위해 섀도라는 환신수를 이용해서 여왕 폐하의 명예를 실추시키는 작전을 시도했지. 게다가 신왕국이 큰 타격을 입게 되면서 책임을 묻는 목소리가 각지에서 높아지고 있는 것도 사실이야."

"……그럼, 제가 『화제의 중심인물』이라는 건 무슨 뜻입니까?"

"귀공이 신왕국의 권력자들에게 강력한 무기가 될 수도 있다는 얘길세."

"——."

디스트가 극히 자연스러운 어조로 단언하자, 룩스는 숨을 짧게 삼켰다.

"최근 1년은 격동의 시기였어. 라그나뢰크에게 습격당하고, 유적 자체를 움직이는 『창조주』라는 과거의 지배자의 협박도 받았지. 희생도 많았어. 백성들의 마음이 불안감에 지배당하고 국가의 주인이면서 전쟁이 익숙하지 않은 여왕 폐하의 명

예가 실추되자, 구제국파 집정관들이 직접 무대에 올라서겠다
며 야심을 드러냈지."

"……."

"하지만 그것도 지금은 어느 정도 진정되었다네. 신왕국의
『칠용기성』이자 리즈샤르테 공주의 기사인 귀공이 신왕국에
승리를 안겨준 덕분이지."

포도주로 살짝 목을 축인 디스트는 다시 룩스를 똑바로 보
았다.

"타국의 『칠용기성』에게도 영향력을 끼치고, 신왕국의 차기
주력이 될 『기사단』의 중심인물. 이번 전과의 일등 공신이 리
즈샤르테 공주의 직속 부하라면, 백성들도 집정관들도 결과적
으로 폐하의 공적을 인정할 수밖에 없지. 달리 말하자면—."

"향후 제 행보에 따라서 신왕국의 권력 구도가 뒤바뀔 것이
다…… 이 말씀이십니까?"

룩스가 진지한 표정으로 묻자 디스트는 수긍했다.

"귀공도 알다시피 그 전투로 많은 기룡사를 잃었어. 그 육
성 문제를 생각하면, 왕립 사관 학원에서 지지받고 있는 『영
웅』을 확보할 경우 정치적인 전망이 밝을 것으로 판단했겠지.
귀공이 요양하던 2주 동안, 학원장이 얼마나 많은 귀족의 병
문안을 거절했는지 상상할 수 있겠는가?"

"……."

룩스는 자신을 둘러싼 현재 상황을 이해하고 말문이 막혔다.

그저 『칠용기성』으로서 세계가 붕괴할 위기를 막아냈을 뿐

이다.

룩스에게는 권력에 대한 욕심 따위는 티끌만큼도 없었다.

애초에 그런 걸 생각할 여유조차 존재하지 않았다.

그러나 이렇게 무사히 세계를 구하고 나니 룩스를 권력 다툼의 무기로 이용하려는 흐름은 오히려 예전보다 강해진 듯했다.

차세대 전력의 핵심.

신왕국에서 영웅시하는 존재를 휘하에 두면 권력 구도를 크게 바꿀 수 있다.

"그래도 원래의 귀공이라면 문제는 없겠지. 귀공은 여왕 폐하와 리즈샤르테 공주에게 은혜를 입었으며, 관계도 양호하다고 들었다. 아직 죄인의 목걸이를 차고 있긴 하지만, 그것을 벗는다고 해도 이젠 아무도 지적할 수 없겠지. 그러니 굳이 물어보도록 하겠네."

그 순간 디스트의 표정이 굳어졌다.

각오를 묻는 강한 어조로, 말의 탄환을 쏘았다.

"귀공은 정말로 현 여왕 폐하가 신왕국을 통치하기에 걸맞은 그릇이라고 생각하나? 우리의 미래를 맡길 수 있다고 생각하나? 만약 내가 다른 누군가를 추대한다면—."

"——."

지하 주점에 긴장감이 흘렀다.

신왕국에서도 손꼽히는 대영주. 사대귀족의 당주인 디스트의 질문이 무엇을 의미하는지, 일찍이 구제국을 상대로 혁명을 일으키려 한 룩스가 이해하지 못할 리는 없었다.

룩스의 존재를 이용한 권력 구도의 재편.

지금 막 설명한 사상을 실현하기 위해 제안한 것이다.

"내 딸이 말하기를, 귀공과 사이가 가깝다고 하더군. 귀공이 바랄 때 얘기지만, 맹약의 증거로 딸을 주겠네."

"……."

소리 없는 좁은 공간에 무거운 침묵이 가득 차올랐다.

잠시 생각한 끝에 룩스는 입을 열었다.

그리고 몇 분 내에 이야기가 정리되었고, 룩스는 주점에서 해방되었다.

†

"다녀왔어, 아이리. ……응? 우왓?!"

수십 명에 달하는 학원 학생들이 전세 낸 숙소.

배정된 객실 문을 열었더니 뜻밖의 광경이 눈에 들어왔다.

안쪽 소파에 앉아 있는 건 친숙한 트라이어드— 샤리스, 티브파 녹트. 침대에 다소곳하게 앉아 있는 건 여동생 아이리.

그보다 훨씬 앞. 룩스의 눈앞에는 흑발 소녀가 무릎을 꿇고 있었다.

"기다렸사옵니다, 주인님. 건강해 보이셔서 다행이어요."

뜨거운 시선으로 올려다보는 소녀의 이름은 키리히메 요루카.

아이리에게 들은 바에 의하면 요루카는 지금까지 왕도에 있었기 때문에 2주 만에 재회하는 것이었다.

그녀는 교복 차림이 아니라, 고도국의 검은 의복을 입고 있었다.

갑작스러운 사건에 놀라긴 했지만, 함께 사선을 넘나들던 동료와의 재회를 기뻐하며 룩스는 웃는 얼굴로 대답했다.

"오랜만이야, 요루카. 잘 지냈어? 며칠만이지?"

룩스가 흐뭇한 표정으로 말하자 요루카는 사근사근하게 미소 지으며, 오밀조밀한 입술로 말을 자아냈다.

"어머나, 농담도 잘하셔라. 저는 깨어난 뒤로 거의 줄곧 주인님 곁에 있었답니다."

"……네?"

당연하다는 듯한 대답에 룩스는 굳어버렸다.

아니, 그럴 리는 없었다.

적어도 신왕국으로 돌아와 2주 간 요양하는 동안에는 요루카를 본 기억이 없었다.

"그럼, 내기는 저랑 녹트의 승리네요. 대가는 성채 도시로 돌아가서 과자와 홍차로 받을게요."

아이리가 생글생글 웃으며 선언하자 티르파가 필사적인 시선으로 룩스를 바라봤다.

"루크찌, 알고 있었지? 부탁이니까 그렇게 말해줘~!"

"저기, 대체 무슨 얘기야……?"

룩스가 형언할 수 없는 표정으로 되묻자, 아이리가 의기양양한 얼굴로 미소를 지으며 말했다.

"다들 오빠를 너무 과대평가한다니까요. 평소에는 깜짝 놀랄 만큼 빈틈투성이인데 말이죠. 그걸 몰랐던 게 패인이네요."

"Yes. 눈치채지 못하는 쪽에 걸었으면서 이런 얘길 하긴 뭣하지만, 저는 오히려 다른 의미로 놀랐습니다. 요루카 씨가 2주 동안 룩스 씨에게 전혀 손대지 않은 건 예상 밖의 결과였어요."

녹트는 어조와는 다르게 진지한 표정으로 담담하게 소감을 말했다.

그 옆에서는 샤리스가 충격받은 표정으로 고개를 저었다.

"유감스럽지만 나도 거기에 걸렸지. 설마 그 요루카 아가씨에게 그런 이성이 싹트다니 말이야."

"저기, 슬슬 무슨 얘기들을 하는 건지 가르쳐주면 안 될까……?"

자기들끼리만 아는 주제로 얘기하는 소녀들에게 룩스가 조심스럽게 묻자, 아이리가 선뜻 가르쳐주었다.

"딱히 대단한 건 아니에요. 오빠가 누워 있는 2주 동안, 과연 요루카 씨가 호위하고 있다는 것을 눈치챌지, 못 챌지로 내기했을 뿐이에요."

"……뭐어?!"

룩스가 놀라며 입을 떡 벌리자 녹트가 순서대로 해설해주었다.

지난번 전투에서 가장 빨리 회복된 요루카는 룩스 곁에 계속 붙어 있겠다고 스스로 제안했다.

하지만 그러면 룩스가 오히려 긴장해서 제대로 쉴 수 없을 거라며 아이리가 지적했다. 동시에 이 타이밍에 외적이 룩스를 노릴 가능성까지 포함해서, 『룩스 본인도 눈치 못 채는 경호』를 제안했다고 한다.

그 이야기를 아이리에게 들은 트라이어드는 심심풀이용 놀이를 제안.

그렇게 2주간 룩스가 요루카의 호위를 눈치챌지, 못 챌지로 내기를 하게 되었다고 한다.

"······하아, 그랬구나."

겨우 알게 된 사실에 룩스는 힘이 쭉 빠졌다.

요루카의 은밀 행동 능력도 대단하지만, 그렇게 긴 기간 동안 못 알아차렸다는 사실에 룩스는 속으로 반성했다.

만약 상대가 요루카가 아니라 밀정이나 『용비적』 같은 무리였다면 목숨을 빼앗겨도 이상하지 않았을 테니까.

"하지만 오랜만에 고생했사와요. 숨어서 주인님을 호위하는 건 쉽지 않더군요—."

"뭔가 불온한 낌새라도 있었나요?"

요루카가 의미심장하게 중얼거리자, 아이리가 깜짝 놀라며 채근했다.

룩스도 신경이 쓰여 귀를 기울였더니 뜻밖의 대답이 돌아왔다.

"네. 아직 몸을 제대로 못 가누시는 주인님의 수발을 들어주고 싶은 제 욕구를 억누르는 게 쉽지 않았사와요. 목욕하려고 옷을 벗으실 때나 식사를 하실 때, 잠에서 깨실 때 몸이 아픈 것처럼 보일 때는 특히나—."

"……."

뺨에 홍조를 띠고 황홀한 표정을 짓는 요루카를 보며 일동
은 말을 잃었다.

몇 초 후, 샤리스가 표현하기 힘든 표정으로 탄식했다.

"『협정』이 있어서 다행이로군. 간신히 룩스 군의 정조를 빼
앗기지 않았으니까."

"Yes. 이건 상상 이상으로 위험한 내기였나 봅니다."

"루크찌! 이상한 짓 안 당했지?! 괜찮은 거지?!"

"어쩐지 불안한 기분이 드는데……."

"안심하시어요, 주인님. 옷 안쪽에 무언가 이상한 장치가 없
는지도 매일 확인했으니까요."

요루카가 활짝 미소 지으며 말하자 어색한 침묵이 방을 가
득 채웠다.

"요루카 씨. 구체적으로 뭘 했는지, 나중에 살짝 알려주시
겠어요?"

"뭐?! 부탁이니까 그러지 마! 더 말 안 해도 되니까 여기서
끝내자!"

아이리의 제안을 지워버리려는 것처럼 룩스가 비명처럼 소
리쳤다.

소녀들과의 재회는 평소보다 자극적인 파란과 함께 지나갔다.

퍼레이드 전날 밤.

소녀들과 담소하며 평화로운 시간을 보낸 룩스는 어쩐지 잠이 오지 않아 밤공기를 쐬러 숙소 옥상으로 올라가려 했다.

"요루카, 듣고 있지? 아이리를 부탁해도 될까?"

"알겠사옵니다. 주위를 《야토노카미》의 레이더로 경계하겠사옵니다."

당연하다는 것처럼 어둠 속에서 돌아오는 대답에 룩스는 쓴웃음을 지었다.

살짝 손을 흔든 후 계단을 올라가 문을 열었다.

"뭔가, 반갑게 느껴지네."

왕도의 야경.

번영의 증거— 별처럼 빛나는 거리의 불빛을 보며 룩스는 감회에 젖었다.

혁명의 날로부터 겨우 5년이 지났다.

건물 자체는 크게 변하지 않았는데, 이제까지와 풍경이 달라 보였다.

룩스가 신왕국의 기사로서 이 나라에 다시 관여하게 된 탓일까. 아니면 죄인인 자신에게 많은 동료가 생긴 탓일까.

그것도 아니면—

『다시 잃게 되리라는 걸 깨달았기 때문이냐? 날품팔이. 네놈이 몽상에서 깨어날 무렵에.』

"――?!"

불현듯 수수께끼의 목소리가 들려와 룩스는 주위를 둘러보았다.

숙소 옥상 가장자리 부근에서 인영이 보였다.

자남색 달빛을 등지고 짙은 푸른색 로브를 두른 남자가 서 있었다.

『칠용기성』 부대장 싱글렌 쉘불릿.

그『대성역』에서 룩스와 싸우고, 살아남아 블래큰드 왕국으로 귀환했다고 들었다.

'하지만, 어째서 이 남자가 지금 여기 있는 거지? 그때, 분명히……'

더듬어 되살리려던 기억의 실마리가 뚝 끊겼다.

다시 주위를 둘러보자 어느새 그 모습은 사라졌고, 대신에 장갑기룡 한 기가 옥상에 내려섰다.

"오랜만에 재회하는 건데 그 표정은 무어냐? 너는 내 기사……잖느냐."

"당신은―."

서운한 것처럼 뾰로통한 표정을 짓고 있는 소녀가 장갑을 해제했다.

밤바람에 흔들리는 금색 사이드 테일.

작달막한 체구에 깃든 불꽃같은 열량의 눈빛.

교복 차림으로 흰색 가운을 걸친 모습을 보고, 룩스의 표정이 자연스럽게 풀어졌다.

"리샤, 님?"

"다녀왔다, 룩스. 그, 뭐랄까, 보고 싶었다……."

"—네."

쑥스러운 것처럼 시선을 피하는 리샤를 보고 룩스는 잰걸음으로 다가갔다.

그리고 반사적으로 두 팔을 벌리려다가 말고 황급히 그 자리에 무릎을 꿇었다.

'아니, 내가 왜 이러지? 이래서야 마치 리샤 님을……'

포용하려고 한 것일까?

무의식적으로 튀어나온 행동이 자기가 생각해도 어이없었다.

그 모습을 보고 미소 지었던 리샤의 표정도 불만스러운 듯이 변했다.

"뭐냐, 정말이지……. 방금 그것도 별로 상관없거늘."

"아, 아뇨. 그보다 건강해 보여서 다행이에요. 몸은 이제 괜찮으세요?"

"뭐어, 처음 열흘 정도는 제대로 움직일 수도 없었지만 말이다. 『초월장갑』을 사용할 수 있게 되고 나서부터 네가 얼마나 말도 안 되는 짓을 해왔는지 알게 됐다. 동생이 걱정하는 것도 이해가 가."

"아하하……."

너무 무모하게 굴지 말라고 은근히 나무라자 룩스는 쓴웃음을 지었다.

하지만 그것도 지난번 싸움으로 일단락됐다.

"아무튼 딱히 그것 때문은 아니다만, 네 잡일 의뢰 쪽은 잠시 쉬게 할까 한다. 앞으로는 내 공무도 부쩍 늘어날 테니—."

"그 말씀은……."

"퍼레이드 마지막 날, 내 손으로 그 죄인의 목걸이를 풀어주겠다는 뜻이니라."

"—."

달빛을 등진 리샤가 양손을 쥐며 결심한 표정으로 말했다.

서늘한 밤공기가 피부에 스며드는 가운데, 세계의 시간이 멈춘 것처럼 느껴졌다.

룩스의 오른손이 무의식중에 자신의 목덜미로 움직였다.

손끝에 닿은 것은 죄인을 상징하는 검은색 목걸이.

그 혁명의 날에 실패한 이후로 룩스가 자진하여 짊어져 온 족쇄.

자신이 구제국 황자로서 자신의 삶에 대한 답을 찾을 때까지 벗지 않겠다고 생각한 것.

그러나—.

"네가 학원에 온 뒤로 나는 네가 어떻게 살고, 어떻게 싸우는지 쭉 지켜보았다. 아니— 나만이 아니지. 이 나라의 백성들도 알고 있을 게야. 이제는 그 누구도 네가 죄인의 목걸이를 벗는 건 어불성설이라고 하지 못하겠지."

"……하지만 저는—."

"일단, 신왕국의 공주로서 국민들에게 그럴듯한 모습을 보여 준다는 의미도 있느니라. 어마마마께 들은 이야기이기도 하고."

"……라피 여왕 폐하께서요?"

슬쩍 시선을 돌리는 리샤를 보며 룩스는 디스트가 한 얘기를 떠올렸다.

『온갖 좋은 조건을 내세워서 귀공을 회유하려 하는 성가신 원로 귀족들이 우글거린다네. 그들보다 먼저 목걸이를 풀어주지. 이미 소문 정도는 들었을지도 모르겠네만.』

그것이 라피 여왕이나 나르프 재상이 마련한 방안이라면 이해할 수 있다.

긴 전쟁을 치르는 동안 온갖 희생을 치렀고, 백성들도 커다란 부담을 떠안아야만 했다.

불만을 불식하고 흔들리기 시작한 신왕국의 기반을 안정시키기 위해서, 신년 퍼레이드와 룩스 일행의 개선에 맞춘 정치적인 선언.

세계를 구한 영웅 룩스가 라피 여왕과 리샤의 은혜를 입은 존재임을 보여줘서 민심을 얻겠다는 판단인 것이다.

리샤가 다소 내키지 않는 표정을 짓고 있는 이유는 그녀가 정치적인 흥정을 좋아하지 않기 때문이리라.

"하지만…… 이런 형태가 아니라면 나는 찬성이다. 구제국의 황족이라는 이유만으로 계속 죄의식을 느낄 필요는 없어. 그 목걸이를 차고 있어서가 아니라, 너 자신의 의지로 내 곁에 있어주길 바란다."

리샤는 한 차례 심호흡을 한 후, 절박한 목소리로 호소했다.

고민에서 비롯된 애처로운 표정 뒤로, 두려움을 억누르고 쥐어짜낸 용기를 직접 느낄 수 있었다.

그것은 정치를 논하는 공주가 아니라 룩스를 잘 아는 한 소녀로서 하는 말이었다.

1년 가까운 시간 동안 룩스라는 존재를 받아들인 친구의 모습이었다.

소녀의 소원을 듣고 룩스의 마음이 흔들렸다.

자신이 해온 일에 대한 답을, 주군인 소녀가 가르쳐주었다.

그때, 문득 낮에 있었던 일이 머릿속에 떠올랐다.

한나절 전, 세리스의 아버지·사대귀족 디스트 라르그리스와 나눈 이야기는—.

†

"귀공은 정말로 현 여왕 폐하가 신왕국을 통치하기에 걸맞은 그릇이라고 생각하나? 우리의 미래를 맡길 수 있다고 생각하나? 만약 내가 다른 누군가를 추대한다면—."

통째로 빌린 지하 술집에서 디스트는 엄격한 어조로 물었다.

영웅이 된 룩스의 지위를 이용한 권력 다툼.

라피 여왕이 이번 대전에서 백성들의 신뢰를 잃고, 원로 집정관들이 왕좌를 노리고 있는 현재 상황.

구심력을 잃은 여왕 폐하 대신에 자신들의 진영에 붙지 않겠냐는 제안이다.

다시 말해 사대귀족 디스트가 추대하는 누군가를, 룩스라는 무기를 앞세워서 새로운 왕으로 선포하겠다는 뜻이었다.

"내 딸이 말하기를, 귀공과 사이가 가깝다고 하더군. 귀공이 바랄 때 얘기지만, 맹약의 증거로 딸을 주겠네."

『칠용기성』 보좌관으로서 전과를 올린 세리스 또한 룩스를 지탱해준 인물로서 높은 평가를 받았다.

그 두 사람이 깊은 사이로 발전하는 것은 객관적으로 보아도 자연스러운 흐름이다. 아무 위화감 없이 디스트가 지원하는 자에게 권력과 지지가 모여들리라.

그 점은 이해할 수 있었다.

그의 말을 액면 그대로 받아들인다면, 디스트는 나름대로 신왕국의 미래를 우려하여 다시 일으켜 세우려 하는 것이다.

그러나—.

"죄송하지만, 이 이야기는 듣지 않은 걸로 하겠습니다."

룩스는 그렇게 대답하고 부드러운 미소를 머금고서 디스트를 보았다.

장년 남성은 별다른 태도의 변화를 보이지 않고 「그런가」라고 짧게 대답했다.

"내 말을 믿기에는 근거가 부족해서 그런가? 아니면 갑작스러운 얘기라 당황했나."

"둘 다 아닙니다."

룩스는 디스트의 질문에 쓴웃음을 지으며 자세를 가다듬었다.

"저는 여왕 폐하를 믿습니다. 앞으로도 리샤 님과 함께 폐하의 버팀목이 될 겁니다. 구제국이 붕괴한 뒤로 겨우 5년밖에 안 지났습니다. 해묵은 인습과 풍조를 바꾸려면 모두가 협력해야 할 시기라고, 저는 그렇게 판단합니다."

"그런가."

디스트는 조용히 미소 지으며 룩스의 눈동자를 빤히 보았다.

"하지만 생각처럼 쉽지 않을지도 모르네. 민심은 단순하지 않아. 설령 어느 한 쪽이 옳다 해도, 정세에 따라 변혁을 바라는 의식은 생겨나기 마련이지."

거침없는 주장.

룩스의 각오를 물으려는 것처럼 그의 말은 계속 이어졌다.

"지난 대전의 결과를 감안해서 앞으로 『대성역』의 유산과 기술을 얻기 위한 중요한 교섭이 시작될 걸세. 이대로 폐하에게 맡겨도 괜찮다고 보는가? 혹여나 실패하면 어떻게 하지? 그 결과를 부족하다고 주장하는 무리를 어떻게 설득해야 할까?"

"의견은 의회에서 묻고, 왕녀 선하께서 이뤄내신 성과를 내세워서 설득하는 수밖에 없겠지요. 여왕 폐하를 위해 무엇을 할 수 있는지 생각하고, 최선을 다하는 것이 저와 리샤 님의 사명입니다."

"……."

"물론 많은 사람의 협력이 불가결하죠. 사대귀족도, 구파벌의 집정관들도, 앞으로는 다 함께 지혜를 짜내고 힘을 합쳐

궁지를 이겨나가야 합니다. 당신의 따님— 세리스 선배도 협력해줄 터입니다."

"호오."

거침없는 룩스의 주장을 들으며 디스트는 눈을 가늘게 떴다.

"지금의 제가 민심을 하나로 결속할 도구가 될 수 있다면, 모두의 협력을 얻어내기 위해 써주셨으면 합니다. 그것이 이 나라를 위한 길이라고 믿습니다."

"……."

"그리고 세리스 선배— 당신의 따님은, 분명 싫어하실 겁니다. 상냥하고, 너무나도 성실한 사람이니까요. 그러니 오늘 하신 말씀은 듣지 않은 걸로 하겠습니다."

해야 하는 말은 전부 했다.

술집 안에 정적이 내려앉고 시간이 천천히 흘렀다.

십여 초 가량 지났을 즈음, 디스트는 잔에 든 액체를 단숨에 쭉 비우고 입을 열었다.

"아무래도 나는 귀공을 잘못 보고 있었는지도 모르겠군."

그를 감싸고 있던 엄격한 기척이 살짝 풀어지더니 룩스를 보며 품위 있는 온화한 미소를 지었다.

룩스가 의아해하며 상황을 살피자, 디스트는 소탈한 어조로 이어서 말했다.

"기룡사로서 실력은 우수하지만, 권력자의 손바닥 위에서 놀아나 이용만 당하는 장식— 그런 남자에게 많은 강자들이 끌릴 리는 없다고 생각했지만, 그럼에도 불구하고 그간 자네를 너무 얕보았나 보군. 안심했어."

"저를 시험하신 겁니까?"

룩스를 회유하려는 숱한 권력자들의 흉내를 내보았다— 그런 뜻일까?

하지만 디스트는 살짝 고개를 저으며 부정했다.

"반쯤은 진심이라네. 자네가 폐하에 대한 충성심이 없고 방금 내가 한 얘기에 간단히 넘어왔다면, 그러한 길도 고려해야 했겠지. 신왕국의 미래를 우려하는 사람이 내게 조력을 요청했거든."

다시 말해 그 인물이 왕으로 등극하는 미래 지도도 진심으로 그리고 있던 모양이다.

그 『우려하는 사람』이 누구인지, 룩스는 굳이 물어보지 않았다.

"……."

"하지만 자네는 그런 족속들에게 이용당할 그릇이 아닌 듯하군. 그렇다면 퍼레이드 마지막 날에 왕녀 전하께 죄인의 목걸이를 벗겨달라고 하게. 자네가 신왕국의 검이 되기로 맹세했다면, 그건 이제 무의미한 족쇄에 불과하니까."

"그럼……."

"여왕 폐하께서 이끄는 신왕국을 위해 내가 할 수 있는 일이 있다면 협력하겠네. 자네 말마따나 딸도 분명 그러길 바랄 테니."

"—네."

룩스가 힘차게 고개를 끄덕이자 디스트는 오른손을 내밀었다. 그 손을 맞잡자 남자는 만족스럽게 말했다.

"이 나라의 미래를 부탁하네, 왕녀의 기사여."

"많은 지도와 편달을 부탁드리겠습니다, 디스트 경."

그의 마음을 이해하고 예의 바르게 인사를 나누었다.

그 직후, 엄격하던 남자의 입가가 불현듯 부드럽게 풀어졌다.

"보는 눈이 없는 곳에서는 그리 격식을 차려낼 것 없다네. 앞으로의 상황에 따라서는 생판 남이라 할 수 없는 관계가 될지도 모르니까."

"……네?"

무슨 의도로 한 말인지 몰라 고개를 갸웃하자, 디스트는 자신의 빈 유리잔에 이번에는 넘치기 직전까지 술을 따랐다.

"지난 2주간, 딸이 요양 차 집에서 지내는 동안 허풍을 좀 부렸지. 혼담이 물밀듯이 들어오고 있다고. ─아니, 그 얘기 자체는 사실이고, 귀족의 딸로서는 지금이 적령기야. 그래서 말인데, 실제로는 어떤 것 같나? 자네가 보는 내 딸의 인상은."

"어, 네……?! 그건, 그러니까……."

어째서인지 이야기의 방향성이 완전히 바뀐 것을 깨닫고서 룩스는 당황했다.

신기했다. 디스트의 엄격한 분위기 자체는 달라지지 않았지만, 그 본질이 완전히 바뀐 듯한 기분이었다.

쉽게 말하자면, 유력 귀족 가문의 당주에서 평범한 아버지로 변한 듯한─.

"내 입으로 말하기는 좀 그렇지만, 지나치게 성실하다는 점만 제하면 기량도 썩 나쁘지 않다고 생각하는데. 그 부분은 자네가 더 잘 알지 않나?"

이상했다.

조금 전보다 오히려 위압감이 늘어난 것 같았다…….

여기서 말을 잘못하는 순간 무사히 돌아가지 못할 것 같다는 느낌조차 늘었다.

"나는 요령이 없는 남자야. 사대귀족인 내 딸로 태어난 세리스를 제 몫 하는 인재로 키워내보겠다고 고지식한 방법만 동원했지. 겉으로는 엄격한 아버지를 연기하다보니 진짜로 서먹서먹해졌어. 게다가 남성을 싫어한다길래 섣불리 다가갈 수가 없게 됐다네."

'……이 사람은 누가 뭐래도 세리스 선배의 아버지가 맞구나.'

설마 부녀가 나란히 오해를 사기 쉬운 성격일 줄이야.

그리고 사실은 외로움을 잘 탄다는 점까지 알게 되자 제아무리 룩스라 해도 아연실색할 수밖에 없었다.

자연스럽게 딸 자랑까지 하고 있지만, 아무래도 이야기를 들어보니 아버지인 디스트 경까지 세리스 선배를 오해하고 있는 것 같았다.

"딸의 요리 솜씨도 어렸을 때는 괴멸적이었는데, 얘기를 들어보니 최근에는 제법 좋아졌나 보더군. 나쁘지 않은 얘기라고 생각하네만—"

아뇨, 그건 거짓말입니다.

아니, 실제로 좋아졌을지도 모르지만, 아직 위험하다고 생각했다.

따님의 이야기를 곧이곧대로 받아들이는 건 위험하다고요?

'그것도 그렇지만, 제 안에 있는 디스트 경에 대한 이미지가 위험한데요……!'

뭐랄까, 이 사실을 다른 사람에게 얘기하더라도 아무도 믿지 않을 것 같다.

"디스트 경. 곧 왕성으로 가실 시간입니다."

그대로 심문을 계속할 기세였던 디스트는 술집 밖에서 종자의 목소리가 들려오자 자리에서 일어났다.

"시간을 빼앗아서 미안하군. 이 얘기는 다음에 계속하도록 하지."

'계속하시겠다고요?!'

반사적으로 외치려던 룩스는 가까스로 참는 데 성공했다.

"그리고 자네가 걷고자 하는 길이 명확해졌다면, 이 이야기도 해두는 게 좋겠지. 웨이블러 헴트라는 귀족 남성에 대한 걸세."

"웨이블러……?"

룩스는 디스트의 입에서 나온 생소한 이름을 구제국 시절 기억까지 거슬러 올라가 뒤져보았지만, 결국 찾지 못했다.

"자네도 들어본 적 있을지 모르겠군. 구제국을 지지했고, 지금도 그러고 있는 원로 귀족들이 『구제국파』라는 집정관 파벌을 만들었지. 신왕국 정권을 비판하고, 틈만 나면 여왕의 실각을 꾀하는 무리야. 그런데 최근에 그 웨이블러가 그들에게 가담했다네."

룩스가 고개를 갸웃거리자 디스트는 이어서 말했다.

"그것만이라면 크게 문제 될 건 없는데, 어째선지 그 이후로『구제국파』의 활동이 급격히 활기를 띠기 시작했지. 애초에 웨이블러는 황족의 먼 친척이었던 남자야. 모르긴 몰라도『구제국파』에게 유리한 정보를 넘겼을 가능성이 있다네."

시간이 없는지 빠르게 말하고 디스트는 자리에서 일어나 외투를 걸쳤다.

"나도 경계하고 있지만 퍼레이드 중에 무슨 일을 저지를지도 모르는 존재야. 자네가『대성역』공략에 성공하고 요양하던 2주 동안 물밑에서는『구제국파』가 움직이기 시작했지. 사대귀족 크로이처 가문의 차남 지그 크로이처와 함께 장갑기룡 부대까지 편성하려는 듯하네. 만일의 상황이 일어날지도 모르니 조심하게나."

"……."

그런 중요한 이야기를 먼저 해주시면 안 될까요?

룩스는 그렇게 생각했지만, 기실 디스트 쪽도 그 이상의 정보는 아무것도 파악 못 한 것 같았다.

하지만 설령 그『구제국파』가 라피 여왕의 책임을 엄격하게 추궁하더라도, 『성식』을 저지하고 평화가 찾아온 현 상황에서 정권의 기반을 뒤흔들기란 어려울 것이다.

하물며 정권 강탈은 한없이 불가능에 가까울뿐더러 미래가

불투명한 행동이다.

그럼에도 불구하고 이 퍼레이드 기간에 전력을 모은다는 점이 마음에 걸리는 모양이었다.

'어쨌든 리샤 님만이 아니라 아이리도 신경 쓰는 게 좋겠어.'

신왕국 내부에서 휘몰아치는 모략을 알게 된 룩스는 경계심을 품으며 디스트와 헤어졌다.

✝

"하지만…… 이런 형태가 아니라면 나는 찬성이다. 구제국의 황족이라는 이유만으로 계속 죄의식을 느낄 필요는 없어. 그 목걸이를 차고 있어서가 아니라, 너 자신의 의지로 내 곁에 있어주길 바란다."

그리고— 현재, 신년 퍼레이드 전날 숙소 옥상.

리샤와 재회한 밤으로 룩스는 의식을 되돌렸다.

『성식』의 위협으로부터 세계를 구하여 구제국 황족이라는 죄를 청산할 수 있을 정도의 무훈을 세웠다.

이제는 신왕국의 영웅적인 존재로 거듭난 룩스가 라피 여왕과 리샤에게 충성한다는 입장을 표명해서 백성들의 구심력을 강화하기 위해—. 아니, 리샤는 그런 정치적인 목적과 무관하게 룩스가 목에 차고 있는 죄인의 증거를 벗겨주고 싶다고 했다.

죄를 씻어낸 룩스 본인의 의지로, 왕녀의 기사로서 리샤 자신을 따라주길 바란다고 했다.

'그렇다면 디스트 경에게도 대답한 것처럼, 나는—'

망설임은 없었다.

자신의 처지에 대해 고민하면서도 늘 앞을 보고 싸워온 이 소녀에게서, 일찍이 룩스가 강하게 바라던 왕족의 이상적인 모습을 찾아냈으니까.

"알겠습니다, 리샤 님. 아이리와 함께라는 조건이라면, 기꺼이 은사를 받겠습니다."

룩스의 대답에 리샤는 눈을 반짝이며 굳어 있던 입가에서 힘을 뺐다.

연한 달빛을 등진 채 활짝 웃으며 대답했다.

"그래! 앞으로도 잘 부탁한다, 룩스!"

두 사람은 서로 마주보며 미소 지었다.

야경이 한눈에 들어오는 숙소 옥상에 따스한 공기가 차오르는 듯한 착각에 사로잡혔다.

"……그런데, 잠깐만. 지금 몇 시지?! 젠장…… 아직 날이 밝으려면 멀었군."

리샤가 퍼뜩 생각난 것처럼 가운에서 회중시계를 꺼내 확인했다.

룩스가 고개를 갸웃하자, 아쉬워하는 듯한 탄식을 흘렸다.

"하아……『협정』이 끝날 때까지 앞으로 네 시간이라니. 이, 이왕이면 이렇게 분위기가 좋을 때 확 말해버리고 싶은데……."

『협정』이란 크루루시퍼부터 에이릴까지 가맹한, 룩스와 관련된 약속을 말한다.

정작 룩스 본인은 구체적인 내용까지는 몰랐지만, 그래도 표정을 통해 리샤의 긴장감과 결의를 느낄 수 있었다.

"하지만 어쩔 수 없지. 다 같이 정한 것을, 공주인 내가 깰 수는 없으니까 말이야. 그리고 이만 성으로 돌아가봐야겠군."

"그럼, 내일 퍼레이드 때 봬요. 기대하고 있을게요."

"아니, 잠깐만. 그게……."

갈등하는 소녀를 달래려고 하자, 리샤가 무언가를 말하려고 했다.

잠시 고민한 후, 말하기 힘든 것처럼 조심스럽게 말문을 열었다.

"그, 연회가 조금 불안하구나. 댄스 연습을 할 짬도 없었거든. 너는 내 기사이니 당연히 춤을 춰야 할 의무가 있고, 그러니까—"

그렇게 리샤가 우물쭈물하는 모습을 보고 룩스는 깨달았다.

그 직후, 이 사랑스러운 공주에게 망설임 없이 구원의 손길을 내밀었다.

"저도 마찬가지예요. 요양하느라 계속 누워만 있었으니까요. 서투른 저를 위해, 잠시 댄스 연습에 어울려주실래요?"

"아……."

룩스의 미소를 보고 리샤의 뺨은 연한 주홍색으로 물들었다.

조심스레 그 손을 잡자 안도와 기쁨이 빛이 얼굴에 떠올랐다.

"고맙다, 룩스."

룩스와 리샤는 교복 차림으로 춤추기 시작했다.

익숙하지 않은 서툰 스텝으로 옥상 바닥을 밟았다.

룩스는 천천히, 배려심을 담아 리드했다.

눈부신 달빛과 넓게 펼쳐진 야경이 두 사람의 특별한 관계를 돋보이게 해주었다.

"—이대로 시간이 멈추면 좋을 텐데 말이야. 나는, 행복하구나."

룩스는 긴장이 풀린 리샤가 웃는 얼굴을 바라보았다.

관계를 막 쌓기 시작했을 무렵. 리샤가 애플파이를 먹으며 기뻐하던 때와 같은 자연스러운 미소. 그 사랑스러운 모습을 본 룩스의 가슴이 세차게 쿵쾅거렸다.

'어쩌면 이 감정은—.'

어느새 자신이 리샤에게 강하게 끌리고 있다는 걸 깨달았다.

그녀의 타오르는 것 같은 고결한 정열도.

혹은 공주로서 품고 있는 긍지도 멋지다고 생각했다.

하지만 가끔 예고 없이 보여주는 그녀의 순수한 모습이 룩스의 마음을 사로잡았다.

"—그럼 나중에 보자, 룩스. 오늘 밤은 즐거웠다."

겨우 5분 정도였지만 무엇보다도 만족스러운 시간이었다.

리샤가 기룡을 소환해서 날아간 뒤, 룩스는 옥상에서 객실로 돌아갔다.

침대에 눕긴 했지만 정신은 여전히 말똥말똥했다.

최근 들어서 무척 묘한 기분이 들었다.

학원 소녀들에게 예전보다 강한 감정을 품고 있음을.

비단 친애의 감정만이 아니라 명확한 호의가 있다는 것을 자각하게 되었다.

'나도 참, 이런 시기에 대체 무슨 생각을 하는 건지…….'

불성실하다고 생각하려고 했지만, 낮에 디스트 경이 한 이야기를 떠올리고 그다지 이상할 게 없음을 깨달았다.

『대성역』을 둘러싼 싸움이 끝나고 죄인의 목걸이를 벗게 된 지금, 룩스를 얽매는 것은 없다.

소녀들의 호의에 응해주어도 전혀 문제될 것이 없다.

제아무리 룩스라 해도 어렴풋이 눈치채기 시작했다.

아니, 지금까지는 자신의 특수한 처지 때문에 무의식중에 생각하기를 피하려고 했다.

결혼 같은 건 허용되지 않는 죄인.

황족 내에서도 그를 필요로 하는 이는 없었기 때문에 타인과의 관계에 벽을 쌓았다.

그러나 싸움이 일단락되자 새삼 소녀들을 좋아하게 됐다는 사실을 깨달았다.

'아니, 멋대로 무슨 생각을 하는 거야. 애초에 다들 날 남자로서 좋아하는지 아닌지도 모르는데…….'

눈을 감자 자신에게 특히 호감을 드러내는 동료— 리샤와 크루루시퍼, 세리스, 피르히, 요루카, 에이릴과 트라이어드의 모습이 떠오른다.

심장 고동이 빨라졌지만, 황급히 침대 위에서 고개를 저었다.

"곤란하네. 자유 시간이 늘어나니까 쓸데없는 생각만 많아지는 것 같아—."

잡일에 찌든 사람처럼 중얼거리면서 심호흡을 하고 마음을 가다듬었다.

그러자 낮에 디스트와 나눈 대화가 머릿속에서 되살아났다.

"『구제국파』의 귀족 웨이블러 헴트라……."

『성식』을 저지하고 세계를 위기에서 구해내기가 무섭게 신왕국에서 불온 분자와 맞닥뜨리게 되다니.

그래도 지금까지 상대해온 강대한 적을 생각하면, 비교도 안 될 만큼 사소한 걱정거리라는 건 분명하다.

설령 남몰래 기룡사를 숨겨두었다 해도, 그 질과 양은 『창조주』는 물론이거니와 『용비적』만도 못할 것이다.

그만한 전력을 보유하고 있다면 지난 대전에서 해야 할 일이 있었을 테니까.

물론 룩스는 경계를 게을리할 생각이 없었지만, 그렇다고 과도하게 걱정할 상대도 아니리라 판단했다.

'하지만 뭘까. 이제까지 이름조차 들어본 적 없는 그 남자가 왜 이렇게 마음에 걸리는 거지?'

엄밀하게 따지자면 그 남자 본인이 아니라 그를 위시한 일련의 상황이 마음에 걸렸다.

신왕국의 기반을 흔들지도 모르는 그 존재, 예전부터 짐작해온 듯한 착각에 사로잡혔다.

"역시, 아직 피로가 덜 풀렸나 봐."

룩스는 탄식 섞인 목소리로 중얼거리고 조용히 눈을 감았다.

"—……."

어둠 속에서 누군가의 목소리가 들려온다.

조롱 섞인, 속삭이는 듯한 남자의 목소리.

그림자도 형태도 없을 터인 존재가 룩스의 의식 사이로 미끄러져 들어왔다.

그러나 지금의 룩스는 그것을 깨닫지 못했다.

그대로 의식이 어둠 속에 잠기고, 빨려 들어가는 것처럼 가라앉았다.

Episode 3 　　운명의, 고백

　왕도 시가지에서 이른 아침부터 불꽃놀이 소리가 울려 퍼졌다.

　신년 축제를 알리는 퍼레이드 첫날은 병사들의 행진과 함께 왕족이 마차를 타고 얼굴을 비춘다.

　당연히 룩스도 오전 중에는 리샤와 함께 행동할 예정이었다.

　참고로, 어째서인지 아이리도 함께 하게 됐다.

　"여기 좀 봐주세요, 『칠용기성』 님—!"

　"이것도 다 기사님 덕분이야! 고마워!"

　종이로 만든 꽃가루가 하늘을 수놓고, 건물에 걸어둔 붉은 태피스트리가 바람에 나부끼는 거리.

　룩스는 마차 안에서 백성들을 향해 미소를 지으며 손을 흔들어 호응해주었다.

　여성들이 환호성을 지르자 옆에 앉은 아이리가 웃는 얼굴로 속삭였다.

　"아주 입이 귀에 걸리셨네요, 오빠. 공무가 그렇게 즐거워요?"

　예사롭지 않은 여성들의 성원에 질투심을 느낀 걸까. 눈가에 그늘 진 모습이 무서웠다.

　"아니, 딱히 즐거워서 그런 게 아니라고! 애초에 이런 자리에서 무뚝뚝한 표정으로 있을 수는 없잖아. 그리고 아이리도 엄청 인기 많으면서 뭘."

실제로 거리의 남자들이 드레스 차림의 아이리를 향해 보내는 성원도 비슷한 수준이었다.

팔이 안으로 굽는다는 점을 감안하더라도 아이리는 실제로 귀여웠으며, 황녀다운 정숙한 행동거지도 호감을 주는 요소일 것이다.

어쨌거나 이 뜨거운 성원은, 지독한 압정을 펼친 구제국의 죄인인 두 남매를 마침내 세상 사람들이 받아들이게 되었음을 시사해주었다.

"제가 일부 사람들 사이에서 인기 있는 건 예전부터 그랬어요. 처세술이 형편없는 오빠랑 다르게, 저는 얌전한 척 연기하는 게 특기였으니까요."

"아, 그래……."

놀리는 것처럼 미소를 짓는 아이리를 보고 룩스는 할 말을 잃었다.

동생의 무시무시한 정치 수완 때문에 앞날을 걱정하는 사이, 어느덧 큰길에 접어들게 되자 나란히 서서 손을 흔드는 학원 학생들이 보였다.

한층 환성이 커지고, 주위에서 장갑기룡 구동음이 들려왔다.

"으……?! 이 소리는……!"

룩스와 아이리가 반사적으로 경계했지만, 앞자리에서 돌아본 리샤의 미소를 보고 기우임을 깨달았다.

주위를 둘러보자 트라이어드 세 사람이 기룡을 두르고 있었다. 그중 샤리스는 《와이번》으로 공중에서 꽃잎을 흩뿌리고 있었다.

"수고했어, 룩스 군. 그리고 리샤 공주."

"세 사람 모두 고마워!"

"Yes. 축하합니다, 아이리."

샤리스, 티르파, 녹트가 직무상이 아니라 학원 친구로서 말을 건넸다.

은연중에 접대용 표정을 짓고 있던 룩스 일행은 그녀들의 연출 덕분에 자연스러운 미소를 되찾을 수 있었다.

"너희가 있으면 신왕국은 걱정할 게 없을 거야!"

"공주님, 기사님! 앞으로도 잘 부탁해!"

남녀노소. 다양한 모습의 사람들.

귀족도 시민도 관계없는 환호성이 왕도 로드갈리아의 큰길에 울려 퍼진다.

마차 행진은 그 뒤로도 쭉 계속됐고, 여기저기에서 들려오는 기쁨의 목소리가 끊어지는 일은 없었다.

†

"하아, 피곤해라……."

총 네 시간에 달하는 마차 행진을 마치고 숙소로 돌아온 룩스는 외투를 벗어던지고 침대에 몸을 던졌다.

방 안에는 퍼레이드 행진을 함께 한 아이리와 뒤따라오는 마차에 경호원으로 타고 있던 피르히, 그리고 놀러 온 트라이어드까지 있었다.

"체통을 지키셔야죠, 오빠. 세계를 위기에서 구해낸 영웅이라는 칭호가 아깝네요."

아이리는 약간 지쳐 보이긴 했지만, 등을 곧게 편 바른 자세로 녹트와 함께 소파에 앉아 있었다.

"천하의 룩스 군에게도 버거운 일이었나 보군. 주로 정신적으로 지친 것 같지만."

"그럴만해~. 평소 학원에서 받는 잡일 의뢰에는 그렇게 힘든 일이 흔치 않으니까."

샤리스가 간결하게 정리하자, 티르파도 재미있어하며 맞장구쳤다.

"Yes. 어쩔 수 없죠. 그런 외교적인 활동은 원래 아이리가 전담해왔으니까요."

"오빠가 평소에 학원에서 일으키는 온갖 소동을 수습하느라 제가 얼마나 고생하는 줄 아세요?"

"내가 잘못했으니까 잠시만 내버려 둬줘……."

의기양양하게 미소 짓는 아이리에게 백기를 흔들고 룩스는 축 늘어졌다.

하지만 사실 룩스 쪽이 정신적으로 지친 데에는 이유가 있었다.

수많은 군중들 앞에서 행진하는 게 익숙하지 않기도 했지만, 웨이블러라는 요주의 인물 때문에 신경을 곤두세운 탓이 컸다. 결국 퍼레이드 내내 그림자조차 보이지 않았지만.

애초에 엄중한 경비 태세를 갖추고 있었으니 당연하다면 당연한 결과다.

"나도 지쳤어. 졸린 거, 꾹 참았어."

"피르히 씨는 퍼레이드 내내 주무시지 않았나요……? 아무리 뒤에 따라오는 마차 안쪽은 보이지 않는다지만……."

피르히가 눈을 게슴츠레 뜨고 중얼거리자 아이리는 저도 모르게 반박했다.

반쯤 졸았을지도 모르지만, 어쨌거나 피르히도 룩스와 아이리의 호위를 훌륭하게 완수해냈다.

오늘 일정은 이것으로 끝났다. 내일은 왕성에서 파티가 열릴 것이다.

거기서 크루루시퍼와 세리스와 에이릴, 귀빈인 『칠용기성』 일행과도 재회할 수 있으리라.

지난 격전에서 다들 크고 작은 상처를 입었지만, 전원이 무사히 살아남았다.

그들과도 2주 만에 만나는 것이라 재회가 기대되었다.

"―전원이 무사하다고? 네놈도 참 박정한 남자로군, 날품팔이."

"……윽?!"

갑자기 들려온 조롱 섞인 목소리에 룩스는 뒤를 돌아보았다.

하지만 거기에는 아무도 없었다.

아이리와 함께 쓰는 방에는 친밀한 소녀들이 있을 뿐이었다.

"어? 루크찌, 왜 그래?"

티르파가 깍지 낀 양손을 머리 뒤에 붙인 자세로 물어보았다.

"아, 응. 아무것도 아니, 야……."

"홋, 아무래도 룩스 군은 아직 피곤한 것 같은데. 그럼 우리가 마사지라도 해주자고. 누가 해주는 게 가장 기분 좋았는지 알려줘."

"아니, 뭘 하려는 거예요?!"

조금 전에 느낀 위화감은 샤리스의 제안에 날아가버렸다.

"룩스 군은 눈가리개를 하고 엎드려줘. 자, 순서는 가위바위보로 정하자고! 1위를 차지한 사람은 룩스 군에게 답례 마사지를 받는 거야."

"이의 없음~!"

"저기요, 제 의견은 물어보지도 않는 건가요?"

"Yes. 리플렛 가문의 이름을 걸고 반드시 이기겠습니다."

"나도 루우한테, 마사지 받고 싶어."

어째서인지 녹트와 피르히까지 의욕적으로 나섰고, 그 광경을 지켜보던 아이리는 어이없어하며 한숨을 내쉬었다.

중간중간 소녀들의 가슴이 등에 닿아대서 평정심을 유지하는 게 큰일이었다.

—그로부터 한 시간 후.

렐리가 전세를 낸 넓은 술집에서 왕도에 온 학원 학생들만의 연회가 시작됐다.

쟁취해낸 평화를 축하하고, 모두가 무사히 살아남은 기쁨을 나누었다.

모두가 밤늦게까지 많이 마시고, 노래를 부르고, 이야기꽃을 피우며 시간을 보냈다.

†

"잠깐 바람 좀 쐬고 올게……."

소녀들이 따라주는 술을 족족 마시다가 거나하게 취한 룩스는 술집에서 나섰다.

퍼레이드 기간 중이라 그런지 1월의 한기가 감돌고 있는데도 거리에는 열기가 넘치는 것처럼 보였다.

늦은 밤이라 왕도 중앙 광장에 인기척은 없었다.

넓게 펼쳐진 짧은 잔디밭과 나뭇잎이 떨어진 나무들에 에워싸인 휴식 장소.

가로등은 이미 꺼졌지만, 달빛이 은은하게 주변을 밝혀주었다.

"……결국 이 시간까지 아무 일도 안 일어났네. 이럴 줄 알았으면 요루카도 연회에 참가하게 할 걸 그랬어."

"그 마음만으로도 충분하답니다."

룩스가 홀로 중얼거리자 어디선가 요루카가 나타나 옆에 섰다.

퍼레이드가 한창일 때부터 그 후의 연회까지, 요루카는 계속 은신한 채로 룩스와 아이리의 주위를 경계해주었다.

『구제국파』에 가담한 웨이블러라는 이름의 불온한 귀족.

그 일당에 관한 이야기를 듣지 않았다면, 요루카에게 이런 짓을 시키지도 않았을 것이다.

물론 그녀가 먼저 제안하긴 했지만, 이번 연회에도 참가하지 못했다는 점이 룩스는 아쉬울 따름이었다.

"저는 이쪽이 더 마음이 편하답니다. 그리고 주인님께서 요양하시는 동안, 아이리 씨와 다른 분들이 자주 초대해주셨사와요."

아무래도 아이리나 트라이어드가 가끔 그녀를 챙겨주는 모양이다.

다소 마음의 짐을 덜어낸 룩스는 재차 요루카에게 감사 인사를 했다.

"정말 고마워. 퍼레이드가 끝나면 꼭 보답할게. 아니지, 아무 문제도 없을 것 같으면 지금이라도 연회에—"

"그런가요? 그럼 나중에라도 시간을 내주시어요. 마침 주인님에게 전해드리고 싶은 말도 있으니까요—"

"응......?"

갑자기 요루카의 눈동자가 요염하게 빛나는 것을 보고 룩스는 동요했다.

파란색과 보라색으로 빛나는 마성의 눈동자.

뜨거운 정욕이 깃든 소녀의 시선에 룩스는 가슴이 덜컥했다.

감정을 모르는 요루카는 싱글렌과 싸운 이후로 주인인 룩스에게만 어떤 특별한 감정을 품은 채 대하고 있다.

룩스를 사랑하는 걸지도 모르겠다고.

그것을 확인할 수 있게 도와주고, 사랑하는 방법을 가르쳐 주었으면 한다고.

그 흐름은 연달아 일어난 사건으로 인해 중단되고, 룩스도 눈앞에 닥친 싸움에 쫓기느라 신경 쓸 겨를이 없었지만—.

"요루카……."

룩스가 자신의 사명과 목표를 달성하고 죄인이라는 족쇄에서 벗어난 지금.

그녀를 향한 충동이 솟아올랐다.

『제국의 흉인』이라 불리며 두려움을 사던 소녀는, 다시금 살펴보아도 아름다웠다.

윤기가 흐르는 긴 흑발과 좌우가 서로 다른 색으로 빛나는 눈동자.

이국의 정취가 풍기는 의상 사이로 살짝 드러나는 매끄러운 살갗이 새로 내린 눈처럼 빛나고 있다.

하지만 겉으로 보이는 아름다움만이 전부가 아니었다.

그녀의 내면— 한 자루의 칼 같은 순수함에 룩스는 끌리고 있었다.

자석에 이끌리듯이 손을 뻗으려던 찰나에 요루카가 쓸쓸하게 미소 지었다.

"우연…… 아니, 운명이로군요. 만약에 아주 조금만이라도 시간이 어긋났다면, 제가 사람으로 거듭날 기회가 찾아왔을

지도 모르는데."

"요루카……?"

"분명, 그것도 변명이겠지요. ……누군가가, 사람의 기척이 이쪽으로 다가오고 있사옵니다. 주인님은 안심하고 쉬고 계시어요. 누가 오든 바로 죽이지는 않을 테니까요."

요루카는 그 말을 끝으로 소리 없이 그 자리에서 떠났다.

왠지 뒤숭숭한 말을 남겼는데, 적이 나타난 걸까?

하지만 요루카가 딱히 경계하지 않은 것을 보면, 아마도 명확한 위협은 아닐 것이다.

그래도 웨이블러라는 문젯거리가 남아 있으니 이런 광장에서 혼자 쉬는 것은 위험할지도 모른다.

"이만 술집으로 돌아가는 게 좋으려나…… 응?!"

그렇게 중얼거린 순간, 갑자기 뒤쪽 수풀에서 소리가 들려와 룩스는 황급히 입을 다물었다.

주위를 경계하며 기척을 죽이고 가까운 나무 그늘에 몸을 숨겼다.

'단순한 잡음이 이니야. 사람 목소리야. 그것도 여성의 목소리—.'

발소리가 나지 않도록 신중하게, 목소리가 들리는 방향으로 걸음을 옮겼다.

그리고 광장 중앙에 있는 거목 밑에 한 소녀가 서 있는 모습을 발견했다.

"—그래요. 저는, 당신에게 말하고 싶었습니다."

그녀를 본 순간 룩스는 숨을 죽였다.

소녀는 달빛 아래에서 커다란 나무를 향해 혼잣말을 되풀이하고 있었다.

벌꿀 색에 가까운 금발, 봉긋하게 솟은 풍만한 가슴과 잘록한 허리.

균형 잡힌 여성스러운 아름다움이 어둠 속에서 빛나보였다.

세리스티아 라르그리스.

『기사단』 선배이자 『칠용기성』 룩스의 보좌관.

사람을 매료시키는 늠름함과 그냥 내버려 둘 수 없는 귀여운 측면을 겸비한 연상 소녀.

경애하는 존재와 오랜만에 재회하게 된 룩스의 가슴이 뛰었다.

고동 소리가 달콤하게 느껴지는 건, 다른 소녀들 때처럼 한층 강한 호감을 품게 됐기 때문일까.

바로 다가가려던 룩스는 세리스가 혼잣말 하는 모습을 보고 멈칫했다.

'정말, 이런 상황에서까지 혼잣말이라니. 여전하시네…….'

고민을 들어줄 상대나 약한 소리를 토해낼 상대가 없었던 탓에 종종 동물이나 사물에 말을 거는 버릇은 아직도 고쳐지지 않은 모양이었다.

샤리스나 『기사단』 멤버 등, 최근에는 대화 상대가 늘어났으니 괜찮을 거라고 생각했는데.

오해를 사기 쉬운 성격이라 주위에서는 남성을 혐오한다고 생각하지만, 다행히 룩스에게만은 마음을 열어주었다.

　'아무튼, 뭔가 고민거리가 있는 거라면 나라도 가서 상담을—'

　룩스가 그렇게 생각하며 다가가려는 찰나, 그녀의 혼잣말이 또렷하게 들려왔다.

　"—룩스. 저는 당신을 좋아합니다."

　허를 찔린 룩스의 다리가— 아니, 사고마저 새하얗게 정지했다.

　잘못 들었거나, 아니면 꿈일 거라고 현실을 의심하려는 순간에 다음 말이 이어졌다.

　"학원 후배로서, 기룡사로서가 아니에요. 한 남성으로서 당신을 사랑합니다."

　세리스는 자신의 탐스러운 가슴에 왼손을 대고, 달콤하고 편한 미소를 지으며 계속해서 말했다.

　세리스는 룩스의 존재를 눈치 챈 게 아니었다.

　하지만 단순히 약한 소리를 털어놓을 상대로 니무를 고른 게 아님을 룩스는 그제야 깨달았다.

　'이건, 설마……. 세리스 선배는 나를—?'

　세리스는 몇 번이나 숨을 멈추고 심호흡을 하며 겨울의 하얀 입김을 조용히 내뱉었다.

　그러나 그녀의 표정에서 추위 같은 것은 느껴지지 않았다.

　열에 들뜬 것처럼 정열의 불꽃이 피어오르고 있었다.

"……역시, 익숙하지 않네요. 연장자인 제가 말해야만 한다고 생각했는데, 자꾸 긴장하게 되는군요. 어쩌면 거절당할지도 모른다고 생각하니 가슴이 미어지는 것 같습니다."

세리스는 잠시 뜸을 들인 후 쓴웃음과 함께 중얼거렸다.

애틋하게 떨리는 아름다운 옆모습을 보고 룩스는 말문이 막혔다.

"그 어떤 전투를 앞두었을 때보다 두려워요. 하지만— 용기를 내야 하겠죠. 저도 이제야 제 마음대로 하고 싶은 일을 찾았으니까."

"……."

나무를 상대로 한 **연습**이 끝나자 세리스는 그 자리에서 떠났다.

아무래도 그녀가 머무는 숙소와 룩스 일행의 숙소가 우연히 가까웠던 모양이다.

바람을 쐬러 연회 자리에서 빠져나온 덕에 룩스는 뜻하지 않게 그녀의 고백을 듣고 말았다.

"——."

폐부에서 깊은 탄식이 흘러나왔다.

토해낸 숨결이 몹시도 뜨거웠다.

"세리스 선배…… 저는—."

그녀를 한 여성으로서 의식한 적이 아예 없지는 않았다.

그러나 지금까지 룩스는 결혼조차 허용되지 않는 죄인이었으며, 후길을 쫓아야 하는 개인 사정상 그 감정을 구체화하는 데까지 이르지는 않았다.

게다가 룩스 자신에게 다른 이들의 특별한 시선이 쏟아지는 처지였기 때문에, 외부에서의 호의라는 것과 자연스럽게 벽을 쳤다.

하지만 『대성역』에서의 싸움은 끝났고, 퍼레이드 마지막 날에 죄인의 목걸이를 벗게 된다.

"……."

룩스는 소녀들에 대한 마음을 다시금 자기 자신에게 물었다.

잠시 그곳에 가만히 서서 생각한 후 술집으로 돌아가기로 했다.

퍼레이드 첫날의 밤이 깊어간다.

학원 친구들과 즐겁게 떠드는 동안, 꿈만 같은 평온함에 의식이 녹아내린다.

그런 와중에도 세리스가 한 말이 머리에서 떠나지 않았다.

†

어둠이 내려앉은 왕도의 폐허에 두 남자가 있다.

한 명은 짙은 남색 연미복을 입은 단정하게 생긴 남성.

다른 한 명은 표정에 어딘지 모르게 그늘을 드리운 것 같은 젊은 금발 남성.

수수한 외투를 걸치고 날카로운 안광을 뿜어내고 있다.

이곳은 과거 제5 유적 『거병』에 유린당한 시가지의 일부다.

붕괴한 가옥은 주위부터 차근차근 다시 짓기 시작했지만 손대지 않은 부분은 반쯤 슬럼으로 변했고, 개중에서도 살기 힘든 곳은 그냥 버려진 채였다.

"이런 곳에서 얘기를 나누면 오해받지 않겠습니까? 신왕국을 지지하는 자에게 당치도 않은 의심을 받고 싶진 않은데 말이지요."

연미복 차림 사내는 푹 눌러 쓴 모자 밑에서 쓴웃음을 지었다.

그의 이름은 웨이블러 헴트.

구제국 황족의 먼 친척― 엄밀히 따지자면 친척의 양자였던 사내다.

나이는 30대 중반. 키가 크고 균형 잡힌 이목구비를 가졌지만, 그를 보는 사람에게 왠지 모를 불안감을 안겨주는 위험한 기적을 두르고 있었다.

"걱정도 많군. 이런 쓰레기장에 다가오는 자가 누가 있겠나? 퍼레이드 중에 투입할 경비병조차 부족한 형편인데 말이지."

"대전이 남긴 상처가 참 깊습니다그려. 여왕 폐하는 사대귀족만이 아니라 모든 영주들에게 큰 빚을 졌지요. 물론 당신에게도……. 그것만으로는 부족한가 봅니다, 차기 당주님."

"홋―."

연미복 사내의 질문에 금발 남자는 피식 웃었다.

이름으로 불리지 않았지만, 젊은 남성의 이름은 지그 크로이처다.

신왕국의 대영주로서 사대귀족의 일각을 차지하는 크로이

처 가문은 장남인 발제리드가 실각한 후 오랫동안 불우한 시간을 보내야 했다.

그런 크로이처 가문의 차남이자 다음 후계자가 바로 이 남자였다.

"우리 가문도 이번에는 총력을 기울여 전공을 세웠지. 하지만 어리석은 형님이 남긴 부채를 청산하기에는 한참 부족해. 이대로 집안이 몰락한다면 위대한 선조님들을 볼 낯이 없어. 귀공도 그렇지 않나?"

『창조주』와의 결전에 협력한 덕에 다소 입지를 회복한 것은 사실이었다.

하지만 결국 그뿐이었다.

역적으로 멸시당하던 처지가 다소 호전된 것에 불과하다.

신왕국의 차기 장군으로 뽑히겠다는 크로이처 가문의 야망.

『대성역』의 기술과 재산을 차지하여 정점에 서겠다는 숙원은 끝내 덧없는 몽상으로 막을 내리게 됐다.

『대성역』의 유산을 분배하는 과정에서 크로이처 가문이 개입할 수 있는 여지는 한없이 적었다.

사대귀족 최대의 공로자는 라르그리스 가문이기에 다른 보상도 기대할 수 없었다.

유적 사용권이라는 돈이 될 권리를 얻지 못한 이상, 과거의 권위를 회복하기까지 상당히 오랜 세월이 걸릴 거라고 생각했다.

이 웨이블러 헴트라는 남자가 크로이처 가문을 찾아오기 전까지는.

독수리— 아니, 독사 같은 남자라고 지그는 생각했다.

어둠 속에 숨어서, 해가 없어 보이는 가면을 쓴 채 독니를 날카롭게 갈고 있다.

그렇다고 해서 기룡사 전력이나 환신수를 조종하는 뿔피리를 가지고 있는 것은 아니다.

남자가 쥐고 있는 건 비밀이었다.

신왕국의 체제를 뒤흔들 맹독의 이빨을 몰래 갖고 있었다.

단지 『성식』이나 『창조주』 등의 난제가 건재하던 지금까지는 쓸모가 없었을 뿐.

세계 규모의 위협이 사라지고 평화가 찾아온 지금이기에 의미를 갖게 되었다.

"하여간, 반란군으로 위장한 사병도 준비하고 계십니까?"

"그래. 기룡사는 겨우 30명 정도고, 실력도 대단치 않아. 그 룩스가 있는 『기사단』의 주력 중 한 명도 이길 수 없겠지."

실제로 퍼레이드 도중에도 지그의 부하는 경비병으로 위장해서 감시하고 있었다.

하지만 레이더로 요루카의 모습을 전혀 포착할 수 없었기 때문에 아무런 수상한 짓도 하지 않았다.

"하지만 그거면 됐어. 그들이 강하면 강할수록 빼앗는 보람이 있으니."

"호오, 만반의 준비를 갖추었다는 겁니까? 역시 대단하시군요."

웨이블러가 너스레를 떨었지만, 지그의 표정은 여전히 무뚝뚝했다.

"뻔한 공치사는 사양하지. 내 환심을 사고 싶다면 작전에 성공하면 돼. 귀공이 가진 예의 비장의 수단을 확인해봐야겠어."

"물론입니다. 그럼 약속대로 당신의 《엑스 드레이크》에 기록 영상 사본을 보내드리지요. 준비하시길."

웨이블러가 허리에 차고 있던 특장형 범용기룡 《드레이크》의 기공각검을 뽑아 소환했다.

이에 호응하는 것처럼 지그 크로이처도 강화형 《엑스 드레이크》를 착용하고 그 기능을 사용해서 기록 영상을 수신했다.

—5년 전.

구제국이 혁명으로 무너진 날. 그 이면에서 일어난 **어떤 광경**을.

그것은 구제국 쪽이 아니라 영걸 아티스마타 백작 쪽의 기록이었다.

눈앞의 폐허의 공터에 영상이 투영되고 움직이기 시작했다.

지그는 웨이블러가 복사해둔 일곱 개의 기록을 전부 확인했다.

얘기를 듣긴 했지만, 과연 그 얘기대로였다.

이 사실이 세계에 알려진다면— 신왕국의 기반은 붕괴하리라.

"……후후, 하하하하! 좋아! 역시 정치란 이래야지! 이래야 내 진가를 발휘할 수 있으니까! 이것으로 크로이처가는 영화를 되찾을 수 있어! 아니, 어리석은 형님이 남긴 오명을 씻어내고 이 나라를 빼앗을 수 있다!"

확신을 담은 흉소를 떠올리며 지그는 솟구치는 희열에 온

몸을 부르르 떨었다.

지금 이 순간, 그가 꾸미던 계획의 실행이 결정되었다.

"어떻게 하시겠습니다, 새 당주님. 신왕국을 함락할 책략은."

만족스러워 보이는 고용주를 향해 웨이블러는 질문했다.

"어느 쪽도 대응할 수 있다. 이미 여왕에게서 정권을 빼앗길 원하는 『구제국파』의 지지는 얻어냈지. 만약 교섭이 결렬된다면, 나는 정통한 수단으로 이 나라를 손에 넣을 것이다."

"그럼, 퍼레이드 도중에 결행하시지요. 미력하나마 저도 돕겠습니다."

"—잘 부탁하지, 맹우. 나의 패도를 개척해줄 오른팔이여."

이렇게 왕도 구석에서 새로운 불씨가 생겨났다.

아니—.

5년 전 혁명의 날— 그보다도 전에 존재했던 인과가 남긴 잔불이 다시 살아나 신왕국을 집어삼킬 것처럼 기세를 올리기 시작했다.

"……대상, 발견한 거예요."

하얀 후드를 깊게 눌러쓴 소녀가 폐허의 높은 건물에서 그들을 내려다보고 있다.

무기질적인 기계 눈과 인간이 아니라는 증거인 머리에서 돋아난 토끼 귀를 숨긴 채 그들의 동향을 살폈다.

역사는 윤회처럼 반복된다. 그들은 새로운 시작을 고했지만, 복병이 있음을 깨닫지 못했다.

체제에 균열이 생기는 것이 시대의 필연적 흐름이라면, 그 것을 어둠 속에서 쳐부수는 사례 또한 몇 번이나 존재한다.
　구제국이 일찍이 그렇게 영화를 유지한 것처럼.

Episode 4　　끝과 출발선 사이에서

퍼레이드 마지막 날 아침이 밝았다.

"좋은 아침이에요, 오빠. 아침부터 표정이 왜 그래요? 오늘은 영광스러운 날이니까 정신 바짝 차려야죠."

룩스는 숙소 침대에서 눈을 뜨고 십여 초 만에 아이리의 잔소리를 들어야 했다.

하지만 무리도 아니었다.

이틀째인 어제, 룩스는 왕성 연회에서 주역 중 한 명이었으며 신왕국에서도 중요한 위치에 있는 만큼 세계 각국의 귀족이나 유권자들에게 둘러싸여 마시면서 접대해야 했기 때문이다.

"세수 좀 하고 올게. 아직 술기운이 남아 있지만, 표창식 전까지 깨고 올 테니까."

룩스는 무거운 걸음으로 세면실로 향했다.

어제는 낮부터 밤늦게까지 파티로 달아올랐다.

『칠용기성』을 포함한 각국 대표, 오랜만에 재회한 크루루시퍼와 세리스, 에이릴 등과 실컷 떠들며 기쁨을 나누었다.

피르히는 룩스와 리샤의 경호원으로 따라왔고, 요루카는 바깥에서 경비를 맡아주었다. 하지만 여러 주요 인사들이 모인 연회에서도 별다른 사건은 일어나지 않았으며, 오늘— 무사히 퍼레이드 셋째 날이 밝았다.

신년 퍼레이드 마지막 날에는 왕성 외부 테라스에서 여왕이 백성들에게 축사를 발표하는데, 이번에는 중요한 발표가 하나 더 추가된다.

민중들 앞에서 『기사단』 멤버들이 표창을 받고, 마지막 순서로 룩스와 아이리가 목걸이를 벗게 된다.

그 후 왕성에서 축하 파티가 개최되고, 다음 날 마차를 타고 성채 도시로 돌아간다.

그것으로 모든 행사가 끝난다.

『성식』이 가져올 미증유의 위협으로부터 세계를 지켜내는 싸움이 종결되었으니, 앞으로 룩스는 리샤의 기사로서 『대성역』의 보물을 분배하는 교섭 자리에 참여해야 한다.

그러나 그와 동시에 이 기간이 끝날 때까지 다른 문제에 대한 답을 찾아내야 한다.

룩스가 그저께 우연히 알게 된 세리스의 마음.

어차피 이 퍼레이드가 끝날 때 그녀 쪽에서 먼저 룩스에게 전할 것이다.

이제까지 룩스는 자신은 세리스를 비롯한 소녀들에게 선택받을 자격이 없다고 생각했다.

그녀들에게 강한 호의를 품고 있긴 해도, 그것을 겉으로 드러낼 일은 없을 것이라고. 그러나—.

"나는, 계속 도망쳐왔던 걸지도 모르겠어."

어렸을 때는 권력에서 멀리 떨어진 막내 황자로서 황족 내에서도 무시당하며 살았다.

조부가 일으킨 사건으로 궁정에서 추방된 후에는 백성들의 증오를 한 몸에 받게 되었다.

그리고 5년간 날품팔이 생활을 하며 차츰 시민들에게 인정받게 되고, 학원 사람들과 사이가 가까워졌음에도 불구하고 마음 깊은 곳에서 두려워하고 있었다.

혹시라도 앞으로 자신의 처지가 변해 모두의 시선이 바뀌어버린다면 이번에야말로 견디지 못하리라는 걸 알았기에, 진심으로 마주 보는 것을 피해왔다.

하지만―.

"잠깐 왕도 투기장에 다녀올게. 점심때까진 돌아올 거야."

"오빠?"

소란이 일어나면 곤란하니 후드로 얼굴을 가리고 렐리에게 부탁해서 마차를 준비했다.

렐리는 피르히를 호위로 데려가라고 권했지만, 혼자 있고 싶어서 거절했다.

요루카는…… 만일의 사태에 대비해서 쭉 아이리의 호위를 맡겨둔 채였다.

당연하지만 신년 퍼레이드 기간에는 경비병 외에 장갑기룡을 사용하는 사람은 없다.

원래는 투기장에서도 사용할 수 없지만, 기룡 시운전을 하고 싶다고 말해서 허가받았다.

"─오라, 힘을 상징하는 문장의 익룡. 나의 검을 따라 비상하라, 《와이번》."

수리를 마친 《와이번》을 몸에 두르고 불편한 곳은 없는지 확인했다.

준비 운동 대신에 기본 동작을 수행하고 서서히 응용 조작으로 넘어갔다.

잡념을 버리고 장갑기룡을 조종하고 있으니 탁 트인 푸른 하늘처럼 마음이 맑아졌다.

동시에 내면에서 생겨난 감정에 대한 답을 찾아냈다.

"─다들 고마워."

결심한 룩스는 땀에 젖은 채 숙소로 돌아갔다.

겨울이다 보니 쌀쌀했지만, 덕분에 온몸에서 나른함이 쫙 빠져나가는 느낌이 들었다.

†

그리고 퍼레이드 마지막 날, 해가 서쪽에 걸릴 무렵.

왕도 시가지─ 왕성 외부 테라스 앞에 수많은 민중들이 모였다.

무수한 화톳불이 만들어내는 열기와 함께 곧 시작될 무공 표창식을 앞두고 사람들의 기대가 소용돌이치고 있다.

먼저 라피 여왕과 함께 나온 나르프 재상이 군중을 둘러보며 목청껏 열변을 토했다.

"그럼 예정대로 이번에 무훈을 세운 공로자들에 대한 표창식을 시작하겠습니다. 작년부터 올해에 걸쳐 신왕국에는 온갖 시련이 닥쳐왔습니다! 환신수의 습격, 반란군의 위협, 『창조주』의 출현, 게다가 『대성역』을 둘러싼 전쟁 중에 많은 기룡사를 잃었고, 국민 여러분도 많은 부담을 져야 했습니다."

하나하나 되새기는 것처럼 눈을 감고, 잠시 뜸을 들인 다음 계속해서 말했다.

"하지만 우리는 승리했습니다! 구시대의 침략자 『창조주』를 물리치고, 유적의 중추인 『대성역』을 제압해서 그들의 무기인 『성식』을 봉인했습니다. 앞으로는 세계 각국과 외교를 통해 협력 의사를 확인하며 유적의 힘을 평화와 번영을 위해 쓸 수 있을 것입니다!"

—오오오오오!

파문처럼 생겨났다가 사라지는 낮지만 힘찬 환성.

룩스는 『창조주』를 침략자로 치부하는 점이 살짝 마음에 걸렸지만, 신왕국의 체면을 생각하면 그들을 악당으로 다룰 수밖에 없으리라.

에이릴이 걱정됐지만, 신변의 안전은 보장되었으니 앞으로는 룩스가 신경 써줄 수밖에 없다.

"그 최종 결전에 참전하고 최대의 공로를 세운 건, 우리 신왕국의 미래를 짊어진 학원의 유격부대입니다. 『기사단』의 용맹과 실력을 치하하여, 오늘 이 자리에서 그들에게 표창하려고 합니다. 모두 앞으로 나와주십시오!"

나르프 재상의 말에 따라 룩스를 포함한 『기사단』 멤버가 왕성 테라스에 나란히 섰다.

리샤, 크루루시퍼, 피르히, 세리스, 아이리, 트라이어드.

학원 학생이라는 점을 강조할 요량으로 전부 교복을 입고 있었다.

요루카에게도 몇 번 참석을 권했지만, 은밀하게 행동하기 힘들어진다며 거절했다.

일단 포상금만은 직접 전달받을 예정이었다.

"우리의 조국을 지켜줘서 고마워!"

"너희가 있다면 신왕국의 미래는 걱정 없겠지! 잘 부탁해!"

"이젠 죄인이나 날품팔이 왕자라고는 안 부를 거야. 세계를 구한 영웅이니까!"

군중들에게서 쏟아지는 찬사와 환호성 속에서 어떤 말을 들은 리샤가 살짝 미소 지었다.

슬쩍 고개를 돌리고 룩스와 눈짓을 나눈 후 서로 고개를 끄덕였다.

"그럼, 저도 국민 여러분께 드릴 말씀이 있습니다."

함성의 파도가 잠잠해질 타이밍을 가늠하던 라피 여왕이 앞으로 나섰다.

살짝 헛기침해서 목을 고른 후 우아하게 웃으며 민중들을 향해 말하기 시작했다.

"이번에는 제 미숙함으로 인해 많은 부담을 떠안아야 했습니다. 신왕국은 큰 피해를 보았고, 앞으로 재기하기 위해서는 다양한 과제를 해결해야 합니다. 솔직하게 말씀드리자면, 국왕으로서 자신감마저 잃어버린 상황입니다."

"......."

라피 여왕의 약한 소리를 듣고 환희에 가득 차 있던 백성들의 표정에 불안감이 드러났다.

재회한 룩스도 마찬가지였다.

라피 여왕은 폐도 게르니카의 요새에서 룩스와 리샤에게도 소극적인 모습을 보여주었다.

그런 그녀가 신년 퍼레이드 자리에서까지 그런 발언을 하는 모습을 보며 룩스는 당황을 금치 못했다.

참지 못한 룩스가 무언가 말하려는 찰나, 옆자리의 리샤가 그의 등을 살짝 두드렸다.

말은 없었지만, 그녀의 강인한 미소가 「안심해라」라고 말하고 있었다.

"─하지만 이번에 저는 정말 많은 이의 도움을 받았습니다. 기룡사 부대를 보유한 사대귀족의 당주 여러분, 나르프 재상과 집정관 여러분, 각국의 대표 여러분, 그리고 국민 여러분. 이 모두의 지원이 없었다면 승리하지 못했을 것입니다."

라피 여왕은 고개를 들고 온화한 미소를 지으며 말했다.

"구제국의 긴 역사, 그것을 바꿔나가는 새로운 왕정. 저는 어리석게도 그 여정 도중에 포기하려고 했습니다. 인습을 타파하기 위해 싸운 오라비의 의지를 잇지도 못하고 말이지요. 하지만—"

라피 여왕은 잠시 숨을 고른 후 걸음을 옮겼다.

긴장한 표정으로 다음 말을 기다리는 룩스와 리샤 바로 옆으로.

"이 두 사람의 각오가 제 길을 밝혀주었습니다. 아직 젊고 미숙할 터인 그들이, 막중한 책임에 꺾이지 않고 미래를 개척해주었습니다. 과거에 사로잡히지 않고 현재를 나아가기 위해 전력을 다하는 그들의 자세와 공적은, 저를 포함한 모든 국민이 본받아야 할 자세라고 생각합니다."

어느새 조용해진 민중들은 라피 여왕의 연설에 귀를 기울였다.

다음에 이어질 내용을 상상하고, 기대하는 것처럼 마른침을 삼키며 라피 여왕을 바라보았다.

"저는, 앞으로도 여왕의 책무를 다할 것을 맹세하는 동시에, 그들에게 은사와 포상을 내리려고 합니다. 구제국의 황족인 룩스 아카디아와 아이리 이가디아의 목에 걸린 죄인의 목걸이를, 이 자리에서 벗기도록 하겠습니다."

"……."

왕성 테라스 주변은 조금 전보다 훨씬 짙은 정적에 둘러싸였다.

하지만 어디서부터랄 것 없이 군중 사이에서 박수 소리가 들리기 시작하더니, 이윽고 자연스럽게 퍼져나가면서 우레 같은 갈채로 바뀌었다.

"─드디어 답이 나온 모양이네. 축하해, 룩스 군."

옆으로 다가온 크루루시퍼가 룩스의 어깨에 손을 올리며
미소 지었다.

그 모습을 본 본 세리스와 피르히도 천천히 옆으로 다가갔다.

"축하합니다, 룩스."

"축하해, 루우."

"응. 다들 고마워."

웃으며 대답하는 룩스 곁으로 트라이어드도 모였다.

축하의 말을 건네는 티르파와 샤리스를 보면서 아이리가 불
만스러운 듯이 뺨을 부풀렸다.

"저기, 일단 저도 목걸이를 벗게 됐거든요……?"

"Yes. 축하합니다, 아이리. 그리고 룩스 씨도."

"역시 녹트 밖에 없네요."

녹트를 와락 끌어안는 아이리를 보고 모두가 황급히 아이
리 쪽으로 다가갔다.

"괜찮으니 신경 쓰지 마세요. 축하해요, 오빠."

토라졌던 아이라가 표정을 풀고 룩스를 올려다보았다.

5년 동안 줄곧 자신을 뒷바라지해준 동생에게 감사의 마음
을 담아 머리를 부드럽게 쓰다듬어주었다.

"뭐, 솔직하게 얘기하자면, 기분이 복잡하네요. 하아─ 이
제 진짜로 시작이군요."

"……? 아이리, 그게 무슨 소리야?"

약간 불만스럽게 뺨을 부풀린 아이리의 심정을 알 수 없어서 룩스는 고개를 갸웃했다.

그러자 녹트가 룩스의 귓가에 속삭였다.

"Yes. 소녀의 마음은 복잡한 법입니다. 제가 도와드릴 테니 걱정하지 마세요."

"뭐가 뭔지 잘 모르겠지만, 부탁할게."

룩스가 쓴웃음을 지으며 녹트에게 대답하자 리샤가 어이없어하는 표정으로 다가왔다.

"이봐, 그런 건 학원에 돌아가서 해라! 이 자리를 뭐라고 생각하는 게야?!"

식전 내내 공주의 얼굴을 유지하고 있던 리샤는 룩스와 소녀들의 격식 없는 대화를 참지 못하고 폭발했다.

그런 리샤를 크루루시퍼가 놀리고 난 후, 룩스는 『기사단』 멤버들과 함께 다시 한 번 백성들에게 인사했다.

긴 함성은 잦아들 줄 모르고 왕성 테라스를 뒤덮었다.

그렇게 퍼레이드 마지막 날 밤이 깊어갔다.

†

표창식이 끝난 후, 왕성 내에서 주요 인사와 『기사단』 관계자만 초대한 연회가 열렸다.

주요 참석자는 라피 여왕과 나르프 재상, 렐리, 사대귀족과 및 그 측근들.

웬일로 군의 부사령관인 샤리스의 아버지도 있었다.

과거의 사건 때문인지 크로이처가는 일찍 물러난 듯했지만, 연회는 아무 문제도 없이 평화롭게 계속됐다.

"그랬더니 애들이 하나같이 이런 소릴 하더라니까~. 그럼 이제 룩스 군의 잡일 의뢰는 어떻게 되는 거냐고. 이젠 죄인도 아니니 그냥 포기들 좀 하면 좋겠는데~."

그 연회장 구석.

완전히 취한 티르파가 빨갛게 달아오른 얼굴로 룩스에게 달라붙어 있었다.

팔을 어깨에 두르고 룩스의 술잔에 넘치기 직전까지 와인을 따랐다.

어젯밤에는 다들 긴장한 분위기였는데, 오늘은 허물없는 동료들이 많아서 그런지 연회 시작 한 시간 만에 이 꼴이다.

물론 룩스도 이쪽이 더 편했지만, 의외로 트라이어드의 술버릇이 나쁜 탓에 곤욕을 치르고 있었다.

"이미 받아둔 건 학원을 졸업할 때까지 쭉 할 생각이니 괜찮아. 그 정도 여유는 있으니까."

"이거야 원, 대체 잡일을 얼마나 좋아하는 거야? 그 마음은 기쁘지만, 너무 친절하게 굴면 그런 점을 이용당할 거라고."

이번에는 반대쪽 자리에서 술에 취한 샤리스가 끌어안았다.

평소의 장미 향은 술 냄새에 지워졌지만, 제법 존재감 있는 가슴의 감촉은 당황스러운 한편 흐뭇하기도 했다.

하지만 마찬가지로 거나하게 취한 아이리가 도끼눈으로 쏘아보자 룩스는 이성을 바로잡았다.

"둘 다 평소보다 좀 끈질기긴 하지만, 용서해주세요. 룩스 씨와 거리가 멀어질 것 같아 아쉬워하는 겁니다."

녹트가 작은 목소리로 속삭였지만, 룩스로서는 의미를 알 수 없었다.

"멀어지다니…… 죄인의 목걸이를 벗었을 뿐이지 앞으로도 『기사단』에 함께 있을 건데. 분명 아무것도 변하지 않을 거야."

"하아……."

웃으면서 대답하는 룩스를 보며 아이리는 성대하게 한숨을 내쉬었다.

"봐요, 녹트. 제 말이 맞죠? 오빤 아무것도 눈치 못 챘을 거라고 했잖아요."

"Yes. 설마 이렇게까지 심할 줄은 몰랐습니다. 좀 거친 치료가 필요하겠네요."

"저기, 무슨 얘길 하는 거야?"

룩스가 곤란한 표정으로 고개를 갸웃하자 녹트가 드물게도 고개를 푹 숙였다.

그러자 뒤쪽에서 에이릴이 불쑥 얼굴을 내밀었다.

"최후의 발버둥인 거야, 룩스 군. 『협정』이 끝나버렸으니, 하다못해 지금만이라도 즐기고 싶은 거지."

"뭐야, 에이릴?! 갑자기 핵심 찌르지 말라구~!"

"이런 나쁜 아이에겐 벌을 줘야지. 각오해 에이릴. 트라이어드의 성희롱 연계를 보여주마! 녹트도 어서 와!"

"No. 둘 다 너무 취했습니다……."

자리에서 벌떡 일어나 에이릴에게 달려드는 샤리스와 티르파.

딱히 그녀들을 지적하는 사람도 없는 것을 보니 드디어 술자리도 갈 데까지 갔다는 느낌이다.

녹트는 주인인 샤리스의 명령을 무시하고 룩스 옆에 앉았다.

"그럼, 저도 뒤늦은 발버둥을 쳐봐야겠군요. 이대로 룩스 씨가 쓰러질 때까지 술을 먹여볼까 하는데, 어떻습니까?"

"제가 허가할게요, 녹트. 자, 오빠. 죄인의 목걸이를 벗기 전에, 지금까지 학원에서 어떤 저속한 죄를 저질렀는지 실토해 보세요."

평소처럼 과묵하고 냉정하지만, 은근한 장난기가 어린 미소를 짓는 녹트와 완전히 취해버린 아이리.

룩스가 번개 같은 눈치로 술 따르기 연속 공격을 피하는 동안 찰싹 달라붙어 있던 아이리가 먼저 술에 취해 쓰러졌다. 녹트가 아이리를 방으로 데려간 후, 룩스는 몰래 연회장을 빠져나가 왕성 테라스로 향했다.

불과 몇 시간 전에 『기사단』이 표창을 받은 이곳을 장식하던 태피스트리와 붉은 융단, 촛대 등은 치워졌고, 군중들도 누구 하나 남아 있지 않았다.

그럼에도 불구하고 이 자리에 서기만 했는데도 신기한 고양감이 솟아올랐다.

그 혁명의 날로부터 5년. 학원에 온 뒤로 약 1년.

룩스가 생각해 보지도 못한 만남과 싸움.

후길과의 악연에 종지부를 찍고, 룩스는—.

"정말로, 오늘은 꿈같은 날이네요. 그 싸움의 열기가 여전히 몸에 남아 있는데—."

그곳에 서 있던 한 소녀, 세리스티아가 뒤를 돌아보며 미소 지었다.

우연한 만남이 아니다.

연회가 시작된 직후, 기회가 있으면 이곳에서 하고 싶은 얘기가 있다고 세리스에게 언질을 주었다.

"네, 저도 꿈같아요. 이런 날이 오게 되다니—."

"다시 한 번 축하해요. 모두가 무사히 돌아온 것을. 그리고 당신과 동생의 공적을 인정받아 자유의 몸이 된 것을."

"고맙습니다. 모두가 도와준 덕분에 여기까지 올 수 있었어요. 혁명의 날 이후로, 제가 계속 걷던 길도 드디어 끝이 보이기 시작했고요—."

"답을, 찾았나요?"

"네."

세리스의 질문에 룩스는 고개를 끄덕였다.

그러자 평소에는 늠름하고 의연한 아름다운 소녀가 당황한 것처럼, 혹은 초조한 것처럼 가슴 앞에서 깍지를 꼈다.

"그, 그러면 저어…… 하나만 말해도 괜찮을까요? 오늘, 당신에게 꼭 전하고 싶은 한마디가 있어요. 학원 선배로서가 아니라, 『칠용기성』 보좌관으로서가 아니라, 저 개인적으로—."

"그전에, 제가 먼저 한마디 해도 괜찮을까요?"

"네? 네…… 그러세요."

수많은 별들이 반짝이는 밤하늘 아래.

룩스는 허를 찔려 당황한 세리스를 똑바로 응시하며 심호흡을 했다.

차가운 겨울 공기가 폐부를 가득 채우고, 타오르는 듯한 열기를 띠면서 배출되었다.

"—당신을 좋아합니다. 세리스 선배."

달빛에 빛나는 테라스의 무대 위에서 룩스의 목소리가 울린다.

아무 소리도 없는 맑게 갠 공기 속에서 시간의 흐름을 잊는다.

퍼레이드 첫날에 우연히 세리스의 혼잣말을 듣지 않았다면 그녀의 호의를 자각하지 못했으리라.

그러나 이때의 운명은 그녀 편이었고, 이 결과로 이어졌다.

"싸움이 일단락되고 드디어 깨달았습니다. 저는 앞으로도 당신 곁에서 싸우고 싶어요. 당신 곁에 있고 싶어요. 대답해주실 수 있나요? 세리스 선배가 하고 싶었던 말을, 먼저 한 다음에—."

"……그, 그건, 비겁합니다."

세리스는 눈을 크게 뜬 채 굳어버렸다. 그리고 잠시 침묵의 시간을 가진 후 입가에 손을 대며 시선을 돌렸다.

그 표정은 지금까지 본 적 없을 정도로 황홀했고, 꿈을 꾸는 것만 같았다.

"선배로서 제가 리드해야 한다고 생각했는데, 먼저 듣게 되었네요. 이제 와서 농담이라고 하면 재기할 수 없을 거예요."

"그럼 한 번 더 말할게요. 당신을 좋아합니다. 저랑, 약혼해 주시겠어요?"

룩스도 조금 부끄러워하는 모습으로 살짝 다가가며 말했다.

최대한 평정을 가장하려고 했지만 이 정도가 한계였다.

"―웃?!"

세리스의 얼굴이 귓불까지 새빨갛게 물들고, 얼굴에서는 증기가 뿜어져 나왔다.

룩스가 석상처럼 굳어버린 세리스 곁으로 다가가자 그녀의 몸이 재빠르게 움직였다.

"앗……!"

깜짝 놀라는 룩스.

세리스는 눈 깜빡할 사이에 양팔로 룩스를 붙잡아 세게 끌어안았다.

세리스의 신장이 더 큰 데다 룩스의 자세가 앞으로 기울어진 탓에 그녀의 풍만한 가슴에 정확히 얼굴을 묻는 구도가 되었다.

탄력과 부드러움이 동시에 느껴지고, 꽃처럼 좋은 향기에 정신이 아득해졌다.

룩스도 그녀의 등에 팔을 두르고 달아오른 몸의 열기를 공유했다.

"자, 잠시만, 위를 보지 말아주세요. 지금은, 얼굴을 마주 볼 수 없을 것 같으니까."

"저는 보고 싶지만, 참을게요. 그리고 힘을 너무 세게 주면 숨이—"

솔직히 말하자면 가슴 탓에 질식할 것 같았지만 마음속에만 담아두기로 했다.

"……그건, 허가할 수 없습니다. 당신이 그런 말을 해주었는데, 간단히 놓아줄 수는 없어요."

뺨에 홍조를 띤 세리스는 고개를 돌리고 입을 삐죽 내밀었다.

룩스는 사랑과 기쁨으로 자신을 놓아주지 않는 소녀의 호의를 거부하지 않았다. 그렇게 밀착돼 있던 두 사람의 몸은 한참 후에야 안타까운 듯이 떨어졌다.

"제 대답 같은 건, 들을 필요도 없어요. 설마 당신이 이런 말을 해줄 줄은 생각지도 못했습니다."

꿈속을 거니는 듯한 세리스의 표정이 무척 요염하게 보였다.

이 자리에서 세리스를 원하는 마음을 억누를 수 없을 정도였다.

"그럼 세리스 선배는 제 고백을 받아주시는 건가요?"

"물론이에요. 저는 지금 너무나도 행복합니다. 이 밤이 영원히 끝나지 않았으면 좋겠다고 생각할 정도로요."

세리스는 룩스의 키에 자신의 키를 맞추고 손가락을 얽듯이 손을 잡았다.

조금 전의 정열적인 포옹과는 다르게 두 사람의 표정에는 평온한 만족감이 깃들어 있었다.

"하지만 선배라는 호칭은 이제 쓰지 마세요. 그런 상하관계를 의식하지 말고 이름으로 불러주면 좋겠습니다."

"그래요? 그렇다면― 으음, 세리스?"

룩스가 어색하게 이름을 부른 순간 세리스의 몸이 움찔 튀어 올랐다.

지금까지 본 적 없을 정도로 당황한 표정으로 허둥지둥 양손을 내둘렀다.

"으, 역시 그렇게 부르는 건 허가할 수 없습니다. 아, 아니, 부르는 것 자체는 딱히 상관없습니다만, 학원에서 그렇게 부른다면 정신을 못 차릴 것 같아요."

여느 때 이상으로 거동이 이상한 세리스를 보고 룩스는 자기도 모르게 웃음을 흘렸다.

"그렇다면 세리스 선배가 졸업할 때까지 기다려야겠네요."

룩스가 놀리는 투로 말하자 세리스는 수줍은 듯이 토라진 표정을 지었다.

"정말, 룩스는 심술궂네요. 그래도 저어― 단둘이 있을 때만큼은, 조금 전 호칭을 허가하겠습니다. 그렇게 불러줬으면 하니까요."

"응. 그렇게, 세리스."

룩스는 그렇게 대답하고 다시 한 번 그녀를 다정하게 안아주었다.

품에 안긴 세리스도 팔에 힘을 주었고, 두 사람은 서로의 감정을 공유했다.

하나로 합쳐진 것만 같은 고양감에 가득 찬 두 사람은, 이

읔고 조용히 입술을 포갰다.

†

"그럼, 다음에는 학원에서 만나게 되겠군요. 저, 저기, 학원에서 도가 지나치게 행동하는 건 허가하지 않을 겁니다. 학원의 규범을 어기게 되니까요."

"걱정 마세요. 세리스 선배의 성격 정도는 잘 아니까."

고지식하다 싶을 정도로 책임감이 강한 소녀이므로 보는 눈이 있는 곳에서 연인처럼 행동하는 것을 원치 않으리라는 건 예상한 바였다.

솔직히 말하자면 조금 아쉬웠지만, 자제하지 못할 룩스가 아니었다.

—그럴 터였지만.

"하, 하지만 이목이 없다면 허락하겠습니다. 그리고 휴일에 단둘이 외출하게 되면, 룩스가 원하는 것에 얼마든지 응해줄 수— 아뇨, 아무것도 아닙니다! 잊어주세요!"

"……."

말하는 도중에 이성이 돌아온 세리스가 황급히 양손을 교차하며 손사래를 쳤다.

그런 의미심장한 얘기를 들으니 룩스는 앞으로 여러 면에서 참기가 힘들 것 같았다.

상황이 어느 정도 정리되면 라르그리스가에 약혼 사실을

보고하러 가기로 약속하고 연회장으로 돌아갔다.

왕성에서 열린 긴 연회의 밤이 깊어져 갔다.

†

"으, 으으……."

사람들이 완전히 잠든 심야. 룩스는 어떤 기척을 느끼고 눈을 떴다.

넓은 연회장 주위를 둘러보니 왕성 연회에 참가한 사람들이 전부 취한 채 쓰러져 있었다.

째깍, 째깍…… 규칙적으로 울리는 시곗바늘 소리.

그것 외에는 귀가 아플 정도의 정적이 성 내부를 감싸고 있었다.

조금 전 서로 마음을 확인한 세리스는 평온한 표정으로 테이블에 엎드려 있다.

아이리도, 리샤를 비롯한 『기사단』 멤버도, 각국 관계자들도 하나도 빠짐없이 잠들어 있다.

뜻밖이라고 하면 실례겠지만, 그 요루카마저 곤히 잠들어 있었다.

라피 여왕과 나르프 재상, 그리고 사대귀족들은 일찌감치 자리를 떠났기에 이곳에는 없었지만—.

'이 기묘한 감각은 뭐지?'

이 광경 자체는 그리 신기하지 않았다.

길었던 싸움과 그 피날레를 알리는 퍼레이드가 끝났으니까.

강제적으로 유지해야 했던 긴장감에서 해방된 여파로 잠들어버렸다 해도 위화감은 없었다.

굳이 따지자면 룩스 쪽이 이상하다 볼 수 있었다.

기묘한 분위기에 눈이 말똥말똥해지고 긴장으로 잠기운이 싹 날아갔다.

마치 육체가 경종을 울려서 눈치채지 못한 두뇌에 위기를 알리는 것 같았다.

'설마, 아닐 거야……'

그런 생각 자체가 어이가 없어서 자조적으로 중얼거리려 했는데 어째서인지 목소리가 나오지 않았다.

자연스럽게 잠든 사람들의 얼굴을 확인하던 룩스는 이상한 점을 찾아냈다.

'에이릴이 없네? 어디 갔을까……?'

이곳에 계속 남아 있을 것을 강요하진 않았으니, 모종의 이유로 돌아갔다 해도 이상할 것은 없었다.

그러나 어째서인지 가슴이 묘하게 울렁거려서 룩스는 연회장에서 나와 성안을 돌아다녔다.

'나는 어디로 가려는 거지? 뭘 하려고 하는 걸까?'

그녀가 어디로 갔는지 짚이는 곳은 없었다.

본인의 의지로 이 자리에서 떠난 것이라면 찾아내는 것조차 불가능하다.

그런데도—.

'이 감각은, 어디선가……. 5년 전에도 나는……'

성 내부에서는 초침 소리 외에는 아무 소리도 들리지 않았다.

이상한 점이라곤 아무것도 보이지 않았다.

"하아, 이게 대체 무슨 짓인지……."

넓은 성 내부를 한 바퀴 돌고 2층으로 올라가다가 자신의 기행을 깨닫고 쓴웃음을 지으며 멈춰 섰다.

최종 결전에서의 승리와 죄인이라는 처지에서 해방된 것.

그리고 세리스와 맺어지는 등 좋은 일이 연속되자 외려 묘한 불안감을 느끼게 된 것일지도 모른다.

행복을 순순히 받아들이지 못하다니, 자기가 생각해도 어처구니가 없었다.

"……으!"

문득 불어온 차가운 밤바람을 맞고 룩스는 부르르 몸을 떨었다.

얼른 연회장으로 돌아가서 난로로 몸을 녹이자.

그리고 모두가 자는 얼굴이라도 보면서, 불침번을 서는 셈 치고 조용히 날이 밝기를 기다리자.

그렇게 생각하고 발걸음을 돌려 다시 회랑을 걷고 있는데 찌릿, 미약한 통증이 머리를 찔렀다.

그리고 시각도 청각도 아닌 후각이 룩스에게 이변을 알려줬다.

익숙한 냄새라고 할 정도는 아니지만, 입장상 여러 차례 맡아본 냄새.

비릿한 쇳내와도 비슷한— 피 냄새가 하늘이 보이는 안뜰에서 감돌았다.

2층 회랑에 있던 룩스는 반사적으로 1층 안뜰을 내려다보았다. 바닥에는 누군가가 쓰러져 있었고, 이를 내려다보는 천사형 환신수가 연기처럼 떠올랐다.

"—흡?!"

룩스는 반사적으로 입을 막고 튀어나올 뻔한 비명을 삼켰다.

쓰러져 있는 사람은 피를 무서운 기세로 흘리며— 죽어 있었다.

조금 전 안뜰을 돌아보았을 때만 해도 아무도 없었다.

그런데 갑자기 출현했다는 사실에 경악했다.

처음에는 환영을 의심했지만, 사라지기는커녕 추가로 다른 존재가 나타났다.

"—대상소거완료역사의분기지점수정을기동, 현시각을기점으로현실소거개시."

단어를 구분하지 않는, 기복이 없는 빠른 어조.

장의와 흡사한 독특한 복장.

몸에 딱 붙는 슈트를 입고 있는 건 무기질적인 표정의 작달막한 소녀다.

하지만 그 이상으로 확실한 특징이 머리에서 솟아올라 있었다.

귓가에서 뻗어나온 기계 새의 날개.

인간이 아님을 나타내는 그 특징을 가진 존재가 룩스의 기억을 불러 일으켰다.

"너는— 엘 파쥴라?!"

예전에 헤이즈와 함께 신왕국을 침공하여 유적 『거병』을 조종하던 통괄자.

기어 리더

요루카에게 파괴당해 작동을 정지한 뒤에는 행방이 묘연해졌지만—.

"……. 적대존재와해후, 소거허가를요청……부정확인."

룩스의 목소리를 들은 자동인형은 안뜰에서 그를 올려다보았다.

고개를 비스듬히 기울이며 룩스를 쳐다보고 희미하게 미소지은 후 무언가를 중얼거렸다.

틀림없었다.

"뭐냐?! 어째서 네가 여기에 있는 거지?! 아니, 그보다 그 남자는—."

외투 밑에 연미복을 입은 30대 정도의 남성.

바로 옆에는 검대에서 떨어진 《드레이크》 기공각검이 보였다.

모르는 얼굴임에도 불구하고 룩스의 심장이 세차게 요동쳤다.

'이 남자는 누구지? 처음 보는 얼굴인데, 설마—.'

"운명궤도수정개시, 관리자는대상외를무시하고속행을명령, 허락한다."

엘 파쥴라의 무기질적이고 기복 없는 목소리가 고막을 두드렸다.

그 직후, 일곱 가지 빛이 왕성 안뜰을 밝히고 시야가 연하게 녹아내렸다.

'이건 대체……. 꿈이라도 꾸는 건가?!'

의식을 잃기 직전, 장개라 불리는 군청색 로브를 두른 사내가 나타났다.

싱글렌 쉘브릿.

『푸른 폭군』이라 불리는 그 남자를 눈에 새겨 넣은 후 룩스는 의식을 잃었다.

Episode 5　개변기룡 《우로보로스》

아티팩트

　왕도 시가지에서 이른 아침부터 불꽃놀이 소리가 울려 퍼졌다.

　신년 축제를 알리는 퍼레이드 **첫날**은 병사들의 행진과 함께 왕족이 마차를 타고 얼굴을 비춘다.

　당연히 룩스도 오전 중에는 리샤와 함께 행동했다.

　"하아, 피곤해라……."

　총 네 시간에 달하는 마차 행진을 마치고 숙소로 돌아온 룩스는 외투를 벗어던지고 침대에 몸을 던졌다.

　방 안에는 퍼레이드 행진을 함께 한 아이리와 뒤따라오는 마차에 경호원으로 타고 있던 피르히, 그리고 놀러 온 트라이어드까지 있었다.

　"체통을 지키셔야죠, 오빠. 세계를 위기에서 구해낸 영웅이라는 칭호가 아깝네요."

　아이리는 약간 지쳐 보이긴 했지만, 등을 곧게 편 바른 자세로 녹트와 함께 소파에 앉아 있었다.

　"천하의 룩스 군에게도 버거운 일이었나 보군. 주로 정신적으로 지친 것 같지만."

　"그럴만해~. 평소 학원에서 받는 잡일 의뢰에는 그렇게 힘든 일이 흔치 않으니까."

샤리스가 간결하게 정리하자 티르파도 재미있어하며 맞장구 쳤다.

"Yes. 어쩔 수 없죠. 그런 외교적인 활동은 원래 아이리가 전담해왔으니까요."

"오빠가 평소에 학원에서 일으키는 온갖 소동을 수습하느라 제가 얼마나 고생하는 줄 아세요?"

트라이어드와 아이리, 그리고 피르히 등과 잡담을 하며 시간을 보낸 뒤 렐리가 전세를 낸 넓은 술집에서 왕도에 온 학원 학생들만의 연회가 시작됐다.

쟁취해낸 평화를 축하하고, 모두가 무사히 살아남은 기쁨을 나누었다.

잡일 의뢰가 밀린 건으로 몰려든 소녀들이 『대성역』에서의 영웅담을 얘기해달라고 요청했지만, 그럴 때마다 트라이어드와 아이리가 잘 수습해줘서 고마웠다.

"그러고 보니 퍼레이드 중에 무슨 일이 생기진 않을지 걱정했는데 다행이네요. 요루카 씨가 《야토노카미》로 주위를 감시해준 것 같던데—"

해가 뉘엿거리기 시작하자 하나둘 객실로 돌아가는 사람이 나오기 시작했고, 룩스 주위에서도 겨우 학생이 줄어들었다.

그러자 슬그머니 다가온 녹트가 진지한 표정으로 속삭였다.

"Yes. 아무래도 묘하게 움직이는 기룡사를 발견한 모양입니다. 그 건으로 룩스 씨에게 할 얘기가 있다고—"

"알았어. 잠깐 화장실 다녀오는 김에 물어볼게."

저번에는 없었던 대화 패턴이지만, 생각해보니 요루카도 이와 비슷한 얘기를 했던 것 같다.

아니, 그건 확실히 이 뒤의 대화였다.

그때 요루카는 누군가의 기척이 다가오고 있으니 그걸 확인하러 가보겠다고—.

'……? 누군가의 기척이 다가오고 있다고? 이 뒤의 대화? 내가 대체 무슨 생각을 하는 거지?'

드디어 시작된 신년 퍼레이드의 긴장에서 해방되어 머리가 혼란스러운 걸까?

"그건 그렇고 화장실에서 요루카 씨가 이상한 짓 할 것 같으면 꼭 막으세요……. 여긴 왕도이니까요!"

『설마, 그런 일은 없을 거야』라고 단언할 수 없다는 점에 쓴웃음이 흘러나왔다.

룩스는 볼일을 보고 손을 씻은 다음 술집 밖으로 향했다.

조금 걸어서 인기척 없는 뒷골목에 도착했을 때 그녀의 이름을 불렀다.

"요루카, 있어?"

"물론이옵니다. 저는 언제나 주인님 곁에 있사와요."

눈에 익은 동쪽 나라의 검은 의복이 그늘에서 스르르 나타나며 공손하게 머리를 숙였다.

『제국의 흉인』이라 불리던 아름다운 소녀는 룩스 앞에 모습을 드러내자마자 활짝 밝게 웃었다.

"요루카도 연회에 참가했으면 좋았을 텐데. 우릴 생각해서 주위를 경계해준 건 고맙지만, 그래도 조금은―."

"그 마음만으로도 충분하답니다."

웨이블러― 신왕국에 반기를 든 『구제국파』 귀족 남성.

세리스의 아버지인 디스트가 그 수상쩍은 남자에 관해 알려주지 않았다면, 이렇게까지 경계할 필요도 없었을 것이다.

하지만 다행히도 그 위협은 이미 사라졌다.

'……뭐? 웨이블러의 위협이 사라졌다고? 나는 왜 그렇게 생각하는 거지? 요루카도 나도, 아직 그 남자의 모습조차 보지 못했는데―.'

그런 의문을 느끼면서도 룩스는 눈앞의 소녀에게 의식을 쏟았다.

먼저 보이지 않는 곳에서 계속 자신들을 경호해준 요루카의 노고를 치하하는 말을 해주었다.

"정말 고마워. 퍼레이드가 끝나면 꼭 보답할게. 아니지, 아무 문제도 없을 것 같으면 지금이라도 연회에―."

……빠직!

"――?!"

누군가가 나뭇가지를 밟아 부러뜨린 소리.

거리의 소음에 묻힐 정도로 미미한 소리였지만 룩스와 요루카는 즉시 반응했다.

건물 그늘에 몸을 숨기며 기공각검 자루를 쥐고, 숨을 죽인 채 기척을 찾았다.

"요루카? 방금 그건, 설마—."

"네, 아군의 기척이 아닌 것이 확실하옵니다. 그런데— 묘하군요."

"묘하다고?"

진지한 표정으로 고개를 기울인 요루카가 꺼낸 말에 룩스는 당황스러움을 내비쳤다.

그러자 요루카는 대답도 하지 않고 뒷골목을 누비듯이 빠져나갔다.

복잡하게 교차되는 좁은 길에서는 《야토노카미》를 소환할 수 없기 때문이리라.

이 상황이 마음에 걸린 룩스도 그녀 뒤를 따라갔다.

그러자 요루카는 벌레가 우는 소리처럼 작은 목소리로 대답해주었다.

"우리가 경계하는 걸 알아차리고 물러난 것 같지는 않사옵니다. 여기에 있던 인물은 주인님의 동태를 살펴보러 왔다가 누군가가 불러서 돌아간 느낌이었사와요."

"……무슨 일일까?"

수수께끼가 더욱 늘어났지만, 자세한 건 요루카도 파악하지 못한 듯했다.

룩스가 생각에 잠긴 사이에 요루카는 거침없이 뒷골목을 빠져나갔다.

그리고 막다른 골목에 다다르자 요루카는 홀로 그 자리에 서 있었다.

"……아무도, 없어?"

"그런 듯하옵니다."

아무도 없는 골목을 응시하며 요루카는 미동도 하지 않았다.

그녀의 오른손이 여전히 기공각검 자루에 올라가 있는 것을 보면 이 상황을 부자연스럽게 생각하는 것이리라.

『세례』를 받은 보라색 눈동자가 형형하게 빛나는 모습을 보고 모든 신경을 집중하고 있음을 알 수 있었다.

그리고 기공각검을 뽑아 《야토노카미》를 소환해서 특장형의 레이더를 이용해 주위를 탐색하기 시작했다.

"요루카?!"

"주인님, 제 뒤로 오시어요."

룩스는 일단 요루카의 지시대로 숨었다. 그리고 십여 초 후—요루카는 결국 아무것도 찾지 못했는지 포기한 것처럼 장갑을 해제했다.

"상공에서 지하까지 샅샅이 탐색해보았지만, 정작 저의 흔적은 찾지 못했사와요. 면목 없사옵니다. 무슨 벌이든 내려주시어요."

"아냐, 그럴 필요 없어. 무슨 일이 있었는지만 알려줄래?"

룩스는 처벌이 없다는 말을 듣고 어딘지 모르게 아쉬워하는 듯한 요루카를 보고, 쓴웃음을 지으며 재차 물어보았다.

그러자 요루카 본인도 이 상황을 이해하지 못한 것인지 드물게도 난처해하는 표정으로 보고했다.

"결과만 말씀드리자면 기분 탓이었사옵니다. 우리를 염탐하던 밀정으로 보이는 사내는 이곳에서 홀연히 자취를 감춘 것 같사와요. 《야토노카미》의 탐사 장치에도 아무것도 잡히는 게 없었사옵니다."

"그건, 확실히 이상하네."

룩스도 소리를 들었으니 착각일 확률은 거의 없을 것이다.

하물며 탐지 능력이 뛰어난 그녀가 초보적인 실수를 하리라는 생각도 들지 않았다.

그렇다면 실제로 누군가가 두 사람을 염탐하려다가 홀연히 사라졌다고 볼 수밖에 없었다.

정리해보니 더욱 혼란스러웠지만, 실제로 그런 일이 일어났다고 보는 게 타당했다.

"······어라? 그 정체불명의 인물이 『남자』라는 건 어떻게 알았어? 분명 모습까지는 못 봤을 텐데ㅡ."

"그쯤은 보폭과 바닥을 딛는 소리의 강약으로 알 수 있사와요. 덧붙여서 말씀드리자면, 어느 방향으로 달아났는지도 얼추 파악할 수 있답니다."

역시 호흡을 읽어내는 천부적인 암살자다웠다.

그녀의 비범한 재능에 새삼 감탄하며, 룩스는 남자가 어느 방향으로 갔는지 물었다.

그러자 요루카는 기공각검을 칼집에 거두고 다소곳한 표정으로 즉시 대답했다.

"아마도 왕성일 것이옵니다. 아직 거리는 꽤 떨어져 있지만요."

"······."

왕성에서 온 누군가가 룩스를 염탐했다.

세리스의 아버지 디스트가 얘기한, 룩스를 휘하에 넣으려하는 권력자의 부하인 것일까?

그 가능성은 제로가 아니지만, 그렇다면 도중에 돌아간 이유가 신경 쓰인다.

단순히 변덕인 것일까. 아니면 예상 밖의 상황이 발생한 것일까.

하지만 요루카도 흔적을 파악할 수 없는 상황이라면 아무리 생각해본들 답은 나오지 않으리라.

이 이해할 수 없는 사건을 기억에 담아두고 긴장을 유지한 채 퍼레이드 기간을 보낼 수밖에 없다.

"······혹시 모르므로 저는 주위를 감시하고 있겠사옵니다. 주인님은 부디 연회장으로 돌아가시어요."

요루카는 사근사근하게 웃으며 권유했다.

평소의 룩스라면 그 말에 순순히 따랐을지도 모른다.

하지만 지금은 어쩐지 그녀의 어조에서 쓸쓸함을 느꼈다.

"저기, 요루카. 잠깐 나랑 퍼레이드를 구경하지 않을래? 이 시간이면 주위가 밝지도 않으니까, 그렇게 눈에 띄지 않을 거야."

"······그래도 괜찮은가요?"

약간 간격을 두고 요루카는 눈을 동그랗게 떴다.

평범한 여자아이처럼 반응하는 요루카의 모습이 신선하게

다가와서, 룩스는 자기도 모르게 웃음이 나왔다.

"싫어? 요루카랑 함께 둘러보고 싶은데."

"그렇다면, 함께 하겠사와요. 주인님 곁이라면, 저도 즐길 수 있을 것 같으니까요."

그녀가 보여준 얌전한 미소에 룩스의 가슴이 세차게 뛰었다.

뭐라고 해야 할까. 평소 요루카는 여러모로 과도한 스킨십을 시도하다보니, 이렇게 기습적으로 자연스럽게 웃는 모습은 무척 귀엽게 느껴진다.

광채를 발하는 듯한 아름다운 검은 머릿결과 매끄러운 분홍색 입술도.

선정적인 검은 옷 사이로 엿보이는 하얀 목덜미와 가슴골도, 무심코 숨을 죽일 만큼 매력적이었다.

"뭐 먹고 싶은 거 있어? 돈 없으면 내가 사줄게."

"주인님께서 드시고 싶은 것을 고르시면 되옵니다."

하는 수 없이 룩스는 노점에서 맛있어 보이는 꼬치구이와 갓 구운 케이크를 샀다.

그러자 요루카는 먹이를 조르는 아기새처럼 고개를 들고 오밀조밀한 입술을 삐죽 내밀었다.

"자. 독이 있는지 확인해드리겠사와요. 한입만 주실 수 있으신지요?"

"어, 아…… 응."

그녀는 두 눈을 조용히 감고 평소의 요사스러운 색기를 숨겼지만, 대신에 무구한 처녀 같은 사랑스러운 모습이 룩스의 정신을 빼놓았다.

어쩌다 보니 상황이 묘하게 되었지만, 요루카다운 행동이었다.

룩스가 먹고 싶은 것을 1인분만이라는 게 설마 이런 의미였을 줄이야.

'그나저나 어쩌면 이 모습은……'

요루카의 관점으로는 그리 이상하지 않은 행동일지라도, 남들 눈에는 완전히 연인간에 하는 행동으로 보이리라는 것을 깨닫고 얼굴이 확 뜨거워졌다.

―그렇다고 이제 와서 무를 수는 없었다.

'잠깐만, 생각해 보니까 꼬치구이는 먹여주기가 쉽지 않잖아?! 꼬치에 찔리기라도 하면 큰일인데. 하지만―'

잠시 고민한 끝에 룩스는 엄지와 검지로 고기 한 조각을 빼서 직접 요루카의 입가에 가져갔다.

그 손끝으로 탱탱한 입술의 탄력을 느끼고 새콤달콤한 충동이 솟아올랐다.

하지만 요루카는 신경 쓰는 기색도 없이 고기를 입 안에 넣고 오물오물 씹었다.

독이 없는 것 같다고 판단했는지 이윽고 꿀꺽 삼켰다.

"저기, 어떤 것 같― 으아?!"

"독은 없사와요. 그보다도 주인님, 맨손으로 집으면 손가락에 화상을 입사옵니다."

요루카는 육즙이 묻은 룩스의 손가락을 자신의 타액으로 식히려는 것처럼 입술을 댔다.

그대로 두 번째 관절까지 입에 넣어 혀를 휘감았고, 이윽고 천천히 얼굴을 뒤로 당겼다.

손가락을 압박하는 부드러운 입술의 감촉.

따뜻하게 달라붙는 타액의 점성.

그리고 매끄러운 혓바닥이 촉각을 자극하는 기묘한 쾌감에 뇌가 저릿했다.

단순히 독을 확인하는 행위일 뿐인데 혼까지 빠져나가는 듯한 느낌이 들었다.

"그럼 주인님. 케이크 쪽도 확인해볼까요? 아니면, 혹시 모르니까 한 번 더 꼬치구이 쪽을—."

"어, 그게…… 그럼 한 번 더— 가 아니라! 역시 치즈케이크 쪽을 부탁할게!"

녹아내린 이성을 다시 굳히고 가까스로 유혹을 이겨냈다.

"그런가요? 유감이네요."

어딘가 아쉬운 것처럼 중얼거리는 요루카에게 이번에는 치즈케이크를 내밀었다.

노란 삼각형 끝부분을 그녀의 입이 베어 물었다.

다시 오물오물 씹은 후에 목으로 넘기고, 룩스를 보며 살짝 고개를 끄덕였다.

"문제없사옵니다. 안심하고 드시어요."

활짝 미소 짓는 요루카를 보고 동요하면서 룩스는 고개를 끄덕였다.

케이크 쪽은 간접 키스가 되어버렸다는 사실을 깨달았지

만, 깊이 신경 쓰지 않고 먹기로 했다.

"응, 맛있네. 고마워 요루카."

"저를 굳이 배려해주실 필요는 없답니다. 이렇게 제게 시간을 내어주신 것만으로도 주인님께 감사할 따름이니까요."

무언가에 도취한 것처럼 뺨이 붉게 물든 요루카가 룩스를 보며 미소 지었다.

보기 드문 그녀의 인간적인 모습이 왕도의 불빛을 받아 빛났다.

"나는, 한동안 요루카를 보지 못해서 쓸쓸했거든. 나를 지켜주기 위해서라도 그렇지, 2주 동안이나 곁에 있었으면 한 번쯤은 얼굴을 보여줄 수 있잖아."

요루카가 있음을 눈치채느냐 마느냐를 놓고 아이리와 트라이어드가 내기를 했다는 걸 알지만, 그렇게까지 착실하게 어울릴 것까진 없을 텐데.

"……."

룩스가 그렇게 생각하고 말하자 요루카는 잠시 입을 다물었고, 이윽고 결심한 것처럼 대답했다.

"사실, 그 건은 제가 원해서 제안한 것이었사옵니다. 그녀들이 비밀로 해준 것을, 이렇게 밝히게 되는군요."

"뭐……?"

생각지도 못한 요루카의 고백에 룩스는 무심코 멈춰섰다.

마침 야간 노점 주위에서 인파가 끊겼고, 육교 위에서 무수한 가로등이 시야를 가득 채웠다.

그 환상적인 광경 속에서 룩스는 요루카의 옆모습에 시선을 빼앗겼다.

이 퍼레이드 기간중에 본 적이 있는, 어딘지 모르게 쓸쓸해 보이는 그녀의 미소를.

"그때 주인님과 단둘이 남게 된다면, 제 마음을 억누를 자신이 없었사와요. 그래서 거리를 두고 지켜드리는 정도로 참았지요."

"……."

자기 자신을 『도구』라고 깎아내리는 그녀의 고백.

희미한 우수가 서린 양쪽의 색이 다른 눈동자. 그녀의 시선 앞에서 룩스는 아무 말도 할 수 없었다.

감정이 무엇인지 알지 못하는 요루카는 싱글렌과 사투를 벌인 이후로 주인인 룩스에게만 어떤 특별한 감정을 품고 표현했다.

룩스를 사랑하게 된 것일지도 모르겠다고.

그렇게 말해주었다.

"하지만 사람이 사랑하는 방법을 모르는 제가, 주인님의 총애를 받을 수 있으리라고 꿈을 꾼 것이 잘못이었사와요. 그런데 주인님께서 이렇게 챙겨주시는 것만으로도, 이토록 즐겁다니ー."

"ー."

동정심일까?

요루카를 보고 있으니 조금 전까지의 충동과는 다른 감정이 룩스의 몸을 뜨겁게 달구었다.

'아니, 달라. 나는 요루카를…….'

줄곧, 사람이라고 생각했다.

그녀가 빼어난 재능과 특수한 마음가짐을 가진 것은 분명 사실이지만, 그런 까닭에 주변 사람들이 두려워하고 기피했다.

친부모에게도 버림받은 요루카는 스스로 한 자루 칼이 되어 사명에 목숨을 바치기 위해 살아왔다.

『……질렸사와요. 세상에— 자신의 나라를 구하기 위해, 자기 손으로 무너뜨리는 길을 선택하다니. 제가 정말 큰 착각을 했사와요. 주인님께서는 처음부터, 줄곧 아카디아 제국을 위해 싸우고 계셨군요. 당신이 내세운 이상적인 나라를 이룩하기 위하여—.』

예전에 요루카가 했던 말 그대로였다.

룩스는 백성들에게 적대시 당했음에도 아카디아의 황자로서 자신의 사명을 완수하기 위해 모든 수단을 동원했다.

요루카는 자신이 결함품이라는 사실을 받아들였음에도 동생의 마음에 보답하려고 했다.

요루카를 구하고 싶다고 생각하게 된 이유는 구제국의 황족들을 구하지 못한 과거를 수정하고 싶어서가 아니라, 룩스 자신이 그렇게 하고 싶다고 생각했기 때문이다.

그저 한결같은, 언뜻 보는 정도로는 그 누구도 알아차리지 못할 그녀의 순진함.

룩스는 자신이 그 아름다움에 계속 끌리던 것임을 이 순간 깨달았다.

"종자 실격이로군요, 저는."

"—괜찮아, 실격이어도."

요루카가 자조적으로 내뱉은 말에 룩스는 대답을 덧씌웠다.

머리를 거친 것이 아니라 척수가 직접 말하는 것처럼, 깨닫고 보니 그렇게 말하고 있었다.

"—주인, 님?"

요루카의 눈동자에 룩스의 얼굴이 비쳤다.

그 안의 룩스는 본인조차 놀랄 정도로 부드러운 미소를 짓고 있었다.

"나는 실격이라고 생각하지 않고, 설령 그렇다 해도 요루카가 사람으로서 내 곁에 있어주길 바라. 누가 무슨 말을 하든, 어떤 형태든 상관없으니까."

자신의 이상을 내걸고 무슨 일이 있어도 그것을 관철하는 것.

룩스와 요루카의 마음가짐은 비슷했다.

그러나 그녀를 향한 마음은 동정 같은 게 아니었다.

자신보다 더욱 순수한 그녀의 아름다움에 매료된 것이다.

그렇기에— 곁에 있어주기를 바랐다.

그러면 룩스 자신도 강해질 수 있을 거라고 생각했으니까.

"또 제 동생과 비슷한 말씀을 하시는군요, 주인님은—"

발을 사뿐 내딛고 소리 없이 룩스에게 다가가는 요루카.

룩스는 반응할 새도 없이 그녀에게 입술을 빼앗겼다.

"……읍!"

연하 소녀의 입맞춤은 달콤했다. 부드러운 머리카락에서 풍기는 향기가 코끝을 간질였다.

신체 한 부분만이 아니라 마음까지 연결된 듯한 좋은 기분에 흠뻑 취했다.

두 사람의 마음은 그대로 십여 초 정도 이어져 있었다.

이윽고 입술을 뗀 요루카는 뺨을 빨갛게 물들이고 정욕에 취한 시선으로 룩스를 바라보았다.

"……제가 사랑하는 주인님 곁에 있을 수 있다면, 몇 번째가 되든 상관없사옵니다. 그래도―."

거기서 일단 말을 멈추고 생글 웃으면서 뒤로 돌아섰다.

"무엇이든 하나라도 첫 번째를 차지할 수 있다면 더없이 행복할 것이옵니다. 가능하다면, 이 자리에서 그것을 시도할 수 있게 해주신다면―."

"아니, 잠깐 진정해 봐! 여긴 왕도 한복판인데?!"

그렇게 말하며 하얀 치마를 젖혀 올리는 요루카를, 이성이 돌아온 룩스가 제지했다.

"어머나, 안 되요? 참는 건 몸에 좋지 않답니다."

속을 꿰뚫어보는 것만 같은 요루카의 속삭임에 이번에는 룩스의 얼굴이 달아올랐다.

이 사랑스러운 종자를 원하기 시작하는 본능에 떠밀리지 않게끔 황급히 자신의 뺨을 꼬집었다.

"그, 그런 게 아니고, 이런 곳에서는 안 돼! 그러니까―."

"알겠사옵니다. 그럼 주인님께서 괜찮다고 생각하시는 곳에서 불러주시어요. 언제든 기다리고 있겠사옵니다."

평소처럼 티 없는 웃음을 머금고 대답하자 룩스는 할 말을 잃었다.

퍼레이드가 끝난 뒤에 죄인의 목걸이를 벗고 요루카와 맺어지게 된다면, 여러모로 자제하지 않으면 큰일이 날 게 분명하지만—.

'솔직히, 별로 참아낼 자신이 없어……!'

룩스는 복잡한 갈등에 고민하면서도 살며시 요루카의 손을 붙잡고 술집으로 돌아가기로 했다.

"—윽?!"

행복한 고양감을 품에 가득 안고 돌아가는 길. 룩스는 가슴에서 찌릿한 통증을 느꼈다.

모르는 사이에 누군가를 배신하고 말았다.

룩스는 그게 무엇인지조차 알 수 없었지만, 그런 착각에 사로잡혔다.

이상했다.

자신의 연인이 되어주길 바란 사람은 요루카가 처음이었을 텐데—.

"주인님, 무슨 문제라도 있나요?"

룩스의 의중을 기척으로 알아차렸는지 요루카가 그의 얼굴을 빤히 보며 물어보았다.

"……아무것도 아냐. 자, 돌아가자."

룩스는 살짝 고개를 가로젓고 쓴웃음을 지으며 앞을 보았다.

요루카와 함께 연회장으로 돌아갔더니 트라이어드와 아이리의 냉랭한 눈총이 반겨주었다.

그대로 떠들썩한 긴 밤이 깊어갔다.

…….

결국 룩스와 요루카에게 접근하려던 누군가는 어디로 사라진 걸까?

왕성에서 찾아온 그 밀정은 누군가가 보낸 심부름꾼이리라.

때때로 이에 대해 생각했지만, 끝내 답은 찾을 수 없었다.

퍼레이드 첫날은 이렇게 끝을 맞이했다.

†

신년 퍼레이드 이튿날, 정오.

신왕국의 음악대가 성문에서 마차를 타고 오는 방문객들을 맞이했다.

초대받은 것은 일곱 국가의 국빈들.

세계 연합으로서 힘을 합쳐 세계를 위기에서 구해낸 맹우들과 함께하는 승리의 연회가 낮부터 열릴 예정이었다.

물론 단순히 축하 파티를 열기 위해 그들을 부른 것은 아니다.

『대성역』의 중추가 된 에이릴의 존재가 중립이라는 사실을 확인시키기 위한 회합이기도 하며, 앞으로의 지침을 자연스럽게 조정하기 위한 자리이기도 하다.

하지만 그것은 라피 여왕이나 나르프 재상이 담당할 영역이다.

룩스는 어디까지나 『칠용기성』으로, 이번 승리에 공헌한 주인공으로 참석해줄 것을 요청받았다.

요컨대 평소 태도 그대로 공손하게 귀빈들에게 인사했다.

"—오랜만에 인사드립니다, 밀미에트 공녀 전하."

반하임 공국의 대표, 연녹색 드레스를 입은 공녀 밀미에트를 룩스는 웃는 얼굴로 반겨주었다.

예전에 기룡사 계층 승격시험 때 만나서 알게 된 사이였다.

"오랜만이에요, 룩스 경. 지난번에는 무책임하고 꼼꼼하지 못한 그라이퍼가 친 사고를 수습하느라 고생 많으셨어요."

단아한 꽃 같은 미소는 귀족보다는 마을 아가씨 같았지만, 룩스는 오히려 그 소탈한 분위기가 마음에 들었다.

"아뇨, 그렇지 않습니다. 그가 무책임한 건 사실이지만, 실제로는 꽤 성실하고 사람들을 잘 챙겨주거든요. 아마도, 부끄러움이 많은 게 아닐까요?"

"……그렇다고 하시는군요, 그라이퍼. 다행이네요. 제가 따로 꾸지람을 줄 필요는 없겠어요."

"—아니, 너 지금 말 다 했냐?!"

밀미에트가 미소 지은 직후, 같은 마차 안에서 심기가 불편해 보이는 금발 소년이 나타났다.

그라이퍼가 보이지 않아서 솔직하게 얘기한 것이었는데, 이런 함정이 깔려있었을 줄이야.

"나중에 오붓하게 대화 좀 나눠 보자고, 신왕국의 기사 나리. 꽤 건강해 보여서 나도 일단 안심했다고."

"아니, 저기, 그게……."

파랗게 질린 얼굴로 말을 더듬는 룩스에게 분노가 담긴 미소를 지은 후 그라이퍼는 먼저 성 안으로 들어갔다.

그 모습을 지켜보던 밀미에트는 생긋 웃으며 룩스 앞에서 머리를 숙였다.

"죄송합니다. 말은 저렇게 해도 실제로는 화나지 않았을 테니, 괜찮으시다면 연회장에서도 어울려주세요. 어차피 그는 혼자서 무뚝뚝하게 있을 테니까."

"아하하……."

그 광경이 눈앞에 선히 떠올라 룩스는 쓴웃음을 지었다.

무언가 하면 안 될 짓을 했나 보다고 생각했는데, 아무래도 밀미에트 나름의 배려였던 모양이다.

마차가 성문을 지나가는 걸 지켜보고 있는데, 이미 다음 마차에서 내린 소녀의 발소리가 들려왔다.

"결국, 아직 애라는 소리네. 공녀님의 도움을 받다니 한심한 남자라니깐."

"아……."

고귀하며 강인한 어조.

약간 앳된 느낌이 남아 있는 높은 목소리가 들려온 방향으로 룩스는 돌아섰다.

거기에는 세련된 검은 드레스에 케이프를 걸친 백금발 소녀가 서 있었다.

유미르 교국의 대표. 최연소 『칠용기성』 메르 기잘트가 룩스 앞에 서서, 그리 키가 크지 않은 룩스를 올려다보았다.

"오랜만이야, 오빠. 건강해보여서 기뻐."

"덕분에 말이지. 메르도 건강해 보여서 다행이야."

사랑스러운 소녀의 인사말에 룩스도 웃으며 대답했다.

약관 13세라는 어린 나이에 특출한 기룡사 센스를 지닌 소녀는 그 자그마한 몸을 한계까지 쥐어짜며 『대성역』에서도 강적을 상대로 싸워나갔다.

유미르 교국에서 일어난 사건 이후로 보좌관인 크루루시퍼 와도 사이가 가까워졌고, 지금은 좋은 친구 관계라고 인식하고 있다.

"어린애가 누구보고 어린애 같다는 건지……. 지적할지 말지 살짝 망설였지만."

"아, 크루루시퍼 씨―."

이어서 마차에서 내린 소녀를 돌아보고 룩스는 짧게 숨을 삼켰다.

꽃으로 장식한 진한 파란색 드레스를 입은 푸른 머리카락의 소녀.

요정처럼 아리따운 친구의 모습을, 룩스는 넋을 잃고 바라보았다.

"룩스 군, 왜 그래? 너무 오랜만에 보는 거라 내 얼굴을 잊어버리기라도 했니?"

소녀는 굳어버린 룩스의 가슴께를 슬쩍 어루만졌다.

예복 위로 가슴을 건드리는 순간에 표현할 수 없는 감각이 등줄기를 관통해서 몸을 부르르 떨었다.

그런 모습을 즐겁게 지켜보던 크루루시퍼가 거리를 좁혔다.

그녀의 드레스는 가슴이 깊게 파여 있어서 시선을 강하게 그쪽으로 유도했다.

"상처는 다 나았을 테지만, 반점이 남진 않을지 불안하니까 대신 좀 확인해줄래?"

"어어, 그게— 괜찮은 것 같아. 잡티 하나 없이 깨끗해."

룩스가 황급히 시선을 돌리며 대답하자 크루루시퍼는 장난스럽게 그를 흘겨보며 속삭였다.

"그래? 고마워. 여자아이에게 신사적이지만 의외로 엉큼한 눈초리로 바라보는 룩스 군이 그렇다면 안심해도 되겠네. 그래도 이렇게 뜨겁게 주목할 줄은 몰랐지만."

"누가 그랬다는 거야?!"

얼굴이 새빨개진 룩스가 반박하자 소녀는 즐거운 듯이 키득 웃었다.

"농담이야. 오랜만에 룩스 군을 보는 게 기쁜 나머지 놀리고 싶어졌어. 미안해."

"……."

그런 대답이 돌아오자 룩스도 난처한 표정으로 받아들일 수밖에 없었다.

오랜만에— 그렇다기보다 더욱 솜씨를 갈고 닦은 크루루시

퍼의 장난에 룩스는 농락당할 수밖에 없었다.

그것을 기분 좋게 받아들이는 것 또한 슬픈 남자의 습성이다.

"성문 앞에서도 태연히 장난치는 모습을 보니 걱정 안 해도 되겠네. 정말 누가 어린애인지."

"이보게들! 짐을 언제까지 기다리게 할 셈인가?! 이러다간 우리 모두 어린애 취급을 당하겠군! 꼴사납게 말이야!"

유미르 교국의 젊은 교황 니아스가 기다리다 지쳤는지 마차 밖으로 얼굴을 내밀었다.

아무래도 메르와 크루루시퍼가 선수를 치는 바람에 인사할 기회를 놓친 모양이었다.

룩스는 급히 달려가 무례를 사과한 후, 다음 귀빈이 도착할 때까지 성 안에서 대기했다.

룩스 일행은 각국 대표와 그 관계자들에게 인사를 하러 돌아다니고 전우들과 즐겁게 추억담을 얘기했다.

†

낮부터 저녁까지 계속된 평화로운 시간이 지나고 밤이 되었다.

도중에 리샤를 비롯한 『기사단』 멤버들이 모였고, 마기알카와 싱글렌을 포함한 모든 『칠용기성』이 참가했다.

세계 연합의 국빈들은 도중에 회의를 가졌지만, 별다른 문제없이 끝난 모양이었다.

그 후 왕성 내부에서 연회가 개최되어 온갖 호화로운 요리가 입맛을 돋우었다.

"룩스, 나랑 놀아줘. 리 프리카가 없으니까 생각보다 심심해."

주변 시선을 신경 쓰지 않고 걸신들린 사람처럼 요리를 먹어치우던 소피스가 옆으로 다가왔다.

그 반대편 자리에서는 술에 취한 로자가 몸을 기댔다.

"룩스 니임―. 제게도 뭐든 명령해주세요―. 부디 왕도에 있는 동안 시종으로 삼아주신다면……"

"저기, 그, 가슴이 닿는다니까. 자꾸 그렇게 팔짱 끼지 말아줘……"

"그렇게 말하는 것치고는 기뻐 보이는구먼? 공적인 연회에서 『칠용기성』을 희롱하려 하다니, 국제 문제로 발전시킬 셈인가?"

맞은편에서 구경하던 마기알카가 색기 있게 웃으면서 놀렸다.

그라이퍼는 어이 없어하는 표정으로 바라보았고, 그 옆에서는 에이릴이 웃고 있었다.

나이 때문에 술을 마시지 못하는 메르는 피르히가 친절을 발휘한 덕분에 눈앞에 음식이 산더미처럼 쌓여 고생하고 있는 듯했다.

다시 생각해보아도 모두가 심각하게 다치지 않고 귀환한 것이 정말로 기적처럼 느껴졌다.

『창조주』 세력을 쓰러뜨린 후에 그 남자와도 싸웠건만.

"……"

그러고 보니, 라고 생각한 찰나에 연회장 구석에 있는 싱글렌이 눈에 들어왔다.

지난 전투에서 심복 츠바이베르크를 잃은 싱글렌은 백령기사단의 3인자로 보이는 안경 쓴 미녀를 대동한 채 묵묵히 와인을 홀짝이고 있었다.

　목적의 차이 탓에 룩스와 사투를 벌인 사이이지만, 무사히 살아 있으니 기뻐해야 할까.

　앞으로『대성역』의 유산과 기술을 두고 교섭하는 동안에 물밑에서 여러 모로 음모를 꾸미는 게 아닐지 약간 불안했다.

　"크크크, 저 녀석도 쓸쓸해 보이는구먼. 좋아, 대장으로서 명령하지. 가서 저 녀석의 잔이 비어 있다면 와인이라도 따라주게. 거창한 야망이 무너진 것을 축하해줘야지."

　"……."

　마기알카는 입꼬리를 올리면서 룩스를 부추겼다.

　원래부터 싱글렌과 사이가 안 좋아 보이긴 했지만, 그 점을 고려해도 참 고약한 성격이었다.

　그의 야망은 룩스가 저지한 탓에 좌절되었으니 룩스가 술을 따르러 가는 것은 도발일 뿐이다.

　물론 싱글렌은 어느 때건 오만불손한 태도를 잃지 않는 인물인만큼 코웃음으로 받아넘길지도 모른다.

　어쨌거나 지금까지 신세 진 것에 답례하는 의미에서라도 아는 척 정도는 하는 게 좋을 것 같았다.

　생각을 마친 룩스는 타이밍을 가늠한 후 와인병을 들고 싱글렌에게 다가갔다.

　어느 정도 다가가자 싱글렌은 척안을 가늘게 뜨며 룩스를 올려다보았다.

"연회에서까지 심부름이라, 훌륭한 근성이다. 지금까지 내게 인사 한마디조차 안 하다니 어지간히 출세한 모양이로군, 영웅."

"연회장에 온 지 얼마 지나지도 않았잖습니까……."

룩스가 어이없다는 표정으로 반박했지만, 싱글렌은 변함없는 태도로 웃어넘겼다.

"우둔한 놈 같으니. **지난번** 연회를 말하는 거다. 저 졸부 불여우가 언급하기 전까지 내 존재를 느끼지도 못하다니 웃기기 짝이 없군."

"——?"

지난번이라니 무슨 소리일까.

싱글렌을 연회장에서 만나는 건 분명 폐도 게르니카의 요새 이후로 처음일 텐데.

"一하긴, 무리도 아니겠군. 너는 자신이 선택한 이 미래를 향유하고 있으니까. 위화감을 다소 느낀다 해도 쉽게 빠져나갈 순 없겠지. 《×××××》의 신장의 영향에서 말이야."

"……네?"

싱글렌이 입에서 나오는 말의 일부를 알아들을 수 없었다.

어조나 음량 문제는 아니었다. 분명 들리고 있는데 뇌가 인식하지 못했다.

그런 이해할 수 없는 감각에 사로잡혔다.

"『세례』를 수차례 받은 네놈이라면 언젠가 도달하겠지. 그렇다고 맞설 수 있을지는 별개의 문제지만. 일곱 번째 유적······ 모든 개변병기가 완전히 공명하기 전에, 네놈은 일단 이 감옥에서 탈출해야 한다."

"······."

싱글렌이 하는 말을 전혀 이해할 수 없었다.

하지만 어째서인지 마음에 걸려서 허투로 들을 수가 없었다.

'그러니까— 나는 뭘 하면 되는 거지?'

연회가 한창인 가운데 룩스는 문득 손에서 묵직한 무게를 느꼈다.

붉은 와인병. 싱글렌에게 술을 따라주려고 가져온 것이다.

"얼른 따라라, 잡부. 그게 네가 할 일 아니냐."

"후우······ 알겠습니다."

룩스는 탄식을 흘리며 시키는 대로 와인을 따랐다.

그러나 분명히 잔에 따랐을 터인 와인은 그가 손에 든 잔을 통과해서 전부 바닥에 떨어졌다.

"앗—! 무, 무슨 짓이시죠?!"

"어······?"

근처에 앉아 있던 안경 미녀가 깜짝 놀라며 소리쳤다.

상황을 제대로 파악하지 못한 룩스가 고개를 갸웃하는데, 어느 틈엔가 싱글렌이 흔적도 없이 사라져 있었다.

"—헉?!"

『다른 곳으로 갔다』가 아니라 처음부터 이 자리에 없었던 것처럼, 그가 있던 곳에는 바닥밖에 존재하지 않았다.

"어럽쇼, 생각보다 많이 취했나 보구먼, 영웅이여. 내가 렐리와 함께 시중을 들어줄까? 어떤가?"

"루우. 너무 많이 마시면, 안 돼."

마기알카가 자리에서 일어나 룩스에게 달라붙으려고 하자 피르히가 제지했다.

스승과 제자가 대결하는 옆에서, 룩스는 와인에 젖은 바닥을 물끄러미 바라보며 생각했다.

'뭐지, 이건. 뭔가…… 이상해.'

"룩스. 여기엔 좋은 와인밖에 없다! 바닥에 흘린 만큼 변상하기 싫다면, 이리 와서 내게도 술을 따르거라!"

"룩스 군, 나도 한 잔 따라주겠니? 정식으로 목걸이를 벗기 전에 부탁해야—."

술에 취해 눈이 풀린 리샤가 룩스를 부르고, 뒤이어서 크루루시퍼도 부탁했다.

하지만 룩스의 가슴에 꽂힌 의문의 쐐기는 빠지지 않았다.

"싱글렌 경은, 어디 가셨습니까?"

백령 기사단의 여성에게 묻자, 그녀는 안경테 가운데를 손가락으로 밀어 올리면서 의아해하는 표정으로 룩스를 쳐다보았다.

"어디로 가셨냐고요? 단장님께서는 애초에 이 연회에 참석하지 않으셨습니다만."

"뭐라고요……?"

"아까 말씀드렸다시피 볼일이 있어 참석하지 않으셨습니다."

"크크크, 녀석. 내게 잔소리 듣는 게 무서워서 도망쳤구먼."

"아닙니다! 단장님에 대한 모독은 용서하지 않겠습니다!"

마기알카가 짓궂게 놀리자 안경 여성이 반박했다.

말다툼하는 두 사람 옆에서 룩스는 머리를 얻어맞은 듯한 혼란에 빠졌다.

―모순.

어째서 마기알카가 저 여성이 하는 말을 순순히 받아들인 걸까?

애초에 그녀의 지시로 싱글렌에게 술을 따르러 간 건데…….

"마기알카 대장, 아까 한 얘기는―."

룩스가 고개를 들고 그녀의 이름을 부른 순간 마기알카의 모습도 연회장에서 사라졌다.

"피이. 마기알카 대장은?!"

불과 몇 초 전까지 백령 기사단 여성과 말다툼을 하고 있었는데 그림자조차 보이지 않았다.

당황해서 옆에 있는 피르히에게 묻자 그녀는 앳된 얼굴을 살짝 기울이며 대답했다.

"스승님이라면, 아까 어디로 갔어. 왕도의 젊은 남성을 적당히 골라보겠다나, 뭐라나."

"……."

말뜻을 이해하지 못한 채 말하는 듯한 피르히를 형언할 수 없는 시선으로 바라보던 룩스는 그럼에도 **납득했다.**

"그렇구나. 둘 다 처음부터 여기엔 없었구나. 하긴, 생각해

보니 두 사람은— 그때."

—피 웅덩이.

바닥에 퍼진 붉은 와인이 어떤 사건을 상기시켰다.

누군가가 바닥에 엎드린 채 피를 흘리고 있는 모습이—.

"으, 큭……!"

뜨거운 열기가 룩스의 전신을 세로로 관통하며 현기증을 유발했다.

중심을 잃고 넘어지려는 찰나에 세리스가 재빨리 부축해주었다.

"룩스, 괜찮아요?! 몸이 안 좋다면 의사에게—."

"……괜찮아요, 세리스 선배. 오랜만에 과음했나 보네요. 좀 토하고 나면……."

"같이 가자, 룩스 군. 무리하는 건 안 좋아."

어디선가 나타난 에이릴이 룩스에게 어깨를 빌려줬다.

룩스는 그녀가 시키는대로 연회장을 떠났다.

†

"기분은 좀 어때?"

"응. 좀 나아졌어. 안 토해도 괜찮을 것 같아……."

성내 2층 회랑. 천장이 없는 안뜰이 보이는 장소에서 바람을 쐬면서 룩스는 힘없이 웃었다.

어째서인지 안뜰의 한 지점에 시선이 빨려드는 것 같았지만, 이상한 점은 아무것도 보이지 않았다.

지난번의 내일, 퍼레이드 마지막 날에는 그곳에 무언가가 있었지만.

소녀의 모습을 한 기계인형과 그것에게 살해당한 연미복 남성이―.

"윽……!"

룩스는 강렬한 현기증을 느끼고 휘청거렸다.

그러자 에이릴이 바싹 붙으며 부드럽게 등을 쓰다듬어주었다.

"무리하지 마. 내가 있으니까."

소녀의 달콤한 체취와 기분 좋은 살갗의 온도가 긴장을 풀어주었다.

연녹색 드레스를 입은 에이릴은 아련하고도 아름다웠으며, 하얀 장갑의 매끄러운 감촉이 기분 좋았다.

밤바람이 몸의 열기를 식혀주고, 구름을 걷어서 달의 얼굴을 드러냈다.

꿈속 퍼레이드에서도 보았던 이지러진 달은 **지난번과 형태가 달랐다.**

'뭐지? 어째서 달 모양이 저번이랑 다른 거야? 아니, 나는 어떻게 그런 걸 깨달은 거지?'

알 수 없는 초조함에 말을 잃었다.

멍하니 달을 올려다보는 룩스 옆에서 에이릴이 미소 지으며 입을 열었다.

"물어보는 게 늦었는데, 어때? 내 드레스."

"─예뻐. 정말로. 다시는 남자라고 생각 못 할 정도야."

목소리에 의식을 이끌린 룩스는 소녀의 고운 자태를 물끄러미 바라보았다.

머리에 쓴 작은 티아라와 얇은 천을 겹쳐서 만든 드레스.

그리고 하얀 장갑과 타이츠가 늘씬한 에이릴의 중성적인 매력을 한층 끌어올렸다.

"고마워. 룩스 군이 그렇게 말해준 것만으로 오늘은 만족했어."

에이릴은 안뜰에 인접한 2층 회랑에서 밖으로 돌출된 테라스 쪽으로 이동했다.

룩스가 자연스럽게 뒤를 따라가자 그녀는 우아하게 웃으며 그 자리에서 빙그르르 돌았다.

하늘을 수놓는 별과 땅을 밝히는 무수한 불빛이 보이는 어두운 밤.

어둠 속에서 떠오른 에이릴의 무상한 모습은 말을 잃을 정도로 아름다웠다.

그와 동시에 솟구친 어떤 감정이 룩스의 가슴을 옥죄었다.

룩스는 자기도 모르는 새 사죄의 말을 꺼냈다.

"있잖아, 미안해─."

"……?"

룩스가 허리를 굽히고 고개를 숙이자 에이릴의 눈이 휘둥그래졌다.

"헤이즈와 리스테르카 말이야. 실컷 잘난 척한 주제에, 결국 구하지 못했잖아. 에이릴과 마지막으로 얘기 할 시간조차 만들지 못했고……."

"——."

사과하는 룩스를 보며 에이릴은 눈을 깜빡거렸다.

이윽고 그 의미를 이해했는지 눈을 감으며 뒤로 돌아섰다.

"—룩스 군. 난 있지, 네게 고마워하고 있어. 무척이나, 말로는 다 표현하지 못할 정도로. 네가 있기에 나는 이 시대 사람들을 믿을 수 있었어. 내가 믿는 길을 나아갈 수 있었어."

룩스가 고개를 들자 에이릴은 고개만 돌려서 룩스를 보았고, 세 갈래로 땋은 은발이 어둠 속에서 흔들렸다.

애틋한, 하지만 평온한 미소를 룩스에게 보내며 속삭이는 것처럼 계속해서 말했다.

원래는 구시대의 황족—『창조주』라는 신분임에도 세계를 생각해서 룩스 일행을 도와주었다.

"하지만 언니와 동생이 선택한 길은 달랐지. 이 세계 사람들에게 해를 끼치고 일방적으로 지배하려 한 건 분명 잘못된 행동이야. 하지만 우리는 그렇게 배웠고, 그렇게 살아왔어. 오직 그 방법밖에 몰랐던 거야."

"……."

"룩스 군. 너만은 헤이즈와 리스테르카 언니를 생각해주었지. 그렇게 심한 일을 당했는데도……. 내가 이런 말 하는 게 주제넘은 짓일수도 있지만, 그것만으로도 구원 받았을 거라고 생각해. 분명 그녀들에게도 이 시대 사람들을 이해할 수 있는 가능성이 있었을 거야……."

"에이릴……."

그녀의 상냥한 미소와 말이 상처 입은 마음에 스며들었다.

그리고 조용히 다가온 그녀의 체온이 룩스에게 포개졌다.

"……아!"

"─좋아해, 룩스 군."

쪽 소리와 함께 그녀의 얇은 입술이 룩스의 입가에 맞닿았다.

룩스가 놀라 당황하는 몇 초 동안 야경 속에서 시간이 멈췄다.

"나는 너의 상냥함을 좋아해. 눈앞에서 곤란해하는 누군가를 그냥 지나치지 못하고, 상처 입는 걸 두려워하지 않고 싸우는 점을 좋아해. 불평 한마디 없이 노력하는 점도, 가끔 얼빠진 모습을 보여주는 점도 좋아해. 살짝 야한 걸 밝히는 점도, 룩스 군이라면─ 용서해줄게."

목에 두른 팔에 힘을 줘서 끌어안으며 에이릴은 잇따라 마음을 털어놓았다.

그녀의 순수한, 그리고 한결같은 감정에 가슴이 떨렸다.

룩스의 두 팔이 반사적으로 소녀를 끌어안으려고 했지만─ 끝내 끌어안을 수 없었다.

"어라?"

"─정말, 꼭 한 걸음이 부족하다니깐. 조금만 더 욕망을 따라 행동해도 괜찮을 텐데 말이야─."

살짝 토라진 것처럼 쓴웃음을 지으며 에이릴이 불평했다.

그녀의 표정에서 처연함을 느끼며 룩스는 고백하려고 했다.

이미 요루카와 연인이 되었다는 것을.

그리고 어째서인지 그 사실 자체에도 죄책감을 느끼고 있다는 것을.

분명히 한 명 더, 사랑을 고백한 소녀가 있었던 것만 같은—.

"저기, 에이릴. 나는……."

"괜찮아, 룩스 군. 알고 있으니까. 알지만 굳이 고백하고 싶었어. 정말 아쉽네. 조금만 더 빨리 너를 만났다면……."

두 팔로 자기 몸을 감싸 안으며 에이릴은 자조적으로 웃었다.

"아니…… 그것도 변명이겠지. 네 마음속에는 훨씬 전부터 그녀들이 있었으니까. 자각하지 못했을 뿐, 룩스 군은 모두를 좋아했던 거야. 여자아이로서."

"……"

"이제부터 네게 보여주는 것들이 정말로 옳은 것인지는 몰라. 하지만 알아두기를 바라. 우리를 구해준 너라면 분명 어떠한 답을 찾아내줄지도 모른다는…… 그런 기분이 들어. 그럼 잘 있어, 룩스 군. 지금까지 즐거웠어."

최대한 밝은 미소를 지으며 손을 흔드는 에이릴.

그 직후에 눈을 깜빡인 순간, 소녀의 모습은 홀연히 사라졌다.

조금 전 싱글렌처럼, 처음부터 존재하지 않았던 것처럼.

"헉……?! —뭐지? 이 소리와 빛은……."

에이릴이 눈앞에서 사라졌지만, 신기하게도 의문이 생기지는 않았다.

그 대신 갑작스럽게 출현한 또 하나의 이상한 광경에 완전히 정신을 빼앗겼다.

시가지에서 불길이 피어오르고 있는 것이 왕성 테라스에서 보였다.

새빨갛게 일렁이는 불꽃과 자욱하게 올라오는 연기.

희미하게 들려오는 무기가 부딪치는 소리와 장갑기룡 구동음.

"어째서 기룡사가……?! 아니, 그보다 대체 언제부터 싸우기 시작한 거지?!"

룩스는 테라스 난간에서 몸을 내밀고 눈에 힘을 주었다.

거리 탓에 알아보기 어려웠지만 기룡사끼리 싸우는 게 틀림없었다.

수십 명의 기룡사 부대가 한 기룡사를 포위하고 있는 것으로 보였는데, 물량 차이가 무색할 정도로 혼자 있는 쪽이 우세를 점하고 있었다.

기룡사 부대 쪽이 일방적으로 격추당하며 빠르게 숫자가 줄어들고 있었다.

'누구랑 누가 싸우는 거지? 아니, 그보다— 왜 아무도 눈치 못 채는 거야?!'

저렇게 치열한 전투가 가까이에서 벌어지고 있는데도 성내의 동료들은 물론이거니와 위병조차 반응하지 않았다.

그뿐만이 아니라 전투 현장 바로 근처를 돌아다니는 취객조차 **그쪽으로는 눈길조차 주지 않았다.**

그 사실이, 이상함이, 룩스의 위기감을 더욱 부채질했다.

'내가 보고 있는 게 환각이라는 거야?! 저게, 저 광경이—!'

하지만 자신의 인식을 의심하는 순간에도 몸은 반응했다.

룩스는 기공각검을 뽑아 《와이번》을 소환했다.

일단은 상황을 파악하기 위해 우회하는 경로로 목적지를 향해 비행했다.

서서히 거리가 줄어들면서 더욱 강렬한 충격이 룩스의 뇌리를 강타했다.

"네 녀석은— 대체 누구냐?! 여왕의 수하냐?! 어째서 우리를…… 크허억!"

한 기룡사의 질문은 그 자신의 단말마에 삼켜졌다.

그의 목숨을 빼앗은 것은 네 다리를 가진 진홍색 신장기룡으로 몸을 감싼 소녀. 《드레이크》와 같은 특장형인듯 싶었지만 처음 보는 기체였다.

사용자의 머리에서 뻗어 나온 것은 기계로 된 축 처진 강아지 귀였다.

"당신들이 거추장스러운 존재이기 때문입니다. 미안하지만 여기서 죽어주시면 감사하겠습니다."

눈동자에 빛이 없는 자동인형 소녀의 정체는 유적『갱도』를 관리하던 통괄자— 네이 루슈다.

『대성역』에서의 대전 이후 크루루시퍼가 유미르 교국에서도 만나지 못했던 그녀가 무슨 영문인지 이곳에서 수수께끼의 기룡사들을 학살하고 있었다.

그 이해 불가능한 광경에 룩스는 눈을 의심하며 숨을 죽였다.

그녀가 헤이즈에게 지배당한 것처럼 명령권을 빼앗겨서 이런 행동을 저지르고 있다는 것은 명백했다.

'누가 자동인형을 조종하는 거지? 뭘 위해서?!'

룩스는 당장 그녀를 저지하고 싶은 마음을 꾹 참으며 계속해서 관찰했다.

그녀에게 학살당하는 것은 왕국군 기룡사가 아니었다. 복장이 달랐다.

그렇다면 어떤 귀족의 사병인 걸까?

지난 대전에서 소집령이 발령되자 무훈을 탐낸 귀족들은 부하 기룡사를 파견했지만, 그들 중 태반은 리스테르카의 함정에 빠져 부활한 일곱 마리의 라그나뢰크에 당해버렸을 터다.

오히려 그들은 퍼레이드 도중에 일을 저지르기 위해 편성된 부대라고 룩스는 추측했다.

"감히 인형 나부랭이가……! 왜 우리를 공격하는 거냐?! 웨이블러를 어디로 데려간 거지?!"

"……?!"

필사적인 모습으로 외치는 한 남성.

후방에서 지휘하는 기룡사를 룩스는 본 적이 있었다.

아니— 룩스가 본 적 있는 인물과 닮은꼴이었다.

과거에 싸웠던 어떤 남자— 사대귀족 크로이처가의 장남 발제리드 크로이처.

조금 어려진 발제리드가 머리를 기른 듯한 풍모였다.

'지그 크로이처?! 아니, 그것보다 방금 웨이블러라고 했는데—'

최근에 디스트를 통해 알게 된 요주의 귀족, 웨이블러.

구제국 황족의 먼 친척이었던 남자는 신왕국 정권에 반기를 드는 『구제국파』라는 정치 파벌에 가담했다.

그리고 크로이츠가의 차남, 지그 크로이처 또한 그 남자와 모종의 접점을 갖고 기룡사 부대를 편성하기 시작했다고 디스트가 말해주었다.

퍼레이드 도중에 무언가 안 좋은 일을 저지를지도 모른다고.

설령 그렇다고 해도 예전에 헤이즈가 일으킨 『제도 탈환 계획』의 규모와 비교하면 콩알만 한 전력이다.

아무리 신왕국의 전력이 소모됐다 해도 그 정도로는 아무 것도 할 수 없다.

'——?!'

그렇게 생각한 직후, 룩스는 기묘한 위화감을 깨달았다.

수십 기로 편성된 혼성 기룡사 부대의 잔해.

어째서인지 그 대부분을 《드레이크》가 차지하고 있었다.

특장형 기룡 《드레이크》는 《와이번》이나 《와이엄》에는 없는 다채로운 기능을 보유하고 있지만, 부대에 한두 기만 있어도 충분한 효과를 발휘한다.

《드레이크》가 있으면 부대의 안정성이 대폭 상승하지만, 다수가 모인다고 해서 효율이 좋아지는 것은 아니다.

'—이유가 뭘까? 주위를 감시하기 위해서? 아니, 그렇다고 해도 대여섯 기면 충분할 테고, 위장 기능으로 첩보하는 게 목적이라 해도 이렇게 많이 모일 필요는 없어.'

알 수 없었다.

정답을 도출하기 위한 부품이 근본적으로 부족했다.

디스트가 알려준 정보 외에 무언가가 더 있다면—.

"시끄럽습니다. 당신은 올바른 역사에 필요 없지 말입니다. 처분하겠습니다."

그 순간 네이 루슈가 장착한 붉은 신장기룡이 불꽃을 분출하며 주변 일대를 형형하게 밝혔다.

뒤이어서 내뻗은 날카로운 칼끝이 지그 크로이처의 《엑스 드레이크》를 관통하고 내부에서부터 불살랐다.

"끄아아아아아아아아아악……! 네, 네 이년! 네년이 웨이블러를 죽였지?! 룩스 아카디아의 지시냐?! 아니면— 커헉!"

"밤이니까 조용히 하시지 말입니다. 어차피 누구에게도 안 들리겠지만."

네이 루슈는 싸늘한 눈초리로 지그의 비명을 끊어버렸다.

명색이 《엑스 드레이크》 사용자인 지그를 어린애 손목 비틀 듯이 처리하는 기량에 룩스는 시간이 가는 것마저 잊고 숨을 죽였다.

'아니— 그런데 목적이 뭐지?'

룩스는 자동인형의 무시무시한 실력에 경악하면서 머릿속으로 또다른 수수께끼를 뒤쫓았다.

'구제국 시절 귀족인 웨이블러가 왜 이제야 새삼스럽게 『구제국파』에 접근했을까? 무언가를 쥐고 있던 게 분명해. 신왕국의 기반을 뒤흔들만한 정보를—.'

그리고 죽기 직전에 지그가 꺼낸 한마디.

그는 네이 루슈가 룩스나 다른 누군가의 사주를 받고 자신들을 습격했다고 오해하고 있었다.

그런 요소들이 가리키는 사실은―.

"저를 알아차린 겁니까? 룩스 아카디아."

"……헙?!"

가옥 그늘에 숨어 있었던 룩스 쪽으로 네이 루슈가 고개를 돌렸다.

강아지 귀를 달고 있는 사랑스러운 모습은 건재하지만, 유미르 교국의 『갱도』에서 크루루시퍼를 따르던 때와는 생김새가 좀 달랐다.

'대체 무슨 상황인지 모르겠어. 하지만 저쪽에서 덤빈다면 싸울 수밖에―.'

룩스가 《와이번》의 기룡아검을 꽉 움켜쥐며 맞서 싸울 자세를 취했다.

그런데 잠시 말없이 룩스를 지켜보던 네이 루슈는 시선을 돌렸다.

"알겠습니다. 당신은 소거 대상이 아닙니다. 역사 수정을 방해하는 걸림돌도 아니고, 무엇보다 당신은 **앞으로 신왕국에 필요한 인재인 것 같군요.**"

"――?!"

네이 루슈는 빙글 돌아서며 룩스에게서 시선을 뗐다.

사방으로 흩어져서 달아나는 지그 크로이처의 부대를 향해 캐논을 겨냥하고 포격을 퍼붓기 시작했다.

"……그만해! 기록 영상을 지우겠다! 다시는 이 건에 관여하지 않겠어! 그러니까 제발 살려줘!"

동정을 유발하는 목소리로 목숨을 구걸하던 사람이 맨 먼저 매정하게 목을 베였다.

그 광경을 본 다른 이들은 저마다 비명을 질러대며 허겁지겁 도망쳤다.

"머, 멍청하긴! 기록 영상을 가진 《드레이크》는 아직 남아있어! 우리를 죽이면 그게 공개돼서— 끄엑!"

그리고 무언가 흥정을 시도하려던 병사 하나도 매서운 일섬에 찍소리도 못하게 됐다.

'……기록 영상? 이 부대는— 웨이블러와 지그 크로이처는 모종의 기밀을 쥐고 있던 걸까?'

특장형 《드레이크》가 어떠한 영상을 기록했고, 이를 교섭 재료로 삼으려고 한 것일까?

그렇다면 **지난번** 퍼레이드 마지막 날. 룩스가 왕성 안뜰에서 목격한 연미복 차림의 남자 시체는—.

'그때 자동인형 엘 파줄라에게 살해당한 건 웨이블러야! 그리고 **두 번째**인 이번에는 지그 크로이처가 살해당했어! 누군가가 제어하는 통괄자의 손에…….'

하지만 어째서지?

무슨 목적으로 자동인형을 조종하는 걸까?

의문부호가 머릿속을 빠르게 스쳐 지나가는 것을 느끼며

룩스는 당황했다.

잠에서 깨어난 『창조주』는 에이릴만 남기고 전멸했으니, 그게 가능한 이는 없을 터다.

그리고 『대성역』을 제어하는 에이릴이 이런 짓을 할 리는 없다.

폭격을 눈앞에 둔 백성들은 아무도 이 소동을 눈치채지 못했다.

"나는— 알고 있었어."

"윽……?!"

불현듯 에이릴의 목소리가 귓가에 닿았다.

반사적으로 소리가 들려온 방향을 돌아보자 조금 전에 사라졌던 에이릴이 서 있었다.

룩스가 잘 어울린다고 칭찬해준 학원 교복을 입고 처연한 표정으로 그를 바라보고 있었다.

세 갈래로 땋은 반짝이는 은발이 밤바람에 이리저리 나부꼈다.

"제7 유적 『달』의 서고에 봉인돼 있던 제0 유적의 비밀을, 나는 알아버렸어. 하지만 싱글렌 경이 지적한 것처럼 계속 숨기고 있었지. 이 사실을 누군가가 알게 되면 틀림없이 또다시 전쟁이 일어날 테니까. 악용하려는 사람이 반드시 나타날 테니까. 아니— 그 정도로 끝나지 않겠지. 그래서 『대성역』의 진정한 기능을 밝힐 수 없었어."

돌연히 어디선가 나타난 에이릴은 속삭이는 것처럼 말을 자아냈다.

그 존재의 불확실성은 더 이상 신경 쓰이지 않았다.

룩스는 그저 다음에 나올 말이 알고 싶어서 가만히 귀를 기울였다.

"이것이 바로 제0 유적— 개변기룡 《우로보로스》의 신장, 《영겁회귀(永劫回歸)》야. 『대성역』은 《우로보로스》의 반신이자 정체를 숨기기 위한 더미이기도 해. 내 정체를 속일 때 쓴 **인식조작**보다 월등히 강대한 이 힘은 각 유적을 수신 증폭기로 활용해서 세계 광범위에 있는 사람들의 인식을 침식하지."

이것은 지금 하는 말이 아니라는 걸 룩스는 실감했다.

에이릴이 **그때** 가르쳐준 내용이었다.

"《우로보로스》는 사람들의 기억을 되감아서 역사를 개변할 수 있어. 제아무리 막대한 파괴가 발생하더라도, 수억 명의 사람들이 죽는다고 해도, 어느 정도 앞뒤를 맞춘 인식조작으로 다시 시작할 수 있지. 일곱 개의 유적— 개변병기의 또 다른 용도는, 역사를 개변할 때 사람들을 세뇌하는 동시에 역사에 불필요한 것을 파괴하고 창조하기 위한 장치야."

'그래서…… 얘기하지 못한 거였구나.'

에이릴이 이 사실을 알면서도 밝힐 수 없었던 이유를 알게 된 룩스는 고개를 떨구었다.

그토록 강대한 힘이 『대성역』에 있다는 사실을 알게 되면, 마음대로 다른 사람을 지배할 수 있다는 걸 알게 되면, 어떤 수단을 써서라도 이를 차지하기 위해 움직이리라.

왜냐하면, 먼저 사용한 사람이 이기는 거니까.

다른 사람의 인식을 조작하고 역사를 개변해버리면, 그 다른 사람들은 자신이 빼앗겼다는 사실조차 깨닫지 못한다.

말 그대로 세계를 쥐락펴락 할 수 있게 된다.

따라서 그 진실이 드러나는 시점에서 각국의 화해는 꿈같은 이야기로 끝날 것이다.

남은 지도자와 권력자들은 전력을 총동원하여 피로 피를 씻는 전쟁에 뛰어들게 되리라.

필연적으로 에이릴, 룩스, 아이리— 아카디아의 피가 흐르는 사람들이 표적이 될 것이다.

"하지만 『세례』를 받은 사람은, 그 강도가 강하면 강할수록 인식 조작에 어느 정도 저항할 수 있어. 그러니까 뒷일은 네게 맡길게. 싸우지 않아도 돼. 누군가를 따라도 괜찮아. 적이었던 나를 동료로 받아들여준 정의를— 리스테르카 언니나 헤이즈까지 걱정해준 너의 판단을, 나는 믿을게."

거기까지 말한 에이릴은 쓸쓸함이 감돌던 표정을 살짝 누그러뜨렸다.

최선을 다해 미소 지으며, 친애를 담은 목소리로 룩스에게 말했다.

"—안녕, 룩스 군. 너를 만나서 행복했어. 적어도 네 인식 속에서 다시 만날 수 있다면 좋겠네."

"에이릴……?"

소녀의 모습이 밤거리를 밝혀주는 불빛 속으로 희미하게 녹아들었다.

이윽고 완전히 모습이 사라진 직후, 룩스는 제정신을 차렸다.

"삭제 대상의 소거— 완료됐지 말입니다. 이어서 《영겁회귀》의 재기동을 기다리겠습니다, 아샤리아 님."

"아……!"

룩스가 에이릴의 말을 듣는 사이에 싸움이 끝났다.

처참하게 부서진 장갑기룡의 잔해와 사용자의 타다 만 시체가 대로 위를 굴러다녔다.

네이 루슈가 조종하는 진홍색 신장기룡의 공격에 전원이 확실하게 사망했다. ―아니, 너덧 명은 《드레이크》의 위장 기능으로 도망치는 데 성공한 것 같았다.

'일부러…… 놓아준 건가? 네이 루슈는 아샤리아의 명령을 따라 움직이는 것 같아.'

『대성역』의 통괄자 아샤리아.

그 지시로 다른 자동인형이 움직이고 있다면, 역시 『대성역』을 차지한 존재가 이 일련의 사태를 꾸몄을 것이다.

"그런데 놓아주라고 명령한 이유가 무엇인지 의문이지 말입니다. 저라면 간단히 죽일 수 있는데."

"유력한 후보에게 도달하기 위해서인 거예요."

"윽―?!"

보석처럼 반짝이는 장갑으로 뒤덮인 기룡이 어느새 룩스 뒤에 떠 있었다.

처음 보는 신장기룡이었지만, 탑승자의 얼굴은 낯익었다.

몸에 딱 붙는 장의와 비슷한 옷. 머리에서 튀어나온 기계로 된 토끼 귀.

『방주』에서 발견하여 함께 행동했고, 헤이즈에게 권한을 빼앗긴 탓에 적이 된 자동인형— 라 클루셰.

"유력한 후보라니, 무슨 이야기입니까?"

"……잠깐 기다리라는 거예요. 아샤리아 대장의 통신이 끊겨버렸네요. 아뇨, 딱히 대장의 지시를 마치 제가 생각한 말인 것처럼 얘기하던 건 아니지만요—."

룩스는 갑자기 허둥대며 책임을 전가하기 시작한 자동인형의 잔망스러운 행동에서 약간의 반가움을—.

그와 동시에 대화 내용에서는 두려움을 느꼈다.

어이없어하는 표정을 짓고 있던 네이 루슈가 갑자기 손뼉을 치더니 공중에 떠 있는 동료를 올려다봤다.

"제 쪽으로 연락이 왔지 말입니다. 새로운 마스터의 의향인 것 같습니다. 이 퍼레이드 기간 내에 적대자를 전부 색출하기 위해서라고 하십니다. 이로써 역사는 올바르게 수정될 것이지 말입니다."

"맞아요, 맞아요, 그거예요! 저는 처음부터 알고 있었다구요~."

"결국 잊고 있었다는 소립니까……. 도대체 이 고물은……. 어째서 지능 강화 개조를 받지 않은 것일까요?"

"동생 주제에 태도가 건방진 거예요! 언니의 위엄을 느끼게 해줄 필요가 있을 것 같네요."

© 2018 Ayumu Kasuga

라 클루셰는 자신을 대놓고 바보 취급하는 네이 루슈에게 달려들었다.

둘이 실랑이를 벌이는 소리를 배경으로 룩스는 머릿속으로 퍼즐 조각을 맞춰나갔다.

'역사의 수정……? 누군가가 이 상황을 원해서 역사를 조작하려 하고 있다고?'

룩스는 그 존재가 누구인지 짚이는 바가 있었다.

'그래. 나는, 나는 그 때—!'

갑자기 눈앞의 두 자동인형에게서 무지갯빛이 넘쳐흘렀다.

어째서인지 멀어지기 시작하는 의식 속에서 룩스는 **2주 이상 지난** 폐도 게르니카에서의 사투를 떠올렸다.

Episode 6　평화의 시작

　폐도 게르니카의 옛 성터.

　마지막 유적―『대성역』을 둘러싼 긴 싸움도 드디어 종언의 순간을 맞이하려 하고 있었다.

　격전이 벌어졌음을 알려주는 산더미 같은 잔해. 화기의 초연이 자욱하게 낀 살풍경한 풍경 속에서 룩스와 싱글렌을 제외한 『칠용기성』과 에이릴은 《바하무트》로 몸을 뒤덮은 후길과 대치하는 중이었다.

　그리고 그 전장을 간신히 눈으로 볼 수 있을 정도의 떨어진 거리.

　룩스는 부서진 성벽 그늘에 숨어서 귀를 기울였다.

　"다들― 싸우면서 내 얘기를 들어줘."

　《자하크》를 장착한 에이릴의 목소리가 들려왔다.

　굳이 용성이 아니라 확성 기능을 사용한 이유는 룩스에게도 들려주기 위해서이리라.

　"내가 아는 걸 알려줄게. 『대성역』에 숨겨진 진정한 기능을."

　그렇게 『대성역』의 비밀을 털어놓았다.

　제0 유적― 개변기룡 《우로보로스》의 정체와 신장 《영겁회귀》의 특성.

모든 유적과 공명하는 탓에 막대한 에너지를 소비하지만, 이 대륙에 있는 모든 이들의 인식을 수정하는 힘이 앞으로 10분이 채 지나기도 전에 발동하게 된다.

따라서 지금 후길을 쓰러뜨리고, 이를 막아야만 한다.

"왠지는 모르겠지만 후길은 중추와 접속한 적이 있는 모양이야. 이대로 시간이 흐르면 녀석이 역사를 개변해버릴 거야!"

에이릴은 말하면서 어떤 의혹을 품었다.

이번에 『대성역』을 사용하기 위한 시련을 받는 모습을 보이지 않았는데, 후길은 어떻게 그 조건을 충족했는가.

아마도 이 남자는 이미 자신의 의지로 몇 번이나 역사를 개변했을 것이다.

『대성역』의 모든 것을 차지하고, 개변기룡 《우로보로스》를 완전하게 다룰 수 있을 것이다.

"하! 웃을 수 없는 농담이로군. 저 기생오라비가 지금까지 세계의 역사를 몇 번이나 주물러댔다고? 망상도 정도껏 해라."

그라이퍼가 어처구니없어하며 거칠게 투덜거린 직후, 《쿠엘레브레》가 고속으로 날아올랐다.

체공 중인 《바하무트》를 향해 육박하면서 예리한 궤도로 특수 무장 《테일 블레이드》를 휘둘렀다.

"—재주를 부릴 줄 모르는군."

후길은 냉랭하게 웃으며 《바하무트》의 대검으로 어렵지 않게 공격을 받아냈다.

칼날이 여러 개의 금속 조각으로 구성되어 있어 채찍처럼 변하는 《테일 블레이드》가 유연하게 대검을 휘감으며 낚아채려고 했다.

그러나 그라이퍼가 온 힘을 다해 당겼는데도 상대의 검은 꿈쩍도 하지 않았다.

《바하무트》의 출력이 《쿠엘레브레》를 상회하기도 했지만, 추가로 무게중심과 에너지를 유동적으로 컨트롤해서 완벽하게 막아내고 있었다.

"쯧! 떨어져, 인마!"

심지어 《바하무트》의 내장형 특수 무장 《공명파동》으로 《용미연검》의 움직임까지 고정해버렸다.

"네놈들과 놀아줄 시간은 없다."

후길이 나직하게 내뱉는 동시에 에너지가 흐르는 대검을 내리그었다.

휘감긴 검을 뿌리치고 마찰로 상대의 블레이드를 파괴하기 위한 일격. 그러나 《쿠엘레브레》의 《테일 블레이드》는 끊어지지 않았고, 오히려 《바하무트》의 장갑이 충격을 받았다.

"……큭!"

"작전에 걸려든 건 댁 쪽이라고, 영웅 양반. 일반시민을 너무 얕보면 큰코다친다니까?"

후길이 칼날에 휘감긴 《테일 블레이드》를 파괴하려고 검을 휘두른 찰나에 카운터로 신장 《광자잠행》을 기동.

대미지를 주위로 전부 분산시키는 무적화 신장으로 상대의 공격을 거꾸로 튕겨낸 것이다.

"여전히 무모하다니깐."

"보는 이쪽이 식은땀이 다 나네—."

그라이퍼의 역전을 본 에이릴이 또 그런다며 기막혀했고, 가까이에 있는 로자도 비슷한 소감을 밝혔다.

후길이 대검을 휘두르는 순간에 정확하게 맞춰서 《광자잠행》을 발동하지 못했다면 거꾸로 그라이퍼 쪽이 당했을 것이다.

밀고 당기면서 적의 행동을 예측하고, 한 치의 오차도 없이 기회를 포착해서 움직여야 한다. 그런 절기를 아무렇지도 않게 해냈으니 감탄할 수밖에 없었다.

"그럼 이만 뒈지시지, 영웅 양반! 그대로 전설로 만들어주마!"

충격으로 튕겨 나가는 후길의 《바하무트》를 쫓아 미끄러지듯 비행하는 그라이퍼.

적의 자세가 무너지는 것을 확인하고 《테일 블레이드》를 힘껏 휘둘렀다.

하지만 명중하기 직전에 후길의 존재 자체가 사라졌다.

"—《생사유전》."

"……쳇!"

《우로보로스》의 특수 무장으로 후길이 사라지자 그라이퍼는 혀를 찼다.

조금 전에 보여준 전술처럼 아무도 간섭할 수 없는 공간으로 피신해서 《폭식》을 기동하고 5초 후에 가속한 상태로 반격을 시도할 것이다.

그것도 《광자잠행》이 최대 지속 시간을 넘겨 효과가 사라진 직후를 노려서.

무적화 능력이 사라지기 전에는 제아무리 후길이라고 해도 《쿠엘레브레》에 피해를 줄 수 없다.

"그렇다면 나도 먼저 신장을 해제해야겠군. 다음에 낯짝을 드러낼 때가 승패를—."

"—멍청한 녀석아! 함정이다!"

뒤에 있던 마기알카의 호통에 그라이퍼가 순간적으로 숨을 삼켰다.

정확히 1초 후, 그라이퍼가 《광자잠행》을 해제한 찰나에 후길과 《바하무트》가 다시 출현했다.

"—헉?!"

물론 그라이퍼라고 아무 생각 없이 신장을 해제한 것은 아니다.

후길의 《바하무트》가 충격을 받고 자세가 무너진 직후라면 아무리 이공간으로 도망친다고 해도 반격할 때까지 몇 초는 걸릴 것으로 예측했다.

그러나 예상을 뒤집고 후길은 즉시 반격을 시도했다.

자세가 무너진 게 페이크가 아니었는지 의심했지만, 그라이퍼는 이내 고개를 저었다.

'—아냐. 속인 게 아니야. 내가 잘못 파악했을 뿐이지! 이 녀석의 기룡사로서의 실력을!'

적어도 충격 자체는 실제로 그의 육체까지 전달됐다.

그럼에도 불구하고 후길은 그라이퍼의 예상을 능가하는 속도로 자세를 가다듬고 반격을 시도했다.

그 인간을 초월한 무시무시한 조작술에서 그라이퍼는 과거에 싸웠던 환마인 딜루이의 모습을 발견했다.

후길은 겉보기엔 평범한 인간이지만, 그의 움직임은 상식에서 벗어나 있다.

닥쳐오는 위협에 몸을 움츠린 순간 그라이퍼의 눈앞이 아지랑이처럼 일렁거렸다.

그 직후 보이지 않는 힘이 《쿠엘레브레》를 뒤로 끌어당겼고, 후길의 블레이드는 허공을 갈랐다.

"《바람의 위광》— 뒷일은 부탁해."

소피스가 장착한 《브리트라》의 궤도 제어 능력이 간발의 차이로 늦지 않은 덕분에 그라이퍼는 후길의 간격에서 벗어날 수 있었다.

그런 와중에 그라이퍼는 온갖 잔해로 어지러운 땅을 기어가듯이 활주하는 메르를 눈치챘다.

"《용식초열》!"

직전에 본 아지랑이 같은 일렁거림은 메르의 신장기룡— 와이엄 모드로 전환한 《드래이그 귀버》가 사용한 특수 무장이다.

지상을 활주하면서 가연성 기체를 분출하고, 불을 붙여 광범위한 공간을 불사른다.

조금 전 후길이 《제로 원》으로 외부에 간섭받지 않는 공간으로 피신했을 때, 미리 폭격하기 위해 준비해두었다.

그리고 그라이퍼를 그 자리에서 빼내고 후길만을 공격하는데 성공했다.

그러나 무지막지한 위력의 화염 폭풍에 삼켜졌는데도 후길은 공중에서 서늘한 표정으로 전장을 내려다보고 있었다.

"―그슬린 흔적 하나 없다니?! 이 폭격을 피했다는 거야?!"

메르가 경악하며 소리치자, 소피스가 조용히 고개를 저으며 설명했다.

"아냐……! 《바하무트》의 장갑은 분명히 손상됐어. 단지 사용자에게 피해가 거의 전달되지 않았을 뿐."

설명을 들은 에이릴도 고개를 끄덕이며 말했다.

"내 상상이 적중한다면, 저 남자는 평범한 인간이 아닐 거야. 이건 내 예상인데, 전신에 『세례』를 받은 것 같아. 후길의 육체는 엘릭시르를 주입한 환마인보다 훨씬 튼튼하고 강력할 거야."

"……잠깐 기다려 봐. 『세례』란 게 그렇게 간단히 받을 수 있는 거였어? 육체 일부에 엘릭시르를 정착시키는 것만으로도 쇼크로 죽을 가능성이 있는 거 아니었어?"

"물론. 우리 황족도 한쪽 눈에 시술하는 것 이상은 하지 않았어. 엘릭시르의 양이 늘어날수록 육체는 거부 반응을 보여. 보통이 아니야, 저 남자는. 아마도 끔찍한 고통과 시간과 확률을 뛰어넘어서, 엘릭시르를 한계치까지 투여했겠지."

9할 9푼 9리.

아니, 그 이하의 확률을 뛰어넘어 상상을 불허하는 고통을 견디고, 이질적으로 변한 신체를 의지대로 움직일 수 있게끔 훈련해왔다.

겨우 한쪽 눈의 『세례』조차 정신이 망가지는 것 같았던 에이릴은 도무지 상상이 가지 않았다.

신체 능력도 이미 인간과 동떨어져 있지만, 그 정신력 또한 이질적이었다.

인간을 초월한 힘에 도취된 것이 아니라, 그저 적과 계속 싸우겠다는 각오가 느껴졌다.

"하지만 나도 질 수는 없어! 언니와 동생을 죽인 원수를 쓰러뜨릴 때까지는…… 저 녀석의 계획을 저지할 때까지는—!"

에이릴이 기염을 토하자 후길이 슬쩍 시선을 움직여 그녀를 보았다.

메르의 《드래이그 귀버》가 쏘아대는 캐논과 로자의 《고리니 시체》의 포격을 피하면서 굳어 있던 입술을 풀고 웃었다.

"—시시한 감정이로군. 명색이 『창조주』의 황녀이면서, 그깟 사욕을 위해 싸우는 거냐?"

"그러는 당신은 뭘 위해 싸워? 세계를 다시 세울 생각? 아니면, 무너뜨릴 생각?"

소피스가 상공에 배치한 특수 무장, 위성병기 《금강저》의
바즈라
뇌격을 《바하무트》를 향해 쏘았다.

하지만 후길은 《제로 원》으로 공격 에너지를 지워버린 후 곧장 그 자리에서 벗어나 빼앗은 전격을 해방해서 반격했다.

"어느 쪽도 아니지. 나는 세계 따위를 구할 생각은 없다. 인

간을 구하려고 하는 거지."

"헛소리는 정도껏 해달라고─. 『창조주』까지 배신하고 죽인 주제에."

서서히 거리를 좁히던 《고리니시체》가 드디어 후길을 사정 거리 내에 포착했다.

대낮형 무장─ 용각곡인을 힘차게 휘둘러 왼팔 장갑을 깎아냈다.

"할 수 있어! 모두가 함께 덤벼들면 공격은 통해! 《바하무트》를 파괴할 수 있어!"

에이릴이 《블레이즈 윕》으로 추격타를 날려 후길의 의식을 분산시켰다.

그러나 장갑 일부가 파괴되었음에도 후길의 표정에서 초조한 기색은 찾아볼 수 없었다.

"소용없는 짓이야. 네놈들의 공격쯤은 《제로 원》으로 막을 것까지도 없다."

"그렇겠지. ─왜냐하면, 아까부터 계속 시간을 벌려고 공격하는 거였으니까."

에이릴의 자신만만한 미소를 본 후길의 눈썹이 미미하게 꿈틀거렸다.

그 직후, 공성추처럼 우람한 팔뚝과 연결된 정권이 눈에 비치지도 않는 속도로 《바하무트》에 직격했다.

투콰앙─!

"흠……?!"

"생각이 짧았구먼, 영웅. 나를 잊어버리면 섭섭한데 말이지."

마기알카가 장착한 설치식 특장형 신장기룡 《요르문간드》.

대형 선박의 마스트를 연상케하는 일곱 개의 우람한 팔. 그 중 하나로 주먹질을 해서 후길의 장갑을 완전히 파괴했다.

에이릴이 《자하크》의 《쌍두의 사지》로 후길의 기억에서 지워버린 것은 마기알카의 존재 자체.

특수 무장 《제로 원》으로 공격을 방어하지 못하게끔 몰래 발동해서, 마기알카의 공격에 경계하지 못하도록 만들었다.

에이릴은 조금 전부터 수차례 그 작전을 실행했지만, 지금까지 뚜렷한 수확이 없던 이유는 후길이 자기 발로 공격 사정거리 안으로 들어오기를 기다렸기 때문이다.

에이릴이 용성으로 모두에게 지시해서 후길을 마기알카 앞으로 유인하는 연계를 시도하면 후길이 작전을 간파할 가능성이 있다.

따라서 그들이 기다린 것은 우연한 기회.

후길이 쉽게 피할 수 있는 공격을 반복해서 《요르문간드》의 사정거리 안으로 들어가기를 기다린 것이었다.

"역시 볼수록 엄청나다니까— 우리 대장님은."

무방비한 상태에서 타격을 가하긴 했지만, 주먹질 한 번으로 《바하무트》를 분쇄한 그 위력에 로자는 경탄했다.

뒤쪽으로 튕겨 날아가는 후길의 맨몸을 그라이퍼와 메르가 쫓아 날았다.

"네 비밀이 아직 몇 개 남아있지만, 나는 아무래도 상관없다고. 그러니 여기서 뒈져라!"

"아무리 생각해도 인간은 아닌 것 같으니까 죽여도 상관없
겠지?"

"—《생사유전》."

하지만 잔해의 산에 등을 부딪친 후길이 기공각검을 대강
뽑아들었다.

동시에 거대한 보라색 기룡이 소환되더니 함께 자취를 감추
었다.

"······또 간섭할 수 없는 공간으로 사라졌어?! 그래, 방금 파
괴한 《바하무트》는 본체가 아냐."

그 광경을 본 소피스가 무표정으로 중얼거리며 주위를 경계
했다.

후길이 조종하던 것은 《바하무트》 원본이 아니라 어디까지
나 《우로보로스》의 특수 무장 《인피니티》다.

요컨대 그 《바하무트》를 파괴하더라도 《제로 원》은 사용할
수 있다.

"야, 에이릴! 《자하크》의 신장으로 지금 녀석이 사용한 공간
에서 사라지는 특수 무장을 기억에서 지워버려! 그렇게 하면
더는 못 도망다닐 테니까!"

"——."

에이릴은 긴장한 채 숨을 죽이고 고개를 끄덕였다.

아슬아슬하게 놓쳤지만, 다음에는 반드시 잡을 것이다.

《바하무트》를 잃은 맨몸의 후길이 다시 출현할 때에 대비해

서 에이릴은 자세를 잡았다.

"잠깐 기다려 봐―. 그 녀석이 사라지기 전에 뭔가 튀어나 오지 않았어? 나는 본 적 있는데 말이야― 그 기룡―."

"……?! 다들 그 자리에서 벗어나라! 비행형은 고도를 높여서……?!"

로자의 말에 퍼뜩 무언가를 깨달은 마기알카가 후방에서 모두에게 지시했다.

하지만 그 순간, 에이릴을 위시한 여섯 명의 중앙에 출현한 보라색 신장기룡이 칠흑색 파동을 해방했다.

"―《무정한 과실》^{미싱 페이트}."

"이런……?!"

육전형 신장기룡 《티폰》의, 신장을 무효화하는 신장.

추가로 기룡 성능을 일시적으로 저하시키는 능력 때문에 모든 신장기룡의 출력이 내려갔다.

그 찰나, 후길이 《티폰》으로 활주하며 낙하한 에이릴의 《자 하크》를 습격했다.

"큭!"

순간적으로 《블레이즈 윕》으로 반격했지만, 움직임이 둔해 진 그 채찍은 《티폰》의 거대한 팔에 간단히 붙잡혔다.

지금까지 《바하무트》로 싸우는 모습만 보여줬지만, 후길은 육전형 기룡마저 완벽하게 다뤘다.

《티폰》으로 붙잡은 채찍을 끌어당기자, 《자하크》의 자세가 무너졌다.

에이릴이 끌려가지 않으려고 뒤로 빠지려는 찰나에, 《티폰》
의 왼쪽 어깨에서 《용교박쇄》의 와이어가 사출됐다.

^{파일 앵커}

"으앗……?!"

《자하크》의 허리 장갑에 박히는 말뚝. 에이릴은 그 충격으
로 숨이 턱 막혔다.

후길은 즉시 와이어를 되감았다.

기다리고 있는 《티폰》의 오른쪽 장갑팔에는 이미 《용교폭화》
의 에너지가 집중되어 있었다.

^{바이팅 플레어}

'위험해! 피할 수 없어! 신장도 앞으로 몇 초는 쓸 수 없는
데……!'

엄청난 기세로 《티폰》에게 끌려가면서 에이릴은 비로소 그
의 능력이 얼마나 두려운지 실감했다.

《우로보로스》의 특수 무장—《윤회전생》.

^{인피니티}

그것은 어떤 신장기룡으로든 형태를 변화할 수 있을 뿐 아
니라, 파괴되어도 다른 신장기룡을 불러낼 수 있다.

따라서 선택지도 재생 횟수도 말 그대로 『무한』.

그 끔찍하도록 압도적인 전력에 전율한 찰나, 그라이퍼의
《쿠엘레브레》가 후길의 배후에서 달려들었다.

"에이릴을 놓아라! 이 썩을 영웅아!"

^{제로 원}

"—《생사유전》."

그라이퍼의 《쿠엘레브레》가 눈 깜짝할 사이에 간섭할 수 없
는 공간으로 사라졌다.

대신에 측면으로 파고든 로자의 《고리니시체》가 몸통 박치

기로 후길의 《티폰》을 밀쳐내고 에이릴을 구했지만—.

"—《용교폭화》."

후길은 공격 대상을 자신에게 달라붙은 로자로 변경했다.

《티폰》의 오른쪽 손바닥에 집중된 에너지가 상대의 장갑에 직접 주입되어 폭파한다.

로자를 감싼 거대한 진회색 장갑이 사방으로 흩어지며 저 멀리 나가떨어졌다.

"로자!"

"큭—?! 괜찮……아—!"

소피스가 반사적으로 소리쳤지만, 폭발에 말려들었음에도 로자의 눈빛은 죽지 않았다.

장갑을 폭파하는 순간 기룡해방으로 직접 장갑을 해제해서 파괴 대미지를 최소한으로 억눌렀다.

"그렇다면, 이 틈에 후길을—!"

신장을 해방하고 특수 무장으로 고화력을 퍼부은 《티폰》의 틈을 노리고, 메르가 와이번 모드의 《드래이그 귀버》로 강습했다.

하지만 손에 든 할버드로 어깨를 노리고 내려찍으려는 순간, 조금 전에 사라진 그라이퍼와 《쿠엘레브레》가 메르의 눈 앞에 출현했다.

"설마?!"

"—큭, 이걸 노렸냐!"

기세를 더해 가속한 메르는 공격을 멈출 수 없었다.

그라이퍼는 재빨리 기룡아검으로 할버드를 받아냈지만, 불과 몇 초도 안 되는 그 사이에 후길의 《티폰》이 돌려차기를 날렸다.

　"─《바람의 위광^{마하푸라나}》!"

　메르와 그라이퍼가 장갑 다리에 격돌하기 직전에 뒤쪽에서 소피스의 《브리트라》가 끌어당겨 직격을 회피했다.

　그대로 일단 크게 거리를 벌린 다음, 마기알카를 최전선에 남겨두고 태세를 정비했다.

　《무정한 과실》로 효과를 잃은 신장의 재발동이 간발의 차이로 늦지 않은 덕에 살았다.

　"정말 어이가 없네─. 이렇게까지 무지막지한 성능이라니……."

　"재생 횟수에도 제한이 없을 줄이야……. 특수 무장 《인피니티》는 지금까지 전력을 발휘한 적이 없다는 얘기로구먼."

　로자가 신장 《연옥기구》로 《고리니시체》의 장갑을 수복하면서 한탄하자, 마기알카도 씁쓸한 표정으로 대꾸했다.

　그리고 에이릴은 상황을 파악하면서 조금 전 후길이 실행한 동작에 진심으로 떨고 있었다.

　"《바하무트》가 파괴된 뒤에 곧바로 소환한 건 《티폰》의 장갑이었어……. 그리고 그것과 접속할 때 생기는 빈틈을 없애려고 《제로 원》을 병용해서 다른 차원 공간으로 달아나다니……."

　"장갑을 파괴해도 후길을 막을 수 없다는 거야? 막기는커녕, 당할 때마다 전황에 맞춰 최적의 신장기룡을 마음대로 소환하다니……."

끝으로 메르가 중얼거리며 다시금 《우로보로스》의― 그리고 후길의 가공할 능력에 치를 떨었다.

본디 한 종류의 신장기룡을 능숙하게 다룰 수 있게 되려면 격이 다른 체력과 정신력, 그리고 기술이 필요하다.

그것은 각국을 대표하는 에이스인 『칠용기성』 모두가 본인의 몸으로 느낀 바이다.

그렇기에 무한한 신장기룡과 전술을 구사하는 후길이 얼마나 위협적인지 뼈저리게 알 수 있었다.

물론 그들도 초일류 기룡사다.

싸우지 않고 물러날 생각은 털끝만큼도 없지만, 라그나뢰크를 아득히 능가하는 강적의 끝을 알 수 없는 저력 탓에 돌파구를 찾을 수가 없었다.

"―허둥대지 말게, 젊은이들!"

하지만 마음이 꺾이려 하던 정예들의 귀에 마기알카의 질타와 격려가 알아들었다.

"아무리 저놈이 기룡을 수시로 교체할 수 있다 해도, 한 번에 무한한 신장기룡을 상대하는 게 아니잖나! 자신이 보유한 신장기룡을 다루는 법에 관해서는 녀석보다 뛰어나지 않겠는가? 돌파구는 이미 눈앞에 있다네!"

나이에 걸맞지 않는 작달막한 육체에서 기합과 함께 노호성이 발산되었다.

그것을 받은 멤버들의 표정에서는 긴장이 사라지고 당찬 웃음이 떠올랐다.

후길과 싸우기 시작한지 약 3분— 신경을 소모하는 싸움에 모두가 지쳤지만, 유적이 재기동하는 시간까지는 앞으로 10분가량 남아있다.

『돌파구라는 건, 저 사라졌다 나타났다 하는 기술 얘기지? 《제로 원》인가 하는 《우로보로스》의 특수 무장 말이야—.』

『그대치고는 잘 알아차렸구먼. 바로 그렇다네.』

그라이퍼가 웬일로 용성을 통해 모두에게 말하자 마기알카가 즉시 대답했다.

후길의 실력 자체도 압도적이지만, 중요한 공방마다 그가 우위를 점할 수 있는 건 《생사유전》덕분이다.

물질이나 에너지를 간섭 불가능한 이공간으로 전송해서 제로로 만드는 능력.

스위치의 온오프처럼 실체를 전환하는 그 힘이야말로 가장 성가셨다.

『하! 말은 잘 하시는군, 총대장님. 실은 우리 중 누군가가 걸려드는 걸 기다리던 거 아냐? 저 특수 무장의 구조를 파악하려고.』

『음, 맞다네. 내 《요르문간드》는 워낙 거대하다 보니 제대로 사라지거나 할지 의문이었거든. 원래대로라면 이 몸이 솔선해서 희생할 예정이었네만.』

그라이퍼가 지적하자 마기알카는 변명하지 않고 곧이곧대로 대답했다.

나머지 멤버들이 어이없어하며 한숨짓는 소리가 용성을 통해 들렸다.

『그래서, 뭣 좀 알아냈는가?』

『《제로 원》으로 사라졌을 때 말이야? 주위가 은색 벽으로 막힌 구형 공간을 봤어. 내가 순간적으로 확인할 수 있었던 건 거기까지야. 그 뒤로 다시 출현할 때까지는 시간이 멈춘 느낌이라서 바깥 상황은 아무것도 알 수 없었지.』

정리하자면 전송된 공간에 진입하는 순간을 제외하고 그라이퍼의 의식은 없었다는 뜻이다.

『어쩌면 《제로 원》으로 전송된 곳은, 《우로보로스》나 「대성역」 내부 아닐까?』

『─────.』

재빨리 끼어든 에이릴의 의견에 일동은 생각에 잠겼다.

몇 초 후에 마기알카가 동의했다.

『그럴듯한 예상이로구먼. 유적 전송 시스템과 같은 기구를 이용해서 순식간에 내부로 이동시킬 가능성이 높다네. 아마도 전송된 그 구형 공간에서는 사용자인 후길 말고는 시간이 정지하는 거겠지. 하지만 거대한 질량은 보존해둘 수 없는 모양이로구먼.』

『……저기, 내 《바즈라》의 전격도 들어갔다 나왔는데, 그건 어떻게 된 거야?』

소피스가 감정 없는 목소리로 질문했다.

조금 전에 그녀의 신장기룡 《브리트라》의 특수 무장 《바즈라》의 전격을 지우고, 그 에너지를 다시 방출시킨 것을 말하는 것이었다.

『이건 가설이지만, 구형 공간에 에너지 반사 기구가 있는 것은 아니겠나? 보존한 것을 열화, 감쇠시키지 않는 성질을 지닌 것 같구먼. 그것보다―.』

『그 보존 공간이 하나뿐이라면, 한 번 오프 상태로 집어넣은 걸 온으로 바꿔서 방출하지 않으면 다음 《제로 원》은 쓸수 없다는 건가―?』

『…….』

로자의 추리에 통신 중이던 전원이 침묵했다.

지금까지 치른 전투를 되새겨본 후 그것이 진실에 가깝다고 판단한 것이었다.

『시간을 측정해본 바로는 장시간 계속 오프 상태를 유지하는 것도 불가능할지도 모르겠구먼. 대상의 존재를 지운 상태로 유지할 수 있는 건 최대 1~2분으로 보인다네. 아직 확정된 사실이 아니지만.』

『하여간 이 추리가 맞는다고 가정하고 몰아붙일 수밖에 없겠네.』

『그렇지― 그리고 현재, 녀석에게는 치명적인 틈이 있어. 그걸 노릴 기회는 지금뿐이라네!』

마기알카의 말이 끝난 직후 메르가 《드래이그 귀버》로 날아올라 다시 후길에게 접근했다.

"어리석군. 소용없는 짓이라는 것조차 깨닫지 못하는 거냐?"

대치하는 후길이 실소한 찰나, 메르는 마기알카의 지적이 옳다는 것을 확신했다.

"뭐가 됐든 쉽게 단정 짓는 건 안 좋은 버릇이다? 내가 어리다는 이유로 『무리』라면서 비웃어대는 녀석들을 얼마나 많이 봤다구."

"그렇다면 가르쳐주지. 그것이 어리석은 자의 소행임을."

후길의 《티폰》이 활주하며 메르의 《드래이그 귀버》를 노리고 무수한 앵커를 사출했다.

"윽⋯⋯?!"

뱀의 주둥이처럼 벌어진 《파일 앵커》 끝부분이 장갑 어깨를 단단히 물고 와이어를 되감아 끌어당겼다.

하지만 그 순간 《드래이그 귀버》가 《드레이크》로 변화했다.

"가변기능⋯⋯ 이 아니군. 다른 속임수인가."

"눈치 한번 빠르네─. 영웅은 잘 속는다고 하는데, 당신도 그런 부류인가 봐─?"

후길이 《드래이그 귀버》라고 생각한 것은 로자의 《고리니시체》가 조종하는 환영의 득수 무장 《위조 섬영》.

또 다른 특수 무장인 《열두 개의 감옥》의 무인기와 결합하여 완벽에 가까운 가짜를 만들었다.

그러나 후길은 눈썹 하나 까딱하지 않고 《티폰》의 왼팔로 와이어 밑동을 붙잡아 원심력을 더해서 휘둘렀다.

그리고 앵커에 붙잡힌 무인기를 철퇴처럼 휘둘러서 그대로 로자에게 메다꽂았다.

"크흑⋯⋯!"

로자는 사이즈로 거대한 쇳덩이를 막아낸 충격으로 인상을 찌푸렸다.

　그리고 그 틈에 후길의 배후에서 《쿠엘레브레》가 《광자잠행》을 발동하고 돌격했다.

　"호오, 동료를 감싸는 건 관두기로 했나. 그나저나 그 정도로 날 쓰러뜨릴 수 있다고 생각하는 건 아니겠지?"

　"얼른 쓰기나 하시지, 그 《티폰》의 신장 말이야!"

　그라이퍼가 외치는 순간 마기알카의 《요르문간드》가 거대한 캐논을 발사해서 지원하고, 소피스의 《브리트라》도 위성 병기로 전격을 퍼부었다.

　번개와 화염이 휘몰아치는 가운데, 그라이퍼는 아랑곳하지 않고 강습했다.

　동료들은 《광자잠행》의 무적 효과를 굳게 믿고 전력을 다해 포격을 퍼부었다.

　《쿠엘레브레》의 무적화 신장은 《무정한 과실》에 효과가 해제될 것이다.

　반대로 말하자면 그 이외의 방법으로 대처하는 것은 제아무리 후길이라 해도 버거울 터다.

　달리 회피할 수 있는 수단을 찾자면 《우로보로스》의 《제로원》이 있지만—.

　"—《용교폭화》."
　　　　바이팅 플레어

　앵커로 포박한 로자의 무인기룡을 지척까지 끌어당기고, 후길은 《티폰》의 특수 무장을 기동했다.

그리고 포격에 폭파 에너지를 충돌시켜 충격을 상쇄한 후, 바로 옆으로《파일 앵커》를 사출했다.

표적은 2백 메르 가량 떨어져 있는 두꺼운 성벽.

거기에 앵커를 박고 자기 자신을 끌어당겨 이동, 폭심지에서 탈출할 생각이었으나—.

"미안한데, 그렇겐 안 돼."

"——?!"

성벽을 노리고 발사한 앵커가《브리트라》의 신장《바람의 위광》에 영향을 받아 궤도가 틀어져서 정면으로 날아갔다.

그 위치에서 대기 중이던《요르문간드》의 거대한 팔이 사출된 앵커 끝을 붙잡았다.

"마치 운명의 붉은 실 같구먼. 허나 그대를 적당히 봐줄까 싶어도, 내 취향보다 나이가 너무 많아서 안 되겠어."

후길의《티폰》은 이미《파일 앵커》의 와이어를 되감는 동작에 들어갔다.

요컨대 후길은 제 빌로 미기알카의 품에 뛰어든 것과 다름없었다.

이런 상황에서는《무정한 과실》을 발동해도 큰 의미는 없다.

동시에《요르문간드》가《파일 앵커》를 쥐고 있는 탓에《제로 원》으로 도망치는 것도 불가능하다.

온오프 기능으로 존재를 이공간으로 보내기에는 개체의 질량이 너무나도 큰 탓이었다.

—정리하자면, 이 순간이야말로 최대의 승기였다.

마기알카는 거대한 두 팔을 동원해서 정면으로 육박하는 《티폰》을 좌우에서 협공했다.

오른쪽은 주먹, 왼쪽은 끝이 블레이드처럼 생긴 장갑팔로 후길의 몸을 찢어발기려고 했다.

"―흥."

그러자 후길은 잽싸게 《티폰》의 두 팔을 펼치며 좌우에서 육박하는 무기를 막아냈다.

하지만 그 순간 정면이 텅 비게 됐다.

"육전형 신장기룡의 장벽은 튼튼하긴 하지만, 얼마나 버틸 수 있나 시험해볼 텐가?"

후길의 《티폰》 바로 앞에, 그 장갑보다도 거대한 포구를 들이미는 마기알카.

한계까지 에너지를 충전한 캐논에서 극광이 해방되었다.

―콰아아아앙!

대기를 뒤흔드는 무지막지한 고열과 충격파가 퍼져나갔다.

그러나 리샤의 《일곱 개의 용머리》에 버금가는 그 포격은 명중한 순간에 사라졌다.

"―《제로 원》?! 본인과 상대를 없앨 수 없으니, 적의 공격을 대상으로 썼다는 거야―?"

약간 떨어진 위치에서 그 광경을 확인한 로자는 깜짝 놀라며 이를 갈았다.

"막아냈는가? 하지만 그것은 뒤집어 생각하자면 궁지에 몰렸다는 뜻이지."

마기알카는 예측한 상황이라는 것처럼 멈추지 않고 공격을 퍼부었다.

또다른 거대한 팔 하나를 뒤로 쭉 당기며 주먹을 쥐고 에너지를 집중했다.

1초 후,《요르문간드》의 거대한 팔뚝으로 정권지르기를 날리려는 찰나에 마기알카의 시야가 섬광에 뒤덮였다.

"궁지에 몰린 건 네 녀석이었군―《생사유전(제로 원)》."

"―큭?!"

직전에 이공간으로 보낸 캐논의 영거리 포격.

그것이 마기알카가 공세로 전환하는 사이에 해방되어《요르문간드》에 정통으로 꽂혔다.

살짝 흘러나온 마기알카의 비명과 함께,《요르문간드》의 본체가 폭염에 삼켜져서 보이지 않게 됐다.

"큭―!"

불과 몇 초 사이에 일어난 일이다.

마기알카는《인피니티》로 생성한《티폰》의 약점과 특수 무장《제로 원》의 결점을 찾아내서 이를 집중적으로 노렸다.

그러나 공방일체의 특수 무장《제로 원》에 의해 최종적으로는 후길의 승리― **가 아니었다.**

―빠직! 빠직빠직빠지지직!

《티폰》앞에 펼쳐진 장벽이 깨지고, 장갑이 찌그러지며 산산이 부서졌다.

"――?!"

에이릴을 포함한 『칠용기성』은 그 이해할 수 없는 결과를 먼저 인식하고 경악했다.

놀랍게도 조금 전에 휘두른 《요르문간드》의 거대한 주먹이 후길의 《티폰》에 꽂혀 있었다.

캐논의 포격이 《제로 원》으로 되돌아와 큰 타격을 입고 당했으리라고 생각했는데, 장갑과 장의가 약간 손상되었을 뿐, 마기알카는 여유로운 미소를 유지하고 있었다.

"되돌아온 포격을 장갑팔과 장벽으로 받아넘기면서 반격한 거야……?"

메르가 곤혹스럽게 중얼거리자 에이릴이 흥분한 목소리로 보충했다.

"아니, 그것만이 아냐. 그녀는 받은 대미지를 변환해서 《요르문간드》의 공격력을 강화했어!"

그 설명을 듣고 다른 사람들도 확실하게 이해했다.

《요르문간드》의 신장 《천변초토》.
^{헬 템페스트}

자신이 받은 대미지를 경감하고, 그만큼 기룡의 에너지로 축적하는 기구.

축적한 에너지는 임의의 타이밍에 각 무장을 통해서 해방할 수 있다.

쉽게 말해 되돌아온 포격의 위력을 경감해서 흘려내는 동시에, 그 위력을 자신의 에너지로 변환해서 주먹에 담아 내질렀다.

상대의 힘을 받아넘기고 이용하는 체술의 원리를, 마기알카는 제자 피르히와 다른 방식으로 기룡조작에 응용한 것이다.

"……예사 능구렁이가 아니었구만, 우리 대장님. 싸우는 건 영 자신 없는 척하더니 웬걸, 부대장님 못지않잖아."

그라이퍼는 어처구니없어하며 그녀의 기교를 칭찬했다.

평소에는 지휘관이나 총무 같은 교섭 담당자로 움직이기에 싸우는 모습을 거의 보여주지 않았지만, 마기알카의 전투 능력은 이 자리에 있는 멤버보다 한층 더 뛰어났다.

그 사실을— 이번에 증명해낸 것이었다.

"뭐, 그런 셈이지. 몇 년이나 살았는진 모르겠네만, 상인인 내게 흥정으로 이기려 들다니 꿈도 크구먼."

퍼엉!

《요르문간드》의 포격이 파손된 《티폰》을 재차 관통했다.

"조심해! 다시 이공간으로 도망칠 거야!"

《요르문간드》에 구속된 《티폰》의 장갑에서 벗어난 후길은 다시 자기 자신에게 《제로 원》을 쓸 수 있다.

그때 《인피니티》로 새로운 신장기룡을 불러낸다면 지금까지 해온 모든 일을 처음부터 다시 반복해야 한다.

이를 우려한 소피스가 황급히 소리쳤지만, 마기알카는 이미 손을 써두었다.

"걱정하지 말게. 대책은 완벽하니까."

《요르문간드》의 거대한 일곱 개의 팔— 그중에서 용미강선
와이어 테일
이 장착된 장갑팔로 후길의 몸을 단단히 고정했다.

이렇게 거대한 《요르문간드》의 질량과 연결된 상태로는 후

길도 간섭 불가능한 공간으로 달아날 수가 없다.

"후우……."

우세가 확실해지자 에이릴 및 다른 멤버들의 긴장이 순간적으로 풀렸다.

제삼자가 방해라도 하지 않는 한 이 상황이 뒤집힐 리는 없다.

적어도 에이릴 일행은 그렇게 생각하며 승리를 확신했다. 그리고 그 찰나에—.

"—훌륭해. 과거에 나와 적대하던 이들 중에서도 네놈들처럼 뛰어난 실력자들은 그리 흔하지 않았다."

"호오? 순순히 패배를 인정하지 않고 큰소리치는 센스는 영 부족해 보이는구먼."

마기알카는 당당한 미소로 대꾸하면서도 경계심을 늦추지 않고 작업을 계속했다.

일단 의식을 빼앗기 위해서 후길의 몸통을 조이고 있는 환옥철강 재질의 와이어에 서서히 힘을 주었다.

하지만 그러는 동안에도 후길의 표정은 여전히 태연했다.

"하지만 머리 쪽은 그다지 영리하지 않군. 내가 시간을 끌려고 너희와 놀아주고 있었다는 걸 잊었나?"

유일하게 자유로운 후길의 오른팔이 신속하게 허리춤의 기공각검을 뽑았다.

평범한 사람이라면 옴짝달싹조차 할 수 없을 정도의 고통을 개의치도 않고 자루의 트리거를 눌렀다.

"—?!"

후길의 몸을 중심으로 일곱 개의 빛줄기가 순식간에 전개됐다.

동시에 에이릴과 『칠용기성』의 머릿속에 자동인형 아샤리아의 목소리가 직접 들려왔다.

【─장갑기룡을 착용하지 않은 자와 그 움직임은, 이 세계에서 인식되지 않는다.】

정신을 차리고 보니 와이어 테일에 구속되었던 후길의 모습이 쥐도 새도 모르게 사라졌다.

전원이 시선을 집중하고 경계했건만, 눈앞의 현실에 어안이 벙벙했다.

"큭⋯⋯?! 사라졌다고?! 무슨 수로?!"

"그 상태로 《제로 원》은 사용 할 수 없을 텐데, 어떻게─?!"

그라이퍼와 메르가 경악한 모습으로 소리쳤다.

"⋯⋯모르겠어. 전혀."

"무슨 일이, 일어난 거냐고오⋯⋯."

소피스와 로자가 당황한 목소리로 중얼거린 직후, 마기알카가 퍼뜩 깨달은 것처럼 《요르문간드》를 움직였다.

직전까지 후길이 있던 위치.

와이어 테일로 휘감고 있던 공간을 우람한 장갑팔로 후려쳤다.

─그러나 별다른 수확 없이 지면에 깔린 잔해를 부수는 정도에 그쳤다.

"쯧!"

마기알카가 혀를 차자 아무것도 없는 공간에서 목소리가 들려왔다.

"눈치채는 게 몇 초 늦었군, 상인. 이제 네놈들이 나를 포착하기란 불가능하다. 네놈들은 이미 알고 있을 터다. 이 폐도에 적용되는 세계 법칙을—."

후길은 담담하게 말을 자아냈다.

기척조차 느껴지지 않는데 목소리만 들려왔다.

그 위화감을 알아차린 에이릴이 짧게 숨을 삼켰다.

"세계 법칙? 아까 머릿속에서 울려 퍼진 목소리는, 설마—."

"아하, 이 빛의 영역 내에 설정된 법칙이란 말이렷다? 이것이 녀석의—《우로보로스》의 신장이로구먼."

"말도 안 돼! 이 빛의 영역은 반경 수 키르를 훌쩍 넘는다구! 시야가 닿는 범위를, 이만한 공간의 법칙을 지배하고 바꿔 썼다는 거야?"

"으음……!"

마기알카의 중얼거림에 메르가 이의를 제기했다.

그러니 그것에 대해 어느 누구도 반론을 꺼내지 못했다.

이 상황 자체가 후길의 능력에 끝이 보이지 않는다는 것을 증명해주었다.

"목적이 무엇인지 물어봤었지? 여기까지 도달한 보상으로 가르쳐주도록 하지. 내가 이뤄야만 하는 영웅의 사명을—."

공허한 어둠 속에서 흘러나오는 후길의 목소리.

단 수십 초간 이어진 이야기에 모두가 당혹스러운 모습으로 귀를 기울였다.

"다, 들…… 도망, 쳐……."

그들과 조금 떨어진 장소.

잔해 위에 엎드려 쓰러져 있던 룩스는 빛의 영역에 반응해서 고개를 들었다.

필사적으로 목소리를 내보았지만 너무나도 약해서 그들에게 닿지 않았다.

"……올 거야. 후길이 가진 개변기룡이…… 전부, 모든 것을 원래대로 되돌—."

목에서 억지로 쥐어짜낸 외침이 룩스 자신의 기억을 일깨웠다.

5년 전 혁명의 날.

아티스마타 백작은 황제의 밀정이었던 내통자가 가져온 정보를 믿었다가 함정에 빠져 살해당했다.

그리고 알현실에서는 아이리를 인질로 잡힌 룩스의 움직임이 봉쇄됐다.

하지만 그때 나타난 후길과 《바하무트》가 근위병과 가신들을 모조리 쓸어버렸고, 그리고—.

"아니야! 그게 아니라고! 나는 당신의 목적을 묻는 거야! 어째서 이 구제국을 무너뜨리는 거지? 수백 년도 더 전에, 당신의 손으로 이 나라를 구했으면서!"

아이리를 맡기고 돌아온 룩스는 형을 다그쳤다.

그리고 돌아온 대답.

악몽 같은 기억이 되살아나며 후길이 한 말과 포개졌다.

†

"—영웅은 운명에 저항하고 구제를 바라지. **약자의 편이다.**"

사방에서 불길이 피어오르는 아카디아 제국의 왕성.

흑색과 적색으로 채색된 밤하늘을 등지고 두 기의 《바하무트》가 대치하고 있었다.

"약자의 편…… 이라고?"

험악한 표정으로 미심쩍게 묻는 룩스에게 후길은 미소로 긍정했다.

룩스의 혁명은 황제가 아티스마타 백작 주변에 심어둔 밀정에 의해 실패하고, 아이리는 인질로 붙잡혔다.

그런 상황에서 돌연히 나타난 후길은 룩스와 아이리를 구하고, 알현실에서 근위병을 처리하고, 그 후에 돌아온 룩스에게 황족과 중신들을 말살하라고 명령했다.

아티스마타 백작이 죽은 이상, 룩스가 새로운 왕이 되어 백성들을 한데 모으려면 그렇게 할 필요가 있다면서.

그것으로 **역사를 충분히 수정할 수 있다**고 후길은 말했다.

"아우야. 너는 어째서 검을 들었느냐? 원래는 투쟁과 가장

연이 없던 네가, 누군가를 상처 입히고 빼앗을 각오를 하면서
까지 계속 도전하고, 이 전장에 선 이유가 무엇이지?"

"무슨 소리를…… 얼버무리려는 거냐?! 나는 지금 네 정체
와 목적을 묻고 있어!"

온몸에서 솟구치는 초조함.

공포와 흡사한 감정에 룩스의 목소리가 거칠어졌다.

"얼버무려? 나는 지금 **네 질문에 대답하고 있다.** 너는 약자
의 구제를 바랐을 터야. 구제국이라는 지나치게 비대해진 강
자. 무력과 권력을 쥔 왕후와 귀족들의 일방적인 착취. 그 체
제에서 비롯된 무수한 부조리. 너도 그 모든 것을 목도하고,
빼앗겨왔지. ―그래서 일어나려 한 것이고."

"……"

"하지만 알고 있느냐? 오래전에는 아카디아 제국 황족의 선
조들도 빼앗기고 핍박받는 존재였다는 걸. 그들도 사람답게
살고 싶다고, 부당한 차별이나 부조리가 없는 평범한 인생을
보내고 싶다고 진심으로 바랐지. 나는 그 모습을 지켜봐 왔
어. 몇 번이고 반복하고, 되풀이하면서 말이지."

후길이 하는 이야기를 룩스는 이해할 수 없었다.

아니, 인식하기를 거부했다.

이 남자가 평범한 인간이 아니라 1천 년 이상의 세월을 살
아왔음을.

심지어 반복되는 부정적인 역사를 똑똑히 지켜보고 싸워왔
음을 밝히는 내용이었으니까.

'그럴 리가 없어. 그런 게, 가능할 리가—.'

룩스의 이성은 부정했다.

그러나 한편에서는 또 다른 자신이 이 황당무계한 고백을 납득하고 있었다.

"—오래전에 한 소녀가 있었다. 황족이었던 그녀는 발명에 소질이 있었고, 유적의 힘을 사람들을 위해 쓰고 싶어 했지. 세례로 강화된 뇌를 활용해서 『대성역』을 움직였고, 보답 받지 못하는 누군가의 구제를 바랐다."

후길은 담담하게, 독백하는 것처럼 이야기했다.

그리워하는 것처럼.

애틋하게 생각하는 것처럼.

동시에 끝없이 불온한 기운이 후길의 전신에서 배어 나오는 것처럼 보였다.

"그저 바라는 데 그치지 않고 실천했지. 그녀에게 있어서는 적대자였던 존재를. 당시에는 추레한 악이라고 불리던 나조차 구해주었다. 아주 먼 옛날, 지금보다 훨씬 치열하고 잔혹하게 투쟁하던 시대에 말이지."

"……무슨, 말이지?"

"하지만 한 약자를 구하는 정도로 달라지는 게 있을 거라고 생각하나? 강자가 만들어낸 체제는 그리 간단히 뒤집히지 않아. 실제로 아티스마타 백작은 쓰러지고 말았지. 너는 믿지 않겠지만, 백작은 나와 마찬가지로 황족을 모조리 죽일 작정이었다. 필요하다면 너조차 말이지. 그만한 각오로 혁명을 완수할 생각이었단 말이다. 약자의 상징으로서."

"뭐⋯⋯?!"

설마— 라고, 룩스는 생각했다.

애초에 반 구제국파였던 아티스마타 백작은 최소한 룩스와 아이리의 안전을 보증하고, 구제국 황족이나 관계자의 처우도 긍정적으로 검토하겠다고 약속해주었기 때문이다.

하지만 잘 생각해보면 후길이 하는 말 쪽이 합리적이다.

구제국 사람의 힘을 빌렸다는 사실을 백성들이 알게 된다면 큰 오점으로 남을 가능성이 있으니까.

입막음을 위해서라도 룩스와 아이리를 처분해버리는 쪽이 상책이다.

"분명하게 말해두겠는데, 나는 백작의 명예를 폄하할 생각은 없어. 그렇게 해야 할 만큼 이 비대해진 체제가 성가시다는 거지. 약자를 조금 구한다고 해서 뭐가 나아질 수준이 아니야. 결국 분연히 일어선 자들은 기존 체제에 짓눌려서 다시 저 밑바닥으로 떨어질 거다. 성공한 것처럼 보이지만 실제로는 빼앗기게 되는 거라고. 이 구조를 만든 자들에게 말이다."

"──."

남존여비 풍조와 왕후 귀족에 의한 절대지배.

신분 차이에 의한 격차는 당연히 존재해야 한다는 사상이 뿌리박힌 나라에서는 역학 관계를 쉽게 바꿀 수 없다.

"따라서 약자를 구하기 위해서는 중심이 되어줄 지도자가 필요해. 체제를 뒤엎고 균형을 가져올 존재. 일족이나 조직을 이끌어나갈 강력한 카드를 손에 넣어야 약자는 비로소 강자를 타도할 수 있으니까. 그러므로 자질과 재능, 그리고 저항 의지를 가진 약자를 선별해서 구제하고, 필요하다면 지키고, 육성해야만 하지. 그게 바로─『성식』에 입력된 구제 시스템이다."

이야기를 하는 도중에도 등 뒤의 왕성은 시뻘겋게 불타오르고 있었다.

강한 바람을 받은 불꽃이 거칠게 넘실거리고, 솟아오른다.

후길이 주장하는 영웅의 사명.

그것이 가져올 『균형』의 중심에 룩스는 서 있었다.

어머니를 잃고, 할아버지가 처형당한 후.

소중한 여동생과 소꿉친구를 지키기 위해 룩스는 자신의 사명에 눈을 떴다.

그 이후로 우여곡절 끝에 도착한 이 길이, 사실은 후길이 의도한 바였단 말인가?

아카디아 제국이 멸망하는 역사를 만들기 위해서 자신을 뽑았다는 말인가?

"그것으로 비로소 세계는 변하지. 약자는 강자의 아성을 무너뜨릴 수 있다. 거기서부터 균형을 만들기 위해 힘을 가하고, 이윽고 시간을 들여 다시 움직이기 시작한다. 승리한 쪽이 더욱 견고해지거나, 아니면 진 쪽이 반격하거나, 그것도 아니면 새로운 세력이 나타나거나. 어쨌거나 균형은 다시 기울어지지."

"……."

약자를 구하고, 선별하고, 단련시키고, 지지해줄 세력을 모아서 역전시킨다.

한편으로 승자와 그 진영은 부지런히 자신들에게 유리한 환경을 구축하고, 또 다른 역전이 일어나지 않도록 지배한다.

서서히 횡포로. 일방적으로. 불합리적으로. 일말의 자비조차도 없이.

그런 치우침을 바꾸기 위해 『영웅』이 움직인다.

세계는 그러한 과정의 반복.

생물의 본능에 아로새겨진 영원히 반복되며 회귀하는 시스템.

아티스마타 백작에게 있어 룩스는 저항 세력을 싹틔울 존재.

이를 위해 후길은 지금까지 힘을 빌려준 것이었단 말인가.

"거짓말이야…… 네 얘기에는 모순이 있어!"

"호오."

룩스가 쥐어 짜내는 듯한 소리로 외치자 후길이 미소를 지으며 고개를 갸웃했다.

"약자의 구제라고?! 체제를 바꾸기 위해 다른 쪽 체제를— 황족이나 그 관계자를 전부 죽인다면, 그것 또한 약자를 버리는 짓이잖아?! 내가 바란 건—"

룩스나 아이리처럼 자신의 의지로 제국에 가담한 것이 아닌 인간의 구제.

구제국의 방침에 어쩔 수 없이 따르던 황족이나 관계자를 최대한 구하는 것.

그것이 룩스가 바란 혁명이었다.

"그럴지라도, 그렇기에 불필요하다는 거다. 너희 말고는 없었지. 마음 한구석에 약간이나마 민중에 대한 자비를 가진 자가, 그 성에는 더 이상 없었어."

"뭐……?!"

상상도 못 해본 대답에 룩스는 할 말을 잃었다.

사실, 그 생각은 룩스 자신의 머릿속에도 어렴풋이 있었다.

애초에 제국의 압정에 이의를 제기한 할아버지의 간언에 귀를 기울인 황족이나 관계자는 단 한 명도 없었으며, 룩스에게 다가오는 자도 없었다.

그 후 룩스가 기룡사의 재능을 드러내고 황제와 권력자들에게 백성들의 처우 개선을 진언했을 때도 무시당했다.

이 근본까지 썩어버린 왕궁에서, 유일하게 이야기를 들어준 사람이 후길이었다.

"너는 체험해서 알고 있겠지. 한 번 권력의 맛에 취해버린 족속들의 생각은 바뀌지 않아. 하지만 너는 직접 손을 대는 것이 두려웠지. 『어쩌면』이라는 특별한 사정까지 고려한 건, 두려웠기 때문이다. 자신의 목적을 위해서 다른 누군가를 희생시키는 게 말이야."

"큭……!"

정곡을 찔린 룩스는 이를 갈았다.

그래도 솟아오르는 반론을 토해냈다.

"그거야말로 모를 일이잖아! 황제에게 지배당하던 그 왕성에서, 나처럼 소외당하는 걸 두려워했을 뿐일지도 몰라!"

"그렇지. 당시 상황에 따라, 자신의 형편에 맞춰 임의로 방침을 바꾸어대는 어리석은 자가 권력을 쥐면 어떻게 될까? 결국 같은 일이 반복되겠지. 그리고 만약 백성에 대한 자비가 한 조각이라도 있었다면, 진작 네게 손을 내밀지 않았을까?"

"그건—."

그렇게 단언하자 룩스는 반박할 말이 없었다.

사실이었다.

룩스는 구제국에, 백성들에게 버림받았다.

싸우려 해도 도와주는 이는 아무도 없었다.

맏형이라고 생각하던 후길이 룩스에게 말을 걸어줄 때까지 아무것도, 단 하나도, 단 한 명도.

룩스에게 구원의 손길을 내밀어준 이는 이 성에 없었다.

"—후길, 서두르지 않으면 황제와 황족이 달아날 겁니다. 쫓는 건 가능하지만 너무나도 복잡한 사상이 발생하므로, 역사를 개변할 때 다소 지장을 초래합니다."

"아아, 그랬지. 아샤리아."

감정이 느껴지지 않는 음성이 갑자기 어디선가 들려왔다.

불똥이 흩날리는 왕성 뒤쪽 하늘에 새하얗고 거대한 기룡이 떠 있었다.

"아샤리아……?"

"—그래. 『대성역』이라 불리는 기구를 완성한 현자. 그녀가 창조한 『성식』이 사람의 마음을 감지하고, 분석하고, 투영하지. 그 정보가 자동인형에게 전송되고, 사람의 마음을 저울

질한다."

후길은 냉소와 함께 기공각검을 하늘을 향해 들어 올렸다.

《바하무트》와 비슷한 형태의 칼날.

그 자루의 스위치를 누르고 정신 조작으로 기동한다.

직후, 순백의 거대한 기룡이 꿈틀거리더니 그 뒤에 있는 고리가 작동했다.

【―자신의 의지로 건물 밖으로 나갈 수 없다.】

"―윽?!"

자동인형 아샤리아의 무기질적인 음성이 룩스의 머릿속에 직접 들어왔다.

그 직후, 연한 빛이 왕도 전역을 뒤덮었다.

그 광경을 지켜보던 후길이 당당하게 웃으면서 《바하무트》의 대검을 들어 올렸다.

"《영겁회귀》― 세계의 법칙을 바꾸었으니, 이제 녀석들은 도망칠 수 없다. 그럼 마지막 질문이다. 룩스― 너는 다음 왕이 되어라. 황제를, 현재 성에 있는 황족 잔당을, 그리고 가신들을 붙잡아 모조리 죽여라. 민중 앞에서 놈들의 목을 치고 왕위를 찬탈해라. 네가 새로운 이상적 지배자가 되어 균형을 가져오는 거다."

후길은 타이르는 것처럼 말하며 룩스를 향해 미소 지었다.

처음으로 룩스의 의견을 들어주었을 때처럼 친애가 느껴지는 부드러운 표정으로.

"각오를 보여라, 룩스. 지배자로서 부족한 유일한 소양― 그걸 네가 붙잡았을 때 인정하겠다. 네가 아티스마타 백작을 대신할 새로운 역사의 중핵이라고."

"나는, 나는―."

룩스의 가슴속에 갈등이 퍼져나갔다.

여기서 손을 더럽히는 걸 감수하고 황제와 그 관계자들을 심판해야 할 것인가.

그렇게 하면 바라는 것이 손에 들어온다.

부조리한 차별과 괴로움이 없는 평화로운 나라.

권력자들의 일방적인 지배가 없는 생활.

아이리와 피르히가 안전하게 살 수 있는 행복한 세계가 손에 들어온다.

'마침내, 나는 구원받는 거야……. 이 나라 사람들도, 내가 그 길을 선택한다면.'

절대악인 아카디아 제국을 무너뜨린 영웅으로서 백성들에게 인정받고 사랑받는다.

"너는 그것만 하면 된다. 내 사명 같은 건 알 필요 없어. 알게 되면 무제한으로 원하는 것이 인간이지. 따라서 승낙한 후에 이 모든 기억을 지우도록 하마. 네게 남는 건 각오 하나로 충분하니까."

후길의 말이 귀를 간질인다.

왕족다운 듣기 좋고 우아한 어조.

"자, 대답해라, 아우야. 너는 지금 무얼 바라지?"

형으로 생각하며 따르던 남자를 향해 룩스는 대답했다.

✝

그리고 지금— 룩스는 잔해 위에서 정신을 되찾았다.

"으, 으윽……!"

기침을 하자 살짝 피가 섞인 타액이 튀어나왔다.

볼 안쪽이라도 찢어진 것일까. 격통으로 신경이 불타버리기라도 했는지 전신에 감각이 없었다.

한참 멀리에서는 에이릴, 그리고 싱글렌을 뺀 나머지 『칠용기성』이 포진한 채 사라진 후길에 대비해 경계하고 있었다.

【—장갑기룡을 착용하지 않은 자와 그 움직임은, 이 세계에서 인식되지 않는다.】

《우로보로스》의 신장 《영겁회귀》의 세계 법칙 개변이 영향을 미치는 범위는 반경 1백 키르에 달한다.

즉 후길의 모습을 포착하지 못하고 모두 적을 놓쳤다.

광범위 공격으로 대응하려 하면, 그 순간 후길은 《제로 원》으로 이공간으로 피신하리라.

그러니 맨몸인 후길이 기공각검으로 공격하지 못하게끔 전원이 장벽을 강화하고 경계하는 것이 현 상황에서 쓸 수 있는 최선책이었다.

"……큭!"

불과 몇 분도 안 되는 짧은 시간 동안 후길은 그들에게 중요한 이야기를 해주었다.

영웅의 사명, 『대성역』과 『성식』의 진정한 기능.

굳이 끼어들지 않고 묵묵히 듣기만 한 것은 《영겁회귀》의 유효 시간을 파악하기 위해서다.

그러나 일곱 빛깔의 영역은 전혀 사라질 기미가 없었다.

이렇게 오랫동안 유지할 수 있는 것을 보면, 후길이 설정한 세계 법칙 속에서 언제 끝날지 기약 없는 싸움을 계속해야 할지도 모른다는 것을 모두가 차츰 이해하기 시작했다.

"……말했을 텐데. 나는 너희와 싸울 생각이 없다. 너희 중에 왕의 자질을 가진 자, 운명의 중핵은 현재로선 존재하지 않아. 그러니 이대로 『대성역』의 진실을 잊고 세계의 재편성을 기다리며, 새로운 역사 속에서 선택하도록 해라."

모습이 보이지 않는 후길의 목소리가 무참하게 파괴된 고성 터에 울려 퍼진다.

후길은 이대로 물러나면 싸우지 않고 놓아주겠다고 세 번째로 권고했지만, 이번에도 그라이퍼는 코웃음을 치며 무시했다.

"헹, 쓸데없이 길기만 한 헛소리를 듣느라 시간만 허비했군."

그라이퍼는 호전적으로 웃으며 《테일 블레이드》를 눈높이로 들어 올렸다.

"약자의 편이라고? 세계의 균형을 맞추겠다고? 잠꼬대는 잘

때 해라, 이 자식아. 그건 그 자동인형이나 『성식』이 절대적으로 옳다는 게 전제잖아? 결국 네가 하는 짓은—."

"자기가 좋아하는 점쟁이의 결과를 남에게 강요할 뿐인 거지. 요약하면 그 정도잖아?"

다음 말을 하려는 찰나에 공중에 떠 있던 메르가 중얼거렸다.

새치기당한 그라이퍼는 못마땅한 표정으로 쏘아보았다.

"너 말이다…… 남이 할 말을 가로채지 말라고……."

"하지만, 나도 꼬마랑 같은 의견이야—. 그런 헛소리는 이제 지긋지긋하거든."

이번에는 지상에서 로자가 오만하게 웃었다.

"그런 식으로 『내가 옳다』라고 주장하는 사람의 명령을 듣는 게 편한 건 사실이야—. 하지만 맹신 너머에는 길이 없지. 자기 손으로 모든 걸 내팽개치는 거나 다름없다고—."

"지금은 룩스를 맹신하는 느낌인데. 뭐, 아무렴 어때."

바로 옆에서 소피스가 무표정으로 동의했다.

"약자를 구하고 균형을 유지한다. 저항 의지를 가진 자에게 역전의 기회를 준다. 그건 확실히 좋은 일일지도 몰라. 하지만."

무감정한 적자색 눈동자에 힘을 주면서 소피스는 다음 말을 이었다.

"당신 생각대로 움직이지 않으면 버린다니, 너무 이기적이야. 당신은 당신의 목적을 밝히지 않은 채 사람을 구하고, 이끌고— 죽여왔겠지?"

"리스테르카 언니나 헤이즈의 생각이 옳은 것인지, 나는 몰라."

기다렸다는 것처럼 에이릴이 보이지 않는 후길에게 말했다.

"다만 내 답이 달랐을 뿐이야. 옳다고 생각하는 것을 위해서, 같은 피가 흐르는 자매까지 배신했어. 내게 널 비난할 자격은 없을지도 몰라. 하지만—"

그렇게 말하고《블레이즈 윕》을 휘둘러 길게 뻗은 채찍으로 반경 수십 메르를 휩쓸었다.

보이지 않는 후길의 위치를 탐색하며 공방에 대비했다.

그 일련의 행동이 에이릴의 의지를 보여주었다.

"나는 내 선택을 믿어. 내 소원을 이루기 위해서, 너를 부정하겠어. 후길, 너와『성식』은 신용할 수 없어."

그런 그들을 지켜보고 있던 마기알카가 마지막으로 평소처럼 능구렁이 같은 미소로 정리했다.

"—그렇다고들 하는구먼. 언제까지 숨어 있을 셈인가, 영웅. 시간이 올 때까지 얌전히 있으려고 그러는가?"

"……훗."

《영겁회귀》의 힘으로 모습을 감춘 후길이 실소를 흘렸다.

"믿든 믿지 않든, 아무래도 좋을 일이다. 애초에 이 이야기를 한다고 해서 수긍해줄 거라곤 생각하지 않았으니까. 너희가 할 수 있는 건 아무것도 없어."

"뭐야, 기껏 얘기해놓고 지기 싫어 억지를 부리는 겐가? 아니면 저『성식』에 대해 그렇게 자신이 넘친다는 겐가? 아무 데서나 사람을 잡아먹는 저 괴물이, 정말로 사람을 구제하는 장치라고? 네놈, 무언가 숨기고 있는 게로군?"

"……."

후길은 말이 없었다.

숨소리 하나조차 마기알카에게 돌려주지 않았다.

"아무래도 진심으로 시간을 끌려는 것 같구먼. 앞으로 5분 남짓인가? 『대성역』 제어실 위치는 알고 있지. 그대가 숨어 있는 동안 그곳을 공격하면 어떻게 될까 궁금하구먼?"

마기알카가 음흉하게 웃으며 말하자 에이릴이 숨을 삼켰다.

"마기알카 대장, 그게 무슨 뜻인가요?"

"시간이 없으니 간략하게 말하지. 녀석은 왜 굳이 밖으로 나왔을까? 우리가 이 이상 『대성역』에 간섭할 수 없다면, 애초에 나오지 않으면 끝날 이야기일세. 요컨대—."

"주의를 끌 필요가 있었다는 거네—. 저 빛기둥이 튀어나온 지점의 지하. 거기를 우리 모두가 공격하면, 제어실의 벽을 파괴하고 방해할 수 있다는 거야—?"

"어설픈 공격은 통하지 않겠지만 말이지. 허나, 적어도 우리에겐 가능한 짓이야. 그래서 이렇게 견제해온 것일세. 내 얘기가 틀린가? 영웅."

"……."

키이이잉!

그 순간 《요르문간드》의 장갑팔 중 하나— 특대 캐논에서 날카로운 소리가 났다.

그 대화 도중에 공략법을 짜낸 것인지 어느새 에너지를 축적하고 있었다.

"대답하지 않겠다면 내 쪽에서 감세! 후길 아카디아!"

그리고 노호성과 함께 극광을 해방했다.

고열과 충격파의 격류가 대기를 관통하고, 남아 있던 잔해와 지면을 도려낸다.

그러나 수백 메르 너머 한 지점을 노린 《요르문간드》의 포격은 이번에도 목표 지점에 착탄하기 전에 사라졌다.

"《제로 원》으로 회피했나?! 역시 그렇구나! 『대성역』은 파괴할 수 있어!"

에이릴이 외치는 동시에 나머지 멤버가 일제히 움직였다.

공격을 한 점에 집중하기 위해 저마다 특수 무장을 기동했을 때, 목소리가 들려왔다.

"이중나선의 탑에서 오라. 공허하고 무궁한 만상을 자아내며 천지개벽의 법을 제정하라. 개변기룡_{아티팩트}《우로보로스》!"

"——?!"

후길이 영창부_{패스 코드}를 읊조리는 소리가 들린 직후에 눈부신 빛이 주변을 감쌌다.

기룡이 전송될 때 모이는 빛의 입자의 양이 격이 다른 탓에, 시야가 하얗게 물들 정도였다.

"눈앞이 안 보여도 방향쯤은 알고 있다고, 하앗—!"

로자에 이어 메르와 소피스도 중추가 숨겨진 지면을 향해 캐논을 발사했다.

그러나 최대 출력의 포격은 동일한 충격파와 부딪쳐 상쇄됐다.

"《제로 원》으로 없앤 마기알카 대장의 포격을 지금 사용하다니?!"

두 포격이 상쇄되며 생긴 후폭풍의 여파에 에이릴은 신음했다.

마찬가지로 모두의 움직임이 멈춘 그 찰나, 다시 후길이 입을 열었다.

"접속·개시" 커넥트 온

쿠르르르릉!

둔중한 금속음을 연주하며 먼지가 걷힌 자리에서 드러나는 모습.

그곳에는 다시 《바하무트》를 장착한 후길과 그 뒤에 자리 잡은 새하얀 성채— 아니, 하늘을 찌르는 위용을 구현화한 초거대 장갑기룡이 기계 고리와 함께 우뚝 솟아 있었다.

얼룩 하나 없는 백은빛 다중 장갑.

각 부분에 설치된 무수한 포구.

장갑으로 분류되는 기룡이라기보다도, 하나의 독립적인 요새에 가까운 모습이었다.

유선형의 거대한 머리 중앙에는 반구형 강화 유리로 뒤덮인 조종석이 존재했고, 거기에 자동인형이 앉아 있었다.

"저게, 《우로보로스》……?!"

"커……. 지금까지 본 어떠한 신장기룡보다도……. 마치, 유적 그 자체 같아."

그것을 본 메르가 중얼거렸고, 소피스도 놀라움을 숨기지 못하여 눈을 깜빡였다.

"실제로 유적이기도 해. 제0 유적 『대성역』의 반신인 동시에 개변기룡…… 저건 기룡이자 유적이기도 한 특제야."

에이릴은 이마에서 식은땀을 흘리며 불쑥 중얼거렸다.

일곱 개의 유적을 총괄하는 정점의 제로.

그것 자체가 모든 기구를 갖춘 성채이자, 동시에 최대 최강의 병기.

에이릴이 『달』의 서고에서 입수한 정보에 포함돼 있던 최후의 개변기룡이었다.

그러나 《우로보로스》 본체의 끝을 알 수 없는 무시무시함은 문헌에서도 명확히 설명하지 않았다.

"잠시…… 상대해주마. 다음 각성이 올 때까지."

"윽?!"

후길이 《우로보로스》의 기공각검을 휘둘렀다.

직후, 배후에 전개된 요새 같은 거룡이 움직이더니 그 거대한 손가락을 후길의 《바하무트》 위에 얹었다.

『강화지원·개시.』
<small>차지 블래스트 온</small>

무기질적인 용성이 《우로보로스》에서 발신됐다.

『대성역』의 자동인형 아샤리아의 목소리라는 것에 관심을 가질 여유는 없었다.

기룡 수백 기 분량은 될 듯한 《우로보로스》의 거대 장갑이 발광하며 화산이 분화하듯 용솟음치는 에너지가 《바하무트》에 주입됐다.

그 광경을 본 에이릴은 무심코 자신의 눈을 의심했다.

"저건……《드레이크》와 같은 지원 강화 능력?! 하지만 출력이 너무 다르잖아?!"

범용기룡《드레이크》라면 대략 최대 1.25배.《엑스 드레이크》라면 1.5배 정도까지 다른 장갑기룡의 성능을 강화할 수 있다.

그러나 눈앞에서 전송되는 에너지의 방출량은 격이 달랐다.

특장형의 기본 기능인 지원 능력이, 다른 장갑기룡의 신장급 힘을 갖고 있었다.

"—《폭식》."

<small>리로드 온 파이어</small>

에이릴이 전율한 찰나, 후길의《바하무트》가 흉흉한 빛을 띠었다.

칠흑색 장갑에서 방출되는 진홍빛 섬광.

아마도 통상 출력의 신장을 아득히 능가하는 위력을 지녔을 것이다.

예를 들어 후길의 시간을 수십 분의 1까지 압축 강화한다면, 그 후의 움직임은 평범한 사람이 반응할 수 있는 속도가 아니다.

방어는 고사하고 도주조차 제때 하지 못해 여유롭게 따라잡혀 격파당한다.

파멸의 흉조를 깨닫고 모두가 굳어버린 그때, 한 기의 신장기룡이 폭발적인 속도로 비상하며 후길에게 돌진했다.

"그라이퍼?!"

한 박자 늦게 알아차린 에이릴이 자기도 모르게 소리쳤다.

《우로보로스》를 경계하느라 모두의 첫 동작이 한순간 지연된 와중에 그라이퍼만이 야생동물 같은 직감으로 움직여서 오히려 후길과 거리를 좁혔다.

압축 강화를 발동한 첫 5초.

만약 후길 자신의 시간을 대상으로 삼았다면 정지하는 수준에 가깝게까지 감속된다.

시간 가속 이외에 사용했다면 강화해도 상관없다는 계산일 거라고 에이릴은 생각했다가, 다르다는 것을 알아차렸다.

에이릴이 아는 그라이퍼라는 남자는 작전을 세우는 데 그리 시간을 들이지 않는다.

생각이 짧다는 뜻이 아니라, 최선책을 무의식적으로 선택하고 실행한다.

말로 설명할 수 있는 이론이 아닌, 감각으로 승기를 감지하는 것이다.

"하지만, 또 《제로 원》을 사용해서 도망친다면—."

후길의 《바하무트》를 공격하려는 그라이퍼를 보고 메르가 눈살을 찌푸렸다.

"걱정할 필요 없다네! 만약 후길이 시간 가속에 《폭식》을 사용했다면 그건 불가능하니까! 생각하지 말고 다들 공격하게나!"

그러나 마기알카가 배후에서 바로 지시했다.

후길이 자기 자신에게 시간의 압축 강화를 사용했다면 정신 조작으로 《제로 원》을 발동하는데 걸리는 1초조차 수십 초로 늘어난다.

그러니 첫 5초 동안에는 후길이 도망칠 걱정은 없다— 그렇게 판단했다.

이 시점에서라면 그라이퍼와 마기알카의 대답은 최선이었다.

그러나 적의 힘은 그들의 예측을 아득히 능가했다.

『—멸하라.』

자동인형의 한마디.

아마도 정신 조작으로 동시에 명령받은 것으로 여겨지는 아샤리아가 나지막하게 말하자, 백은의 초거대 기룡—《우로보로스》가 움직였다.

그 장갑팔이 철탑을 움켜쥐고 무기처럼 뒤로 당기며 자세를 잡았다.

—아니, 그것은 철탑 같은 게 아니었다.

땅에 세우면 하늘 높이 올려다봐야 할 정도로 거대한 쇳덩이는, 환옥철강으로 구성된 한 자루 블레이드.

범용기룡이 가진 것과 조금도 다를 바 없는 무장이지만, 질량이 너무나도 달랐다.

그 초월적인 압력에 『칠용기성』들이 숨을 삼킨 찰나, 세계가 쪼개졌다.

콰아아—!

"……빨라?!"

그 사이즈가 너무나도 거대하지 않다면 소리친 메르조차 시인하지 못했을 만큼 무지막지한 속도로 《우로보로스》가 블레이드를 가로로 휘둘렀다.

상상을 아득히 초월하는 일격에 모두가 죽음을 각오했지만, 그 참격이 아주 살짝 틀어지며 빗나갔다.

"—큭! 아아!"

고속으로 휘둘러진 거대한 블레이드가 일으킨 광풍과 충격의 여파.

그것만으로 남아 있던 성벽이 분쇄되고 잔해가 사방으로 흩어졌다.

소피스가 반사적으로 발동한 《바람의 위광》으로 참격 궤도를 틀지 않았다면 몇 명은 확실하게 당했으리라.

그리고 참격은 회피했지만 『칠용기성』의 반격은 완전히 중단되었다.

그러나—.

"그라이퍼…… 설마?!"

본체가 휘두른 치명적인 참격을 빠져나간 그라이퍼가 한발 빠르게 요새 같은 《우로보로스》의 품으로 뛰어들었다.

목표는 뒤에 있는 개변기룡이 아니라 그 바로 앞에 있는 《바하무트》다.

《우로보로스》 본체가 거대한 탓에 어느 정도 접근하면 블레이드의 위협에서 벗어날 수 있다.

에이릴이 경탄하며 눈을 크게 뜬 직후, 그 복부에 설치된 무수한 포구에서 일제히 푸른 빛줄기가 방출됐다.

지이잉—!

수십, 아니 수백 개에 달하는 장갑에서 방출된 레이저가 그라이퍼를 꿰뚫기 위해 날아간다.

　하지만 거의 모든 방향에서 날아온 강력한 섬광은 그라이퍼에게 닿지 못하고 확산됐다.

　파괴력이 현저하게 감쇠하여 장벽에 막힐 정도까지 경감되었다.

　《쿠엘레브레》의 특수 무장 《은둔처의 진명》.

　연막을 위해 흩뿌린 금속 조각의 안개는 빛의 에너지를 확산해서 약화시켰다.

　"안일하다고. 이렇게까지 접근하게 내버려 두고서, 날 막겠다고 생각한 시점에서 말이다!"

　두 번의 즉사급 공격을 돌파한 그라이퍼는 후길에게 육박했다.

　사복검 《테일 블레이드》가 채찍처럼 형태를 바꾸며 나선을 그리는 참격을 펼쳤다.

　어깨에서 가슴까지, 《바하무트》의 장갑과 후길을 한꺼번에 절단할 기세로 명중했고— **튕겨나갔다.**

　"큭……?! 뭐가 이렇게 단단해?!"

　멀리서 그것을 지켜보던 『칠용기성』보다 그라이퍼가 먼저 전율했다.

　충분히 가속했으니 파괴력이 부족하진 않았을 것이다.

　후길이 《폭식》으로 자신의 시간을 감속했을 거라는 예상은 적중했고, 적의 《바하무트》도 공격에 대응하지 못해서 장벽조차 펼치지 않았다.

'그런데 어째서지?!'

그라이퍼가 당황한 2초 사이에 저 높이 있는 《우로보로스》의 머리에서 무기질적인 목소리가 내려왔다.

『장갑 표피와 장의에는 장벽과 비슷한 방어막이 상시 형성되어 있습니다.』

후길의 정신 조작으로 움직이며 《우로보로스》를 조종하는 자동인형 아샤리아.

그녀의 대답을 들었음에도, 그라이퍼는 그 의미를 즉각 이해하지 못했다.

분명 장갑 표피와 장의에는 장갑기룡의 장벽과 비슷한 에너지가 자동으로 주입되어 사용자를 상시 보호하고 있다.

하지만 그 방어력은 일반적인 장벽에 비하면 몇 분의 1 수준이다.

요컨대 마음의 위안거리 정도. 어디까지나 장벽을 발생한 상태에서 보조적인 방어력을 제공하는 것에 불과하기에, 공격하는 쪽도 방어하는 쪽도 크게 신경 쓰지 않는다.

그런데— 그 미미한 방어막조차 조금 전 『강화 지원』을 받아 수십 배로 튼튼해진 것이다.

"판단을 잘못했군, 들개. 지금 네놈이 상대하는 건 시작의 영웅이다."

마침내 《폭식》을 기동한 지 5초가 흘러 눈앞의 후길이 움직였다.

그것보다 아주 약간 더 빠르게 그라이퍼가 《쿠엘레브레》의 신장을 기동했다.

"―《광자잠행》!"
_{포톤 다이브}

모든 공격을 튕겨내는 무적화 신장.

《폭식》의 후반 5초가 시작되기 직전에 방어 태세를 마쳤다.

이거라면 수십 배로 가속한 후길이 어떠한 연격을 퍼붓든 지 간에 아무 피해 없이 막아낼 수 있다.

하지만 후길은 미소를 머금은 채 천천히 그라이퍼에게서 시선을 떼고 2백 메르 가량 떨어져 있는 마기알카 일행 쪽을 노려보았다.

"헉······?! 그렇겐 안 돼!"

《폭식》으로 압축 강화한 후길의 속도는 그라이퍼가 예상한 만큼 빠르지는 않았다.

《미스트 사이퍼》로 뒤덮인 이 일대를 빠져나가기 전에 공격 하면 조금이라도 발목을 붙잡을 수 있을 터―.

그렇게 생각하고 공격으로 전환한 찰나, 소년의 등줄기에 오싹한 한기가 흘렀다.

"······훗."

후길은 짤막한 웃음소리와 함께 《쿠엘레브레》의 장갑에 대검을 밀어붙였다.

―아니.

그라이퍼가 움직이는 방향을 간파하고 그 위치에 미리 검을 두었다.

《광자잠행》은 특정한 속도로 자신을 노리는 공격만을 튕겨내는 신장이다.

다시 말해 자기 쪽에서 밀착한 물체가 영거리에서 힘을 가하면 영향을 받게 된다.

예전에 전용전에서 크루루시퍼가 찾아낸 공략법으로, 그라이퍼를 처리하기 위해서 다른 사람을 공격하는 시늉으로 유인한 것이다.

'그 잠깐 사이에 여기까지 계산을 마쳤다는 건가!'

적의 공격 예비 동작을 읽어내고 《폭식》을 사용해서 전광석화 같은 연격을 퍼붓는 『즉격』.

룩스의 주특기인 《바하무트》의 전술을 후길은 더욱 뛰어난 수준으로 구사했다.

쾅! 콰드드득!

《쿠엘레브레》의 견고한 장갑이 밀착한 상태에서 에너지를 퍼붓는 칼날에 갈라졌다.

원래는 마찰로 절단력을 얻기 때문에 단순히 대고 있는 것만으로는 효과가 미미하다.

그런 약점을 안고 있음에도 불구하고 압도적인 파괴력으로 그라이퍼와 《쿠엘레브레》를 격추했다.

"크, 아아아아악……!"

영거리 참격에 장갑이 부서지고, 그 충격으로 늑골이 부러진 그라이퍼는 선혈을 울컥 토해냈다.

'단순히 힘에 맡긴 공격이 아니야! 기룡아검이 닿은 부분은

그대로 두고, 장갑기룡의 관절만 가동해서 환창기핵의 추진 ^{포스 코어}
력을 가한 거야!'

밀착한 상태에서 다른 신체 부위를 움직여서 접촉면에 힘을 가하는, 상식적으로 불가능할 터인 참격이었다.

그라이퍼가 추락한 직후에 로자의 포격이 후길을 향해 날아갔다.

신장《연옥기구》로 십여 기의 기룡과 합체 변형한《고리니시체》가 모든 포문에서 에너지를 해방했지만, 후길은 멈칫하는 기색조차 없이 포격을 전부 헤치고 접근했다.

"……저 포격의 틈을 빠져나오다니?! 말도 안 돼!"

시야를 가득 뒤덮는 포격을 피하는 것은 일반적으로 불가능할 터이지만, 수십 배로 가속한 후길의《바하무트》는 그것조차 피해내며 로자에게 접근했다.

그리고 목표 지점에 도달할 때까지 축적한 초강력 일섬을 해방했다.

"커헉……!"

특수한 기술이 아닌, 그저 에너지를 최대한 담아 휘두른 블레이드.

그 일격에《고리니시체》의 장갑이 반파되고 로자의 입에서 선혈이 흘러나왔다.

"로자!"

계속해서 후길의 시선이 메르와《드래이그 귀버》로 향했다.
《바하무트》가 즉시 사정거리 내에 있는 메르에게 대검을 휘둘렀지만, 칼날은 허공을 갈랐다.

"《상극의 천리》…… 온도 차이로 대기의 밀도를 조작해서 시
각의 거리감을 빼앗은 건가."

"잘 아네. 하지만 그게 다가 아니라구. ―이거나 먹으시지!"

때마침 가속 상태가 끝난 《바하무트》의 장갑이 살짝 얼어붙
었다.

온도를 조작하는 신장 《상극의 천리》의 냉동 능력.

어디까지나 표면이 얇게 얼어붙는 정도이지만, 후길의 움직
임이 멈춘 틈에 메르가 도끼를 내려찍는― 것보다 빠르게 《드
래그 귀버》의 장갑이 부서지며 메르는 옆으로 튕겨 나갔다.

"윽―?!"

후길이 정신 조작으로 아샤리아에게 지시하자 배후에 서 있
는 《우로보로스》가 기동.

철탑 같은 거대한 블레이드를 한 번 휘둘렀을 뿐인데, 메르
는 알아차릴 새도 없이 격추당했다.

후길에게 집중하고 있던 메르가 시야 밖에서 날아온 고속
의 참격을 인식할 방법은 없었다.

"말도, 안 돼……!"

"저런 거, 반칙."

아직 무사한 에이릴이 이를 갈고, 소피스는 아연하게 그 광
경을 바라보았다.

각국을 대표하는 『칠용기성』은 최선의 선택지를 실행했을
터다.

그럼에도 불구하고 결과는 압도적인 차이로 돌아왔다.

《우로보로스》의 특수 무장 《인피니티》로 《바하무트》를 장착한 후길은 강화 지원 능력으로 인해 압도적인 공방 능력을 획득했다.

동시에 아샤리아 조종하는 《우로보로스》 본체는 그 자체가 자율형 요새이며, 유적 『거병』 이상의 힘을 갖고 있다.

미증유의 위협을 초래할 두 적과 사실상 동시에 싸워야만 하는 상황이었다.

이제 전투 가능 인원은 마기알카와 에이릴, 소피스밖에 남지 않았다.

돌파구를 찾지 못하고 사고가 정지한 몇 초 사이에 후길이 재차 신장을 기동했다.

"—《폭식》."

시야를 뒤덮는 강렬한 진홍색 빛.

다음으로 신장의 대상이 된 것은 후길 뒤에 우뚝 서 있는 《우로보로스》 본체였다.

《바하무트》에 부여된 강화는 이미 끊겼기 때문에 다음 《폭식》은 몇 배 정도의 압축 강화일 테지만, 시간을 가속하든 파워를 증강하든 5초 후에는 터무니없는 공격이 쏟아질 것이다.

"이제야 알겠구먼……."

마기알카가 그 움직임을 보며 불쑥 감탄했다.

"상호 간의 공격과 방어를 이용한 《폭식》의 연속 기동. 그것이야말로 저 녀석의 필승 전술이었어."

《바하무트》 자신을 강화할 때는《우로보로스》본체가 후길을 보호하게끔 미리 아샤리아에게 명령해둔다.

그리고《우로보로스》본체에 압축 강화를 부여할 때는, 최초의 5초 동안 후길이 공세에 나서서 적을 붙잡아둔다.

"원래는 리스크가 동반되는《폭식》의 약점을 커버하고, 5초 후에 압도적인 공격력으로 적을 섬멸하는 것. 그게 녀석의 전투 방식……."

"정답이다. 하지만 그걸 알았다고 해서 어떻게 할 거지? 이름난 상인이여. 이미 교섭은 물 건너갔는데."

"핫! 솜털도 안 빠진 녀석이 큰소리를 치는구먼! 나중에 질질 짜지나 마시게나!"

이미 앞 5초의 카운트다운은 끝이 가까워지고 있다.

이대로 압축 강화를 마친 공격이 시작되면 마기알카를 포함한 건재한 인원들도 한꺼번에 당하리라.

그걸 막기 위해서인지 에이릴과 소피스는 재빨리 후퇴해서 전개한《요르문간드》배후로 대피했다.

설치형이긴 하지만 통상 장갑기룡보다 월등히 뛰어난 공격력과 방어력을 겸비한 요새로써, 두 사람을 지키면서 공격으로 전환할 채비를 갖추었다.

'하지만 이걸로 막아낼 수 있을까? 저 거대한 개변기룡의 공격을—'

말로 꺼내지는 않았지만 에이릴은 내심 두려움을 품었다.

마기알카의《요르문간드》도 상당히 크지만,《우로보로스》는 그것보다 훨씬 더 거대하다.

무엇보다도《폭식》이 무엇을 압축 강화했느냐에 따라《요르문간드》의 방어조차 가뿐하게 돌파당하리라.

『소피스! 에이릴! 내가 시키는 대로 신장을 맞추게. 지금부터는 하나라도 삐끗하면 저승행이니까!』

마기알카가 용성으로 외친 직후에 후길의《바하무트》가 돌진했다.

"빨라—! 하지만, 이번에는 눈으로 좇을 수 있어!"

예리하게 파고드는 것처럼 비행하며 후길이 대검으로 찌르기를 시도한다. 이를 기다렸다는 것처럼 카운터를 시도한《요르문간드》의 주먹이, 명중하기 전에 그 모습이 사라졌다.

"《제로 원》?! 여기서 쓸 셈인가?!"

직접 돌격해서《폭식》의 5초가 지날 때까지 적의 의식을 끌어당기고, 이후 자신의 모습을 없애고, 뒤에 있는《우로보로스》의 모든 포문으로 일제히 포격을 퍼붓는 전술.

"이건, 캐논……? 아냐, 그런 위력이—."

《요르문간드》에 탑재된 거대한 포구.

《우로보로스》의 복부가 열리며 그것과 대등한 체급의 대포 여러 개가 나타났다.

그 전부에서 빛이 번쩍인 순간, 일면이 폭염으로 뒤덮였다.

"《바람의 위광^{마하푸라나}》!"

소피스가《브리트라》의 궤도 제어 신장을 전개하여 파괴 에너지의 격류를 피하려고 했다.

그러나 너무나도 범위가 넓고 위력이 강한 탓에 전부 막아낼 수는 없었다.

먼저 당한 그라이퍼 일행이 멀리 나가떨어지지 않았다면, 이 포격에 말려들어 전부 죽었으리라.

"이번 《폭식》은 에너지를 압축 강화한 모양이로구먼……. 온다네! 둘 다 정신차리게!"

도저히 형용할 수 없는 위력의 융단폭격 속에서 마기알카가 경고했다.

그 순간, 이번에는 코앞까지 접근한 《우로보로스》 본체와 《바하무트》를 두른 후길이 동시 공격에 나섰다.

『블레이드 공격, 기동.』

휘몰아치는 폭염을 가르며 《우로보로스》가 철탑 같은 대검을 내리그었다.

《요르문간드》를 구성하는 일곱 개의 거대한 팔이 그 공격을 받아내고 주먹으로 튕겨냈다.

"호오……."

후길이 눈 하나 까딱하지 않고 작게 감탄했다.

그것은 본디 《요르문간드》라 해도 방어가 불가능에 가까운 일격을, 마기알카가 터득한 독특한 조작 기술로 교묘하게 막아냈음을 의미했다. 그러나—

"한 번으로 끝날 리가 없지……. 온다!"

《우로보로스》의 거대한 장갑팔이 손목을 틀면서 무지막지한 기세로 연달아 검을 휘둘러댔다.

일격 일격이 천재지변, 질량의 폭력이라고 불러도 무방할 정도의 연격이었다.

하지만 마기알카의 안광은 약해지지 않았다.

한치의 오차도 허용하지 않는 타이밍과 각도를 파악해서 거대한 쇳덩이를 받아내고, 튕겨냈다.

맨몸이 아닌 거대한 장갑기룡을 조종하는 것인데도 무술의 달인에 걸맞은 눈썰미로 방어하는 마기알카 근처에서, 에이릴와 소피스 또한 후길의《바하무트》와 교전했다.

《블레이즈 윕》을 종횡무진 휘둘러 전방위에서 후길을 공격하는 에이릴.

후길은 그것을 블레이드로 튕겨내면서 에이릴과《자하크》에게 접근했다.

"—이해가 안 되는군. 네놈은《쌍두의 사지》를 어디에 쓰고 있는 거냐? 내가《우로보로스》를 인식할 수 있는 건 어째서지? 왜 망각시키지 않는 거냐?"

매섭게 급소를 노리는 참격을 끊임없이 퍼부으며, 후길은 미심쩍어하는 표정으로 에이릴에게 물었다.

소피스의《바람의 위광》의 보조를 받으며 에이릴은 간신히 피하고 있었다.

하지만 기량은 후길 쪽이 압도적으로 뛰어났다.

특수 무장—《카오스 브랜드》의 특성으로 채찍에 실린 에너지를 차단하고, 그대로 긴 채찍을 잘라버리려고 했다.

채찍 특유의 궤도는 피하기 쉽지 않을 터인데 건드리지도 못하고 있었다.

그렇게 우위에 있는데도 후길의 얼굴에 여유는 없었다.

그것은 《자하크》의 신장 《쌍두의 사지》를 경계하고 있음을 의미했다.

대상의 특정한 기억만을 없애는 그 신장은 사용 방식에 따라 강력한 이점을 얻을 수 있다.

특히 《우로보로스》의 존재나 신장 《영겁회귀》의 존재를 잊게 하는 것은 팔 하나를 봉인하는 것과 다름없다.

그럼에도 불구하고 에이릴은 그것을 쓰지 않고 있었다.

요컨대 굳이 신장 사용을 자제하는 이유는 가장 좋은 타이밍에 효과적으로 사용해서, 단발 역전을 노리고 있기 때문이라고 후길은 추측했다.

그래서 후길과 《바하무트》는 너무 적극적인 공세에 나서지는 않았다.

그래도 에이릴은 오래 버틸 수 없을 것 같았다.

《자하크》의 채찍은 이미 길이가 반 이하로 줄어든 데다, 장갑 끝부분이 깨져나갔다.

소피스가 궤도 제어 신장으로 지원해주었는데도 이런 열세였으니, 한계는 이제 초읽기에 접어들었다.

'말도 안 돼. 이런 남자가 1천 년 이상 전부터 존재했다니……!'

자매의 원수를 갚겠다고 맹세한 건 좋았지만, 에이릴의 힘으로는 실현할 수 없을 것 같았다.

그렇다면 최소한 반격이라도 하고 싶었다. 어떻게든 이 남자의 흉계에 훼방을 놓아야─.

"같잖은 생각이야. 자기 발로 길을 잘못 든 우둔한 자들의 원수를 갚겠다는 건."

에이릴의 결의를 간파한 것처럼 후길이 표정 없이 내뱉었다.

그 안에는 실망과 모멸, 그리고 공허한 실소가 담겨 있었다.

"─큭?!"

그 순간 분노를 담은 에이릴의 《블레이즈 웝》이 《바하무트》의 장갑을 휘감았다.

적의 움직임을 봉인하는 동시에, 비어 있는 장갑팔로 블레이드를 뽑아 그 가슴을 찌르려고 내뻗었지만─.

째앵!

고막을 뚫는 날카로운 소리.

공격이 명중하기 전에 《자하크》의 블레이드가 부러졌다는 걸 깨달았다.

─신속제어.
   ^{퀵 드로우}

정신 조작과 육체 조작을 완전히 동조하여 단 한 번의 초신속 동작을 실현한다.

룩스가 개발한 삼대 오의 중 하나라는 것은 에이릴도 알고 있었지만─.

'아……! 룩스 군이 만든 오의를 흉내낸 건가?! 아니면─.'

처음부터 룩스가 익히도록 유도한 건가? 그런 생각이 뇌리를 스쳤다.

"잘 가라."

"—에이릴!"

소피스가 즉각 지켜주려고 움직였지만 시간이 부족했다.

대신에 바로 바로 옆에 있는 마기알카의 목소리가 조용히 울렸다.

《우로보로스》가 휘두른 초대형 블레이드와 캐논의 노도 같은 공격을 받고 일곱 개 중 두 개의 장갑팔이 파손됐지만, 여전히 당찬 미소를 잃지 않았다.

"기다리느라 고생 많았네, 에이릴. 준비가 끝났다네! 먹어라—《천변초토^{헬 템페스트}》!"

다가오는 블레이드를 《요르문간드》의 장갑팔로 막아낸 마기알카가 소리 높여 외쳤다.

동시에 기룡 뒤에 거대한 마법진이 전개되면서 강력한 빛을 머금었다.

《요르문간드》의 신장 《천변초토》는 상대가 준 대미지의 일부를 흡수해서 자신의 공격 에너지로 변환하는 능력.

《우로보로스》의 블레이드나 캐논을 버텨낼 수 있었던 것도 마기알카의 기량만이 아니라 그 신장 덕택이 컸다.

그리고 적이 사정거리 안에 들어와 치명상을 줄 수 있는 때를 기다렸다.

《요르문간드》가 비축할 수 있는 최대한의 에너지를 모으고, 이를 해방할 순간을.

하지만—.

"—《생사유전^{제로 원}》."

후길은 무서운 기세로 밀어닥치는 압도적인 에너지의 격류에 대처하여 즉시 특수 무장을 기동했다.

자기 자신을 없애는 것이 아니라 조금 전에 빼앗은 《요르문간드》의 포격을 해방해서 상쇄할 작정이었다.

그런데— 그 정신 조작을 시도한 직후, 머리 위에 존재하는 《우로보로스》의 조종석에서 자동인형 아샤리아의 목소리가 들려왔다.

"불가능합니다, 마스터. 현재 《제로 원》으로 없앤 물체나 에너지는 존재하지 않습니다."

"뭐—?! 그런……."

『그런 거였나』라는 한마디를 채 하지 못하고 《바하무트》는 극광에 삼켜졌다.

우렁찬 굉음과 함께 방출되는 막강한 충격과 고열의 파도.

그것은 후길의 《바하무트》만이 아니라, 그 뒤에 있는 《우로보로스》까지 저 멀리 날려버렸다.

부서진 잔해와 그나마 남아 있던 성벽마저 쓸려나가면서 폐허의 시야가 한층 깨끗해졌다.

"허억, 허억……! 어떻게든 시간을 맞췄구먼……."

그 대단한 마기알카마저 숨을 헐떡이며 이마의 땀을 손등으로 훔쳐냈다.

마찬가지로 정신적으로 몰려 있던 에이릴과 소피스도 한숨을 푹 내쉬며 긴장을 풀었다.

어째서 후길 정도의 기룡사가 《제로 원》의 조작을 실수한 것인가.

원래는 없어서 흡수해야 하는 타이밍에, 출현시켜 해방하는 조작을 하고 말았다.

그것이야말로 에이릴이 준비해둔 함정이었다.

"잘도 이런 걸 생각해냈네. 에이릴."

"이래 봬도 나는 속이는 것 하나는 뛰어나거든. 자랑할 일은 아니지만."

소피스의 칭찬에 에이릴은 쓴웃음을 지었다.

《우로보로스》 본체나 《제로 원》 또는 《인피니티》 등의 특수 무장을 잊게 하면 일시적으로 전황이 편해지는 것은 확실하다.

하지만 후길과 《바하무트》만으로도 이미 충분히 강력한 데다, 순수한 공방에 전념하게 될 뿐이라 상황이 호전되지는 않는다.

그것을 결정적인 역전의 한 수로 바꾸기 위해 에이릴은 계책 하나를 떠올렸다.

용성으로 마기알카에게 제안한 것은 《제로 원》의 출현을 **이미 사용했다**라는 기억을 후길의 머릿속에서 없애는 작전이었다.

즉 후길은 조금 전에 사용한 《요르문간드》의 포격을 아직 《제로 원》으로 저장해둔 상태라고 생각한 것이다.

따라서—.

덕분에 적의 방어책은 허사가 되었고, 《요르문간드》가 낼 수 있는 최대 출력의 《천변초토》를 정통으로 꽂아 넣는 것에 성공했다.

제아무리 성채 규모의 질량을 자랑하는 《우로보로스》일지라도 멀쩡할 수는 없으리라.

　"방심하지 말게……. 이 기회에 녀석을 처리해야 해. 위치는 레이더로 파악해두었어. 나는 『대성역』의 중추를 포격해서 멈추겠네!"

　"네!"

　"피곤해 죽겠지만…… 오케이."

　마기알카의 지시에 에이릴과 소피스가 고개를 끄덕이고 각자 앞으로 날아갔다.

　극한의 긴장에서 해방되고 사선을 넘나들던 반동으로 피로가 확 몰려왔지만, 그래도 의식의 끝을 놓을 수는 없었다.

　이제야 우세를 차지했을 뿐, 아직 후길을 쓰러뜨린 것은 아니다.

　들뜨는 마음을 가라앉히며 남은 힘을 쥐어짜낸다.

　목표는 후길과 《우로보로스》가 날아간 3백 메르 전방.

　에이릴과 소피스가 뒤로 쓰러져서 잔해의 산을 침대 삼아 누워 있는 《우로보로스》의 파손 상황을 확인하려고 다가갔을 때, 주위를 밝히던 빛의 영역이 사라지고 다시 전개됐다.

　【—질량에 의한 직접 공격을 제외한 파괴력은 무효가 된다.】

　머릿속에 직접 들려오는 자동인형의 목소리.

　에이릴과 소피스가 전율을 느끼는 찰나에 두 사람의 전신을 충격이 관통했다.

"하읏……?!"

"악……!"

장벽을 순식간에 깨뜨리고 견고한 장갑을 분쇄하는 일섬.

직격당한 뒤에야 비로소 두 사람은 어떤 사실을 깨달았다.

후길이 《바하무트》를 《우로보로스》의 흉부에 끼워 넣는 것처럼 합체해서 그 엄청난 참격을 날렸다는 것을.

'신속제어?! 《우로보로스》 본체의 블레이드가—?!'

지금까지 《우로보로스》는 후길이 직접 조종한 것이 아니라 아샤리아를 통해 자율적으로 움직였다.

그런데 《바하무트》째로 흉부에 끼워 넣은 형태로 연결해서 기인일체(機人一體)의 직접 조작을 가능케 한 것이다.

비록 에너지를 주입하지 않은 일격이지만, 거대한 블레이드의 압도적인 중량을 엄청난 속도로 휘두른 것만으로도 파괴력은 충분했다.

그리고 《영겁회귀》로 세계 법칙을 다시 바꿔서 마기알카의 포격을 무효화 했다.

자리에서 일어난 《우로보로스》의 부서진 장갑이 엄청난 기세로 재생하기 시작했다.

특장형 《드레이크》가 보유한 기룡 수복 기구.

범용기룡과 비교도 안 되는 속도로 추가 장갑이 소환, 조립되었다.

그것을 본 마기알카는 《요르문간드》의 설치를 해제하고 재빨리 전방으로 뛰어 나갔다.

"뭐 저런 놈이 다 있단 말인가……?! 그 공격을 정통으로 맞았는데……."

후길의 판단력과 신체 능력은 그만큼 무시무시했다.

사람은 허를 찔리면 마음을 가다듬기 위해 잠시나마 시간이 필요하다.

그런데 후길은 치명적인 타격을 입는 와중에도 집중력을 조금도 잃지 않고, 당연하다는 것처럼 최선책을 실행했다.

각오인가. 긍지인가. 아니면 대의인가.

마기알카가 이제껏 보아온 모든 이를 능가하는 그 힘이 반격을 가능케 해주었다.

또 하나 경악할 만한 사실은 후길이 다시 발동한 《영겁회귀》의 세계 법칙에 두 가지 의미가 있다는 점이다.

하나는 직후에 사용할 전술을 상정한 것. 압도적인 중량과 질량을 겸비한 《우로보로스》라면 순수한 물리 공격으로도 압도적인 우위를 차지할 수 있다.

'허나 그게 다가 아니야! 저놈은 나를 붙들어 놓는 것도 동시에 상정했다!'

『대성역』의 중추— 지하 제어실이 공격받는 것은 후길이 피하고 싶은 상황이다.

《요르문간드》의 포격이라면 현재 위치에서 제어실을 노릴 수 있지만, 물리적으로 직접 공격하기에는 멀다.

따라서 마기알카는 이동이 불가능한 《요르문간드》를 재설

치하기 위해 일단 장갑을 해제한 후 접근해야만 한다.

그동안 후길은 태세를 정비할 시간을 벌 수 있다.

파손된 《우로보로스》를 초고속으로 수복하고 공세로 전환할 시간을—.

"걸려들었군."

아직 수백 메르나 떨어져 있는 후길의 안광이 그를 향해 접근하는 마기알카를 꿰뚫을 듯이 포착했다.

직후, 《우로보로스》가 휘두른 거대한 검이 지면을 강타하고, 비산하는 파편과 바위의 산탄이 마기알카에게 엄습했다.

이것은 실체를 가진 공격.

에너지나 열선 등을 통하지 않은, 《영겁회귀》의 개변 법칙에 따른 원거리 공격이었다.

"크, 악……!"

마기알카는 초인적인 반사 신경으로 즉시 바닥에 엎드려 직격을 피했다.

하지만 지면으로 선달된 엄청난 충격의 여파로 공중에 튀어올랐다.

맨몸으로 받는 기룡의 공격은 종류를 불문하고 그 자체가 치명적이다.

자그마한 마기알카의 뼈에 금이 가고, 피부가 찢어지며 선혈이 이마를 적셨다.

"어리석군, 욕심에 사로잡힌 상인이라는 건. 대국적으로 보지 못하고 눈앞의 이익에 뛰어들어 가진 것마저 잃어버리니.

왕의 그릇을 갖지 못한 자는, 이 『대성역』에 접근하지 말았어야 했다."

수복이 거의 다 끝난 《우로보로스》의 흉부가 발사대가 되어 《바하무트》를 사출했다.

후길은 힘이 다해 쓰러진 에이릴과 『칠용기성』을 공중에서 내려다보았다.

전투가 시작된 뒤로 약 10분.

그동안 끊임없이 수 싸움과 절기가 교차했고, 최종적으로 후길이 우위를 차지했다.

전원이 이미 만신창이인 데다 장갑기룡도 해제되어 다시 장착하는 것조차 여의치 않았다.

유일하게 마기알카만이 엎드린 채 천천히 상반신을 일으키더니 무언의 저항이라도 하는 것처럼 피로 물든 얼굴을 들어 올렸다.

"이제 곧 재편성 준비가 끝난다. 이 싸움에 에너지를 좀 할애한 탓에 지연되긴 했지만, 문제는 없지. 세계에 평화라는 이름의 균형을 가져올 존재인 왕을, 『성식이』 새로 뽑을 것이다. 그대로 엎드려서 때를 기다려라. 아니—."

그렇게 말하던 후길은 마기알카 일행에게서 시선을 떼고 옆으로 돌렸다.

"뽑을 필요는 없다, 후길. 여기에 있으니까. 네가 인도한, 새로운 왕의 자리에 걸맞은 사람이."

"큭…… 그대, 는……?"

출혈과 피로 탓에 흐리멍덩해진 마기알카의 눈동자가 그 자리에 서 있는 코트 차림의 남자를 비춘다.

룩스와 무승부를 내고 지금까지 모습을 숨기고 있던『칠용기성』의 부대장.

블래큰드 왕국의『푸른 폭군』— 싱글렌 쉘불릿이 거기에 서 있었다.

†

쿠궁…… 쿠궁…….

중후한 기계 구동음이 이제는 원형조차 남지 않은 고성터에 울려 퍼진다.

『대성역』의 기구를 관리하는 제어실— 중추는 지하에서 연한 빛기둥을 쏘아보내 그 위치를 표시했다.

하늘을 뚫고 우뚝 서 있는 개변기룡 조금 앞쪽에《바하무트》를 장착한 후길이 내려왔다.

그 앞에서 싱글렌이 기공각검을 뽑아 패스 코드를 외웠다.

"—원초의 대해, 거세게 소용돌이치며 임계하라. 하늘에서 빛나는 신의 뜻을 따라 심판을 내리거라,《리바이어선》"

빛의 입자가 집속하며 용을 본뜬 병기의 형상을 갖춘다.

"연결·개시"

푸른빛 거대한 장갑을 두른 싱글렌은 후길을 보며 오만하게 웃었다.

"『창조주』의 회담에서 보긴 했지만, 이렇게 직접 대화하는 건 10년 만이로구나, 영웅."

"……뭐하러 왔지? 아니, 아니군. 받으러 온 거냐? 10년 전에 내가 네게 내린 과제의 보수를."

"과제의…… 보수, 라고?"

이해할 수 없는 두 사람의 대화 사이에 마기알카가 눈살을 찌푸리며 끼어들었다.

하지만 후길과 싱글렌은 거들떠보지도 않고 대화를 계속했다.

"—10년 전. 너는 내 인도를 따라 한 번은 장군의 자리를 손에 넣었다. 하지만 한 번 자신의 안식을 얻어내자 모든 것에 흥미를 잃고 그 자리를 방치했지. 나라를 바로잡을 자격과 실력을 갖췄는데도 말이야."

—그것은 과거에 블래큰드 왕궁에서 일어난 사건이다.

싱글렌 쉘불릿은 방탕한 영주의 첩에게서 태어난 아이였다.

왕가의 친족이자 대대로 기사를 배출한 명문.

원래는 그런 뼈대 있는 가문이었음에도, 백작인 아버지가 타락한 탓에 싱글렌과 그의 누나는 어렸을 때부터 친족에게 냉대 받았다.

하지만 싱글렌에겐 특출한 재능이 있었다.

싸움의 재능과 책략, 다른 사람을 앞지르고 권력 세계에서 꼭대기까지 오를 지혜는 누구보다도 뛰어났다.

그럼에도 불구하고 그것을 쉽게 사용하진 않았다.

그 이유는 싱글렌이 친족을 너그러이 봐준 것이 아니라, 단순히 적으로 간주하지 않았기 때문이다.

어리석은 자들의 분쟁에 뛰어들어 그들과 관계를 맺는 것을 꺼려했을 뿐이다.

그리고— 사건이 일어났다.

친족의 폭행 탓에 누나 마르셰가 실명한 사건을 계기로 싱글렌은 농노들을 규합하여 백작가 일족을 남김없이 쓸어버렸다.

그 후 누나와 단둘이 있을 때 후길이 나타났고, 그에게 기룡사의 길을 제시했다.

『이 나라는 너무나도 더럽다. 네가 중핵이 되어 이 나라에 균형을 가져오지 않는다면, 언젠가 네 곁에도 더러움이 다가오겠지.』

그때 후길은 이름을 밝히지 않고 그저 대화만을 나누었다.

싱글렌은 후길이 하고자 하는 말의 의미는 이해했지만, 왕국의 정치에까지 관여할 생각은 없었다.

그저 기룡사로서 두각을 드러내어 왕국에서 장군까지 출세했고— 주위 권력자들이 견제하기 시작했을 때, 일부러 그들에게 내몰린 것 같은 형태로 퇴역했다.

나라에 부정부패가 만연하다는 건 알고 있었지만, 이를 스스로 고칠 생각 따위는 없었다.

그렇게 누나와 함께 조용한 생활을 보내기 시작했지만, 그 시간도 오래가지 않았다.

싱글렌의 능력과 뛰어난 권모술수를 두려워하던 가신이 손을 써서 영지를 빼앗고, 맹인이었던 누나를 고문 끝에 죽여버렸다.

동시에 싱글렌 또한 암살당해 죽어가고 있을 때, 『성식』이 나타나 대량의 엘릭시르를 투여해서 부활했다.

원래대로라면 즉사해도 이상하지 않을 양을, 의지의 힘으로 제어해냈다.

『의지를 갖지 못한 힘은 파멸을 초래할 뿐이지. 타인이 시샘할 정도로 뛰어난 재능을 가졌으면서, 그 진리를 외면한 것이 너의 실수다.』

그 자리에 나타난 후길은 처음으로 이름을 밝혔고, 싱글렌에게 신장기룡《리바이어선》을 맡겼다.

『너라면 바꿀 수 있겠지. 이 나라의 썩어버린 뿌리를 태워 없애고, 새로운 주춧돌을 놓는 것도.』

권력에 관여하지 않으려던 싱글렌에게 그런 말을 남긴 후 세월이 흘렀다.

왕국의 전력을 줄여 백령 기사단을 창설하고, 외국에서 얻은 유적의 뿔피리나 환신수, 엘릭시르를 이용해서 교묘하게 내란을 일으켰다.

수습할 수 없는 국내의 이변. 차례차례 죽어가는 왕국 귀족과 중신들.

　이대로라면 국력이 바닥으로 떨어져서 다른 국가와 교섭할 힘조차 잃게 된다.

　블래큰드 왕국 자체가, 이미 싱글렌의 힘이 반드시 있어야 하는 정세로 재구축되었다는 사실을 왕들은 깨닫지 못했다.

　그리고— 현재.

　전투가 중단된 고성터에 후길과 싱글렌이 대치하고 있다.

　"—아하. 네가 어리석은 내 동생을 인도한 것도, 그게 이유였던 거냐."

　"나라라는 건 여러 개 있는 이상, 상대적인 법이니까. 국내를 지배하려면 외국도 동시에 제어해야 하지. 그게 내가 바라는 기룡사에 의한 지배체제라는 거다."

　후길의 질문에 싱글렌은 빙긋 웃었다.

　과거에 룩스 일행에게도 제시했던 미래도.

　기존의 국가나 권력자들과는 다른, 기룡사들만의 독립 기관을 만들어서 세계를 차지하고 평화로 이끌겠다는 계획.

　이번 전투에서 『대성역』을 손에 넣는 데 성공한다면 그 몽상조차 실현할 수 있다.

　룩스나 다른 『칠용기성』을 회유하고 수족으로 삼는다면 각국을 실효 지배할 수 있으리라.

　그런 계획을 꾸미고 있었다면, 『대성역』을 발견할 때까지 장군이라는 지위에 머물러 있던 싱글렌의 의도가 명확해진다.

새로운 체제의 독립 기관을 만들 예정인데 일국의 왕이 되어버리면 지위 탓에 도리어 자유가 제한되게 된다.

따라서 묵묵히 때가 오기만을 기다린 것이다.

그때가 오기까지 자신의 무기를 벼리고, 조직을 강화하고, 곳곳에서 모략을 펼쳤다.

"그게 네가 찾은 대답인가—. 훌륭하다, 맹우여."

후길은 정색한 채 입가에 건조한 웃음을 떠올렸다.

"너는 『성식』의 인도를 받아 성장했다. 역사의 중핵이 될 자격이 확실하게 있지. 세계의 재편성이 끝난 뒤의 싸움에서 왕의 자리를 손에 넣어라."

"호오? 지금의 나를 보고도 결정할 수 없다는 거냐? 어딘가에 싸울 가치가 있는 상대라도 있나 보군."

싱글렌이 턱을 치켜올리자 후길은 조용히 눈을 번뜩였다.

"—있고 말고, 구제를 바라는 약자가. 너 같은 싸움의 재능을 갖지 못하고, 자신의 죄도 입에 담지 못하고, 그럼에도 살고자 발버둥 치는 자가 있다. 역사의 중핵에 설 자격이 있는 존재를, 『성식』은 너 외에도 찾아냈지."

그렇게 말하며 후길은 마지막으로 싱글렌의 눈동자를 보았다.

"하지만 너의 자격과 각오가 진짜라면 그 약자를 쓰러뜨리겠지. 게다가 그 몸에 받은 『세례』에 의해 언젠가 재편성될 세계에서도 기억이 돌아올 거다. 실질적으로는 네가 유리하다고 할 수 있지. 이 시대의 이상적인 왕의 그릇을, 너는 체현해냈으니까 말이지."

"―."

싱글렌의 복귀.

그러나 후길과 나눈 대화 내용을 듣고 바닥에 쓰러져 있는 마기알카와 에이릴, 그리고 장갑이 해제되어 간신히 숨만 붙어있는『칠용기성』들은 무정한 현실에 절망했다.

결국 싱글렌은 후길의 방침에 따라 움직였고, 손을 잡은 거나 다름없다는 사실이 밝혀졌기 때문이다.

후길이라는 세계의 흐름을 관리하는 절대자가 존재하고, 그를 따른 싱글렌이 앞으로『대성역』을 차지하게 되리라.

세계가 재편성되면 마기알카 일행은 이 사실조차 잊어버린다.

저항할 방법도.

저항하려던 마음도.

그들의 의지로 검을 든 것도, 그 모든 것들이―.

"그러냐. 얘기를 듣길 잘했군. 그럼 사양하지 않고 되어보실까. 네가 바란 중핵― 왕의 그릇이."

끼기기긱…… 파직! 콰드드드득!

단속적으로 들려오던 지하의 구동음이 정지하고 금속이 찌그러지는 파괴음으로 변한다.

파멸의 소리가 연쇄적으로 퍼지기 시작하더니, 이윽고 자동인형의 목소리가 이변을 알렸다.

"……! 긴급 사태입니다.『대성역』의 내부 장치가 파괴되었습니다. 원흉은 환기구를 통해 들어간 얼음으로 보입니다."

"뭐……?"

눈썹 하나 움직이지 않은 채 후길이 미약한 의문을 드러냈다.

슬쩍 움직인 시선이 싱글렌의 얼굴을 포착하고 공격으로 넘어갈 때까지 불과 1초.

그것보다 빠르게 싱글렌의 《리바이어선》이 해방한 기룡포효가 후길과 《바하무트》를 날려버렸다.

"……상황이 어떻게 돌아가는 게야?"

《영겁회귀》에 의한 세계 법칙 개변으로 이 일대에서는 질량을 동반하지 않은 공격은 아무 효과도 발휘하지 못한다.

하지만 싱글렌은 《리바이어선》의 신장 《왕권》으로 질량이 있는 물을 기룡포효의 압력에 실어서 방출하는 것으로 그 위력을 전파했다.

기습을 허용하긴 했지만 후길도 가만히 있지는 않았다.

곧바로 자세를 가다듬고 《바하무트》의 등날개를 빛내며 전방으로 돌진.

칠흑빛 대검을 높이 들어 올렸다가 싱글렌을 향해 휘둘렀다.

하지만 그 순간 싱글렌이 두른 《리바이어선》의 주위에 기룡의 시스템을 표시하는 빛의 틀이 무수히 떠올랐다.

"—전진·유전."

대검이 접촉하는 찰나, 오른쪽에서 왼쪽으로 《리바이어선》의 눈앞에 역장이 형성됐다.

그 힘의 흐름이 《바하무트》의 검을 미끄러뜨리듯이 튕겨내며 싱글렌은 반바퀴 돌았다.

그 반동까지 더해서 대형 블레이드로 후길의 등을 후려치듯이 강타했다.

"———."

카운터로 반격을 받아 《바하무트》의 등날개가 파괴된다.

추진 장치를 잃고 튕겨 날아가는 후길을 노리고 《리바이어선》 주위에서 물이 휘몰아쳤다.

"진 전진 접화— 미즈치."

《리바이어선》의 장갑을 얇게 뒤덮은 물.

장갑에서 칼날을 따라 뻗어나가게끔 신장으로 조종한 물줄기가 고압으로 방출되며 절단력을 지닌다.

하지만 그것이 자세가 무너진 후길에게 명중하는 일은 없었고, 모습이 통째로 사라졌다.

"《제로 원》?! 도망친 건가. 조심하게, 폭군! 녀석은—."

그걸 본 마기알카가 필사적으로 목소리를 쥐어짜 소리쳤다.

이공간으로 도망친 후길은 외부에 영향을 줄 수 없지만, 그 뒤에는 《우로보로스》 본체가 남아 있다.

《제로 원》으로 사라지기 전에 정신 조작으로 명령하면 아샤리아가 실행에 옮긴다.

아나나 다를까, 《우로보로스》가 철탑처럼 거대한 블레이드를 대지까지 쪼개버릴 기세로 싱글렌을 향해 내려쳤다.

"진 전진 유전— 운가이(雲外)."

싱글렌 주위에 떠오른 대량의 물.

《왕권》으로 조작한 물의 벽이 폭풍처럼 휘몰아치며 방어막을 형성한다.

거대한 칼끝을 살짝 흘려서 회피하고 반동을 활용해서 참격을 퍼부었다.

"진 전진 겹화— 미즈치."

그 안광이 아샤리아를 꿰뚫는 순간 물의 칼날이 성채 같은 《우로보로스》의 장갑팔을 절단했다.

굉음과 함께 거대한 장갑이 땅에 떨어지고 충격이 주위의 대지를 흔들었다.

『—《우로보로스》중파. 수복, 개시…… 아니, 불가능합니다.』

무기질적인 아샤리아의 목소리가 도중에 막혔다.

그 위협적인 재생 기능이 봉쇄된 이유를 쓰러져 있던 에이릴은 눈으로 확인했다.

"방금 공격한 물이, 그대로 얼어붙었잖아……?!"

《우로보로스》의 오른팔을 자르고 달라붙은 물은 순식간에 얼어붙어 장갑 수복을 방해하는 동시에 움직임까지 봉쇄했다.

자세히 보니 팔만이 아니라 개변기룡의 모든 관절을 얼음으로 고정해두었다.

"정말이지 기막힌 자식이라니까……. 지금까지 진짜 실력을 숨기고 있었던 거냐……."

《왕권》으로 물을 조작하는 범위는 액체에서 기체만이 아니라 고체로 바꾸는 것도 가능한 듯했다.

하지만 자유자재로 신장을 구사하는 그 응용력마저 지금까지의 싸움에서는 보여주지 않았다는 사실에 다른 멤버들은 경악했다.

　　리로드 온 파이어
　"―《폭식》."

《우로보로스》의 《제로 원》을 해제하고 나타난 후길이 한달음에 싱글렌에게 달려들었다.

《폭식》의 대상은 뒤에 우뚝 서 있는 《우로보로스》 본체.

《리바이어선》과 참격을 응수한 후, 일단 후방으로 거리를 벌렸다.

"―무슨 꿍꿍이냐, 라고 물어볼 것까지도 없지만 죽이기 전에 들어나 볼까?『푸른 폭군』이여."

냉혹한 어조.

보는 이를 얼어붙게 하는 적의를 담은 시선으로 후길은 『푸른 폭군』을 보았다.

한편 싱글렌은 차갑게 웃으며 담담하게 다른 대답을 돌려주었다.

"허어? 노망이라도 난 건가, 맹우여. 이까짓 것도 모르다니. 나는 말이다, 아까 『대성역』의 중추에 네 아우와 함께 들어갔다. 그 환기구를 통해서 물을 집어넣고 내부 장치를 파괴했지. 이로써 세계의 재편성은 잠시 불가능해졌을 거다. 《영겁회귀》의 세계 법칙 개변 능력도, 내가 조종하는 물까지는 막을 수 없었다는 뜻이지."

"……."

싱글렌은 평소처럼 오만불손하게 웃으며 질문과 다른 대답을 했다.

조금 전 일어난 제어실의 이변.

그 원인이 싱글렌의 공격이라고 예측한 후길의 직감 자체는 적중했지만―.

"겸사겸사 말해두자면, 네놈은 실수를 하나 더 했다. 방금 《폭식》으로 열을 압축 강화해서 5초 후 《우로보로스》의 동결 부위를 녹이려고 한 것 같은데― 그렇게 오래 살았으면서 모르는 건 아니겠지? 물이 얼면 부피가 늘어난다는 걸."

끼끼끼끼끽……!

싱글렌의 대답 직후, 뒤에 서 있는 《우로보로스》의 팔다리가 이상한 소리를 내며 파괴됐다.

지금 싱글렌이 설명했다시피 얼어붙은 관절 내부에 더욱 많은 물이 들어갔기 때문에, 저온으로 내부에서부터 팽창한 얼음에 파괴된 것이다.

정리하자면 그것은 싱글렌의 예측― 후길이 《폭식》으로 《우로보로스》의 온도를 압축 강화해서 해동을 시도한 탓에 앞의 5초에서 파괴되었음을 의미한다.

『《우로보로스》 추가 파손 발생. 해동부터 수복까지 몇 분은 필요합니다.』

"이제 성가신 동시 공격은 못 쓰겠지. 특수 무장이나 신장에 힘을 할애하면 《우로보로스》 본체 수복조차 여의치 않을 테니까."

"―다시 한 번 묻겠다, 싱글렌."

잠깐의 공방 사이에 우위를 잃은 후길은 그래도 안색 하나 바꾸지 않으며 질문했다.

　"네놈은 자기가 지금 무슨 짓을 하는지 이해하고 있나? 가만히 기다리고 있으면 다름 아닌 네가 모든 것을 차지할 확률이 높다는 것을. 네놈이 이상적으로 생각하는 지배가 가능해진다는 걸 어째서 자기 손으로 내팽개치는 거냐?"

　감정이 섞이지 않은 순수한 후길의 질문.

　이에 싱글렌은 끝없는 광희(狂喜)가 담긴 웃음으로 돌려주었다.

　"네놈과 『성식』이 필요 없기 때문이지. 그러므로 죽어라. 나는 그 누구도 따르지 않는다. 누구 밑에도 붙지 않는다. 네놈의 같잖은 자기만족에 장단을 맞춰줄 만큼 난 참을성이 좋지 않다. 대답은― 그것뿐이다!"

　칠흑빛 척안을 부릅뜨고 《리바이어선》으로 활주하는 싱글렌.

　이에 뒤질세라 후길도 《바하무트》로 공격하며 대검을 한껏 치켜들었다.

†

　치열하게 펼쳐지는 두 사람의 싸움.

　그 옆에서 에이릴이 천천히 몸을 일으켰다.

　"크, 으으……."

　몸이 부스러지는 것 같은 격통과 눈앞이 아찔해질 정도의 피로에 비명이 나올 것만 같았다.

하지만 이대로 쓰러져 있을 수는 없었다.

최소한 한 번은 더 《자하크》를 두르고 전투에 가세해야만 했다.

싱글렌의 의도가 무엇인지 알 수 없지만, 《우로보로스》가 중파되고 수복에 전력을 다하고 있는 지금이 천재일우의 기회일지도 모르니까.

"아무래도 어떻게든 살아남긴 했나 보군. 너나 나나 어중간하게 끈질겨서 쓸데없이 고생이라니까."

"그라이퍼……?"

똑같이 온몸에서 피를 흘리는 못마땅한 표정의 소년이 옆에서 쓴웃음을 지었다.

에이릴의 손을 잡아당겨 일어나도록 도와주고, 그 손에 《자하크》의 기공각검을 건네주었다.

쓰러져 있던 나머지 『칠용기성』들도 모두 일어나려고 안간힘을 쓰고 있었다.

여력이 남아 있지 않았지만 싸울 의지는 여전히 꺾이지 않았다.

"저 부대장님 자식은 《리바이어선》을 수복하면서 우리의 싸움을 구경하고 있었나 봐. 하여간 성격도 고약하다니까."

"그럴지도. 하지만 그게 다가 아닐지도 몰라."

소피스가 휘청거리며 입을 열자 가까이에 있던 로자가 되물었다.

"……그게 무슨 소리야—?"

"어쩌면 부대장은, 전에도 후길과 싸워봤을지도 모르겠어."

메르가 한마디를 더하며 자신의 상상을 얘기했다.

"상대의 수법을 알아낸 것만으로는 보통 저렇게 쉽게 대응할 수 없어. 같은 기룡을 쓴다 해도 각자의 센스와 기량이 다 다르니까. 요컨대—"

한 번은 직접 상대의 수법을 겪어보았다.

그 확인을 해보았을 가능성을 시사했다.

"오호라. 그대들의 추측도 아주 착각은 아닐지도 모르겠어. 하지만 녀석과 후길 사이에 무슨 인연이 있든, 우리가 할 일은 정해져 있다네."

후들거리는 두 다리에 기운을 불어넣으며 마기알카는 굳세게 미소 지었다.

"롤로트, 룩스를 부탁하마!"

그녀는 후방에서 날아온 보좌관이자 시종— 롤로트를 보자 룩스가 쓰러져 있는 잔해더미 쪽을 가리켰다.

"그대들도 룩스와 함께 후퇴해도 상관없다네. 육체도 한계에 가까울 터이니."

마기알카가 피에 젖은 얼굴로 미소 지었다.

하지만 나머지 멤버들은 대답하는 대신에 저마다 투지가 담긴 미소를 보냈다.

굳이 입으로 말하지 않아도 알 수 있었다. 지금, 이 순간만은 이 자리에 있는 모두가 같은 마음이라는 것을.

†

"⋯⋯."

안개 낀 의식 속.

롤로트의 《드레이크》가 룩스를 들쳐메고 후방으로 옮겼다.

그 와중에 멀리 떨어진 폐허에서 펼쳐지는 극한의 사투가 눈에 새겨졌다.

"—그렇군, 기억하고 있었나. 내가 모르는 곳에서도 『세례』를 받았다는 건 알고 있었지만, 전에도 너는 왕의 그릇이 되는 걸 거절했지."

싱글렌의 《리바이어선》을 상대하던 후길이 실소를 흘리며 중얼거렸다.

숨을 죽인 채 정신없이 보게 되는.

혹은 공포에 떨며 눈을 감게 되는.

신들린 듯한 정밀한 기교와 거친 힘을 겸비한 자들이 충돌할 때마다 격렬하게 불꽃이 흩어진다.

싱글렌은 《우로보로스》 본체를 빠르게 봉쇄해서 유리해졌지만, 《바하무트》만을 장착한 후길은 호각 이상으로 응전했다.

생각해보면 조금 전에는 마기알카 일행 모두가 연대해야 대등하게 싸울 수 있었으니 당연한 광경이었지만, 그보다도 최대의 무기를 봉인 당한 후길에게서 전혀 동요가 엿보이지 않았다.

그 모습을 멀리서 지켜보던 『칠용기성』들은 후길의 본성을 알아차렸다.

이상한 양의 『세례』를 받았을 게 분명한데도 제정신을 유지하고 있는 후길의 강함의 원천을.

그것은 그 존재나 신체 능력에만 의존하는 것이 아니라, 어떤 상황에서도 흔들리지 않는 싸움에 대한 의지와 각오가 뒷받침된 힘이다.

그렇기에 지고 싶지 않았다.

자신이 내건 신념이 그에 뒤떨어진다고 생각하지 않으니까.

"진 전진 수월— 아미키리."

싱글렌이 《리바이어선》의 신장 《왕권》으로 물을 조작해서 짙은 안개를 만드는 동시에, 주위에 비가 쏟아지게 했다.

몇 메르 앞조차 보이지 않는 시야 속에서 싱글렌은 비의 반향을 감지하며 후길의 움직임을 더듬었다.

《우로보로스》가 가진 레이더라면 충분히 포착할 수 있을 테지만, 그것도 지금은 본체를 수복해야 하니 만족스럽게 쓸 수 없을 터.

그렇게 생각한 싱글렌은 판단은 효과적이었고, 차츰 후길을 압도했다.

시야가 봉인된 《바하무트》의 회피와 방어가 한 호흡씩 지연됐다.

기척으로 파악해서 대응하는 후길은 역시 비범했지만, 이 상황에서는 싱글렌이 한 수 위였다.

"─약자를 계속 구하겠다고? 그것을 판단하는 『성식』이라고? 궤변으로 사람을 능멸하지 마라. 너는 자신이 옳았다고 믿고 싶어 할 뿐이다."

수류를 휘감은 참격이 《바하무트》의 장벽을 뚫고 장갑을 깨뜨려 날린다.

날아올라 회피하며 노도 같은 공격을 버티는 후길의 표정에 동요는 없었다.

열세를 넘어 궁지에 빠졌음에도, 장갑기룡 조작은 여전히 조금도 어긋나지 않았다.

"그게 대체 무슨 헛짓이냐? 아무도 모르는 곳에서 모래성을 만들어서 무너뜨리고, 신이라도 된 기분으로 노는 거냐? 영웅의 의무라고? 네 생각에 따른 미래를 만드는 것이 말이냐?"

후길이 《바하무트》를 상승시켜 공중으로 피하려 했지만 싱글렌은 《왕권》으로 수류의 파도를 발판처럼 딛으며 후길을 바싹 추격했다.

《바하무트》의 대검을 쳐내고 매서운 찌르기를 시도했다.

채앵─!

후길은 환창기핵이 존재하는 어깨를 간신히 방어했지만, 완벽하게 막아내진 못했다.

공방의 찰나, 싱글렌은 명중시킨 물줄기를 얼음으로 바꾸어 후길의 행동을 제한했다.

그 위로 중량을 더한 블레이드를 내려치며 여유를 주지 않고 밀어붙였다.

"사람의 몸을 초월하여 전능한 힘을 갖게 된 네가, 그래서 어떻게 됐지? **아무도 구하지 못한 건 네놈 자신이 아니더냐?** 어리석은 영웅이여."

"……"

도발을 받아도 후길은 눈 하나 까딱하지 않았다.

대신에 《우로보로스》의 기공각검을 쥐고 민첩하게 몸을 돌리며 참격을 흩뿌렸다.

"저건— 룩스 군의?!"

그것을 본 에이릴이 자기도 모르게 경탄하는 목소리를 냈다.

—영구연환.
^{엔드 액션}

두 종류의 기룡 조작을 교차로 사용해서 끊임없는 연속 공격을 실현하는 오의.

인간을 초월한 신체 능력을 지닌 후길이 사용하면 몇 분에 달하는 무시무시한 지속력을 발휘할 수 있으리라.

아니— 그보다 더 대단한 건, 후길은 공격을 받는 와중에도 카운터로 그것을 선보였다는 점이다.

두 사람의 대검이 불꽃을 흩뿌리며 불과 몇 초 사이에 수십 번을 충돌했다.

그때 호각의 공방을 펼치던 싱글렌이 한 가지 사실을 깨닫고 살짝 미간을 찌푸렸다.

"……?!"

끊임없이 움직이는 상대를 얼리기란 싱글렌에게도 어려운 일이다.

　동시에 기룡의 출력을 끌어올려 고열을 발생시키면 《바하무트》의 동결도 방지할 수 있다.

　그 추측을 증명하는 것처럼 차츰 후길이 싱글렌을 압도하기 시작했다.

　검광이 번뜩일 때마다 점점 속도가 빨라지며 육안으로 쫓을 수 없을 정도로 격렬하게 움직였다.

　"무슨, 저런 놈이 다 있지……."

　그라이퍼가 아연실색하며 중얼거렸을 때, 폭풍처럼 가속한 연격이 펼쳐졌다.

　"진 전진 왕토— 츠치구모."

　하지만 영구연환에 밀리면서도 싱글렌은 《리바이어선》의 장갑에 물의 막을 둘렀다.

　물은 액체 상태에선 형태를 유지하지 못하지만 충격을 파문으로 바꾸어 분산한다.

　두꺼운 물의 막이 장벽과 함께 참격의 위력을 줄여서 공격받는 속도를 약간 늦추고, 하울링 로어와 함께 물의 탄환을 쏘아내 후길의 연쇄 공격을 중단시켰다.

　"——."

　"끝내주마. 네놈의 무의미한 싸움을, 저 구질구질한 『성식』과 함께 말이다!"

　충격으로 뒤로 튕겨 나간 후길을 쫓아, 싱글렌은 《리바이어선》으로 활주했다.

다시 짙은 안개와 비를 생성하며 공격 자세를 잡은 순간—
후길은 이해할 수 없는 행동을 보였다.

"—《폭식》." 리로드 온 파이어

자욱하게 낀 하얀 안개 속에서 검은 장갑이 진홍색 빛을 내
뿜었다.

평범한 사용자라면 정체를 알 수 없어서 경계할 수밖에 없
는 사선(死線).

그러나 1초 후, 싱글렌은 망설이지 않고 그 선을 넘었다.

"진 전진 접화— 미즈치."

블레이드를 따라 고압의 물줄기가 늘어나는 칼날로 변해
사출됐다.

에너지를 한 점에 집중한 필살의 칼날이 안개를 가르며 후
길에게 육박했다.

하지만 그 찰나. 후길의 《바하무트》가 싱글렌에게 다가붙으
며 대검을 휘둘렀다.

"크헉—?"

장갑 일부가 갈라지긴 했지만, 직격을 피한 카운터 돌격.

절묘한 각도로 공격을 방어하고 코앞에서 신속제어의 일섬
을 펼쳤다.

쩌엉……!

《리바이어선》의 흉부에 균열이 생기고 싱글렌이 두른 로브……
장개 일부가 파손됐다.

그 충격으로 싱글렌은 피를 토했다.

"……?! 지금, 후길이 뭘 한 거야? 시간을 압축 강화 했다면, 첫 5초는 빨리 움직일 수 없을 텐데—."

메르가 알 수 없다는 표정으로 의문을 드러내자, 마기알카가 입가의 피를 훔쳐내며 대답했다.

"결과를 보고 추측하자면, 시간 압축 강화를 한 게 맞을 걸세. 단, 자기 자신을 제외한 주위의 비에 한 것이지."

"그게 뭔 소리야?"

그라이퍼가 더욱 모르겠다는 표정을 드러내자 소피스가 추가로 설명했다.

"이 짙은 안개 속에서, 싱글렌은 신장으로 조종하는 비가 반사되는 걸 탐지해서 후길의 위치와 움직임을 포착했어. 즉, 주위에 내리는 비를 《폭식》의 시간 가속으로 늦추면—."

그 반사 타이밍을 어긋나게 할 수 있다.

"부대장을 속여서 공격을 유도했다는 거야—? 저렇게 치열하게 싸우는 와중에 그런 걸 생각해내다니……."

유동적인 대처에 능한 로자마저 그 절기에 감탄했다.

그와 동시에, 전선에 복귀하려고 애쓰던 멤버 전원에게 어떤 생각이 떠올랐다.

룩스와 닮은 것 같다고.

아무리 열세에 몰리더라도 극복해내는 룩스의 다채로운 전술과 응용 기술.

적으로서 싸워보았고, 때로는 가까이에서 그를 지켜봤기에 그런 착각이 들었다.

온갖 적과 수없이 맞서고 끊임없이 도전해온 것이 아닐까 하는.

하지만 그런 막연한 상상은 한순간에 깨어졌다.

후길이 《우로보로스》의 기공각검을 눈앞에 세우며 빠르고 조용하게 읊었기 때문이다.

"『한계돌파』— 개시."

"헉—?!"

그 모습을 보고 기공각검을 쥐고 있던 『칠용기성』들이 전율했다.

후길 주위에 소용돌이치는 빛의 입자.

추가 부품이 소환되고 연결. 《바하무트》가 새로운 형태로 변하기 시작했다.

싱글렌이 나가떨어진 충격으로 잠시 몸을 제대로 못한 시간은 불과 몇 초.

겨우 그 틈에 후길은 『한계돌파』를 마쳤다.

『《우로보로스》의 수복이 50퍼센트 완료되었습니다. 전투 모드를 재개할까요?』

"됐다, 아샤리아. 너는 파괴된 중추의 기능을 복원하고 재편성 준비를 서둘러라. 불완전해질지도 모르지만, 상관없다."

『알겠습니다, 마스터.』

무기질적으로 명령에 대답하는 자동인형.

직후, 《바하무트》 주위의 대기가 폭발하며 탄환처럼 날아올랐다.

마치 추가된 장갑의 질량이 없기라도 한 양, 눈에 보이지도 않는 검은 바람이 휘몰아쳤다.

사용자가 인간이라는 걸 고려했기에.

그리고 장갑기룡 자체가 파괴되지 않게끔 걸어둔 가동 프레임의 제한이 전부 해제됐다.

장갑에서 솟구치는 진홍색 빛은 불꽃으로 화하고, 칼날은 폭룡의 이빨처럼 적을 도려낸다.

공격과 방어가 연출하는 장갑의 파괴극과 함께 먼지가 피어올라 시야를 가렸다.

적을 베어 부수는 자신의 장갑이 위력을 견디지 못할 정도의 연격.

후길이 퍼붓는 폭룡의 맹공은, 그런데도 그 동작 하나하나가 무섭도록 정밀한 기교였다.

"역린을 건드렸다는 거냐? 영웅인 척하는 암군 주제에!"

그에 맞서는 싱글렌도 기백으로 응수했다.

후길은 블레이드를 쳐내고 검의 방향을 틀어 《리바이어선》의 겨드랑이 아래를 노렸다. 싱글렌은 신장 《왕권》으로 막았다. 물의 벽으로 충격을 분산하고, 공격이 주춤한 틈에 왼발을 축으로 회전하며 《바하무트》의 등을 가로로 베었다. 후길은 대검을 한껏 들어 올린 자세로 등에 칼날을 대서 방패 삼아 막았다. 동시에 고농도 에너지를 머금은 그 칼날을 힘껏 휘둘러 무기 파괴를 노렸다. 싱글렌은 접촉 부분을 얼려서 타이밍을 어긋나게 했다. 그 찰나 후길이 내려친 대검이 대지를 쪼갠 여파에 싱글렌이 중심을 잃었고, 후길은 즉시 칼날을 틀고 베어 올리며 싱글렌의 얼굴을 노렸다. 싱글렌은 수류로 검을 밀어내 가까스로 피했지만, 이마가 살짝 찢어지며 피가 튀었다. 후길이 척안을 노린다는 걸 이해할 새도 없이 다음 공격이 날아왔다.

싱글렌은 《리바이어선》의 바퀴로 빠르게 후퇴하며 쫓아오는 후길을 간격 밖에서 물의 칼날로 베었다. 후길은 장갑이 쪼개지는 것도 아랑곳하지 않고 파고들었다.

그 조작이 너무나도 과격한 탓에 강화된 《바하무트》의 장갑마저 사정없이 삐걱거렸다.

그 직후, 시위를 한계까지 잡아당긴 활처럼 축적해둔 힘이 해방됐다.

—강제초과.

두 계통의 동시 명령으로 의도적인 폭주를 일으켜서 응용하는 기룡조작 절기.

자신의 장갑기룡과 육체를 희생해 초월적인 위력을 자아낸다.

"큭—?!"

1백 메르 이상 떨어져 있었던 마기알카 일행은 그 광경을 넋을 잃고 바라보았다.

한계돌파 상태에서 펼친, 파괴력을 가늠할 수 없는 일격에

《리바이어선》이 분쇄됐다.

싱글렌은 진 전진으로 방어했지만, 후길은 자신에게 돌아올 반동 따위는 고려하지 않고 그저 상대를 끝장낼 기회를 놓치지 않겠다는 것처럼 온 힘을 다해 양날의 검을 후려친 셈이었다.

실제로 후길 자신도 무사하지 않았다.

폭주 강화된 《바하무트》의 장갑이 산산이 부서지고 그 파편이 팔다리에 박혔다.

그럼에도 불구하고 후길은 눈썹 하나 까딱하지 않았다.

피칠갑한 몸으로 우뚝 서서 나가떨어진 싱글렌 쪽을 바라보았다.

"통증조차 못 느끼는 건가? 뭐 저런 괴물이⋯⋯."

"⋯⋯아니, 그게 아닌 것 같아. 그냥 감이지만, 저건 통증을 못 느끼는 게 아니라—."

태연한 자세.

하지만 어딘지 모르게 공허한 후길의 안광이 에이릴은 신기하게 느껴졌다.

통증을 못 느끼는 게 아니라, 고통을 개의치 않는다는 느낌.

무언가 다른 사상에 괴로워하는 것처럼 보였다.

자매의 원수를 보며 그런 상상이 든 까닭을 에이릴 자신도 잘 알 수 없었다.

"그래, 아무도 이해하지 못했다. 아샤리아여. 네가 무얼 위해 싸우려는 것인지. 어째서 모든 것을 얻고 독점할 수 있었을 네가 타인을 구하려고 하는지, 그들은 생각해보려고도 하지 않았지— 그 녀석들은, 인간이라 할 수 없었다."

혼잣말처럼.

혹은 이 자리에 있는 모두에게 들려주려는 것처럼.

후길은 피가 엉겨 붙은 기공각검을 조용히 들어 올렸다.

"나는— 너와 나눈 약속을 지키지 못했다. 어째서, 나는 그 『세례』에서 살아남은 거지? 어째서, 그 녀석들은 은인인 너를 배신한 거지?"

그 눈동자에는 아무것도 비치지 않았다.

아니, 아샤리아라 불리는 자동인형의 모습이 있었다.

"답을 찾을 수 없었다. 따라서 세계에 계속 물어볼 수밖에 없었지. 네가 남긴 『성식』의 미래를, 네가 바란 평화로운 미래를, 나는—."

그 모습을 뒤쫓는 것처럼, 그리고.

어느새 후길의 상처에서 흐르던 피가 멎었다.

피로 젖은 외투를 벗어 던지자, 거기에 있어야 할 상처는 흔적조차 남지 않았다.

"——."

그 모습을 본 그라이퍼와 메르가 눈살을 찌푸리며 숨을 삼켰다.

후길이 평범한 인간이 아니라는 증거를 두 눈으로 똑똑히 확인했다.

환마인, 환신수와는 또 다른, 아마도 전신에 『세례』를 받았을 완전한 존재.

『창조주』가 바란 이상의 구현화.

"어째서, 너는 나를 구한 거냐? 적이었던 나를, 어째서 영웅으로……. 어째서 내 소원을 이뤄주려고 했지? 어째서, 모든 걸 구하고 싶다고 바란 거냐……."

후길의 표정에는 아무것도 없었다.

그저 조용히, 허무함으로 가득한 말을 자아낼 뿐이었다.

"다시 시작하자. 이 일그러진 세계를 다시 무너뜨리고, 새롭게 시작하자. 포기하지 않는다면 반드시 도달할 수 있겠지. 그것이야말로—."

후길은 기공각검을 뽑아 하늘 높이 들었다.

그 찰나, 일곱 색으로 빛나는 영역이 사라지더니 다시 빛이 전개됐다.

【—자신이 타인에게 공격받을 때, 그를 제외한 다른 이의 공격은 영향을 주지 못한다.】

동시에 자동인형의 목소리가 재차 에이릴 일행의 머릿속에 전송됐다.

《우로보로스》의 신장—《영겁회귀》에 의한 세계 법칙 개변.

그 내용은 일대 다수의 전투를 막는 법칙.

하나로 뭉치지 않으면 맞설 수조차 없는 상대인데, 연대 자체가 봉인되고 말았다.

반대로 혼자인 후길은 어떤 제약도 없이 행동할 수 있다.

아니, 그 이상으로 두려운 현실이 앞을 가로막았다.

"결국, 부활해버렸는가…… 저 괴물 기룡이……!"

《영겁회귀》가 다시 발동하고 《우로보로스》가 전투태세를 취한다.

상대방은 혼자서 두 명 분의 공격을 할 수 있다.

반면에 마기알카 일행은 한 명씩 그들과 싸워야만 한다.

심지어 그들은 이미 만신창이라 각자 앞으로 몇 분도 싸우지 못할 상태였다.

『《인피니티》…… 기동. 《바하무트》를 전송하겠습니다.』

아샤리아의 억양 없는 목소리와 함께 완전히 파괴되었던 《바하무트》가 다시금 후길의 눈앞에 소환되었다.

『―이보게들. 움직일 수 있을 때 퇴각하시게. 이번에는 진심이야.』

그 광경을 본 마기알카가 《요르문간드》의 기공각검을 들어 올리며 거대한 기룡을 전개했다.

그리고 조금 전에 당한 싱글렌을 보호하려는 것처럼 그 앞에 포진해서 자세를 잡았다.

"이 대장님은 또 뭔 헛소리야? 드디어 노망이라도 나셨수?"

"그대는 불경죄로 엄벌에 처해야겠구먼. 나중에 롤로트에게 한 소리 듣게 될 테니 각오하게나."

그라이퍼가 어이없어하며 농담하자 마기알카는 요사하게 웃으며 받아쳤다.

그 짧은 대화 속에서 숨은 뜻을 파악한 로자가 고개를 돌렸다.

"이제, 우리 힘으론 절대로 이길 수 없다는 거야—?"

"……."

에이릴은 이어서 하려던 말을 삼켜버렸다.

그것은 그녀의 의견도 로자와 같으며, 아마도 정확한 인식이리라는 것을 나타냈다.

후길은 그쪽을 힐끔 보았을 뿐, 움직이지 않았다.

아직 자세를 가다듬지 못한 에이릴과 『칠용기성』 앞에서 후길은 《바하무트》의 추가 장갑을 소환했다.

"『한계돌파』— 개시."

두 번째 《바하무트》의 『한계돌파』.

강렬한 빛과 함께 장갑이 재조립되며 더욱 공격적인 형태로 변형했다.

게다가 뒤에 있는 《우로보로스》가 특장형의 지원 강화 능력으로 에너지를 주입했다.

몇 겹으로 중첩되는 절망.

이제는 눈앞의 적과 싸우는 게 어리석은 행위임을 모두가 한눈에 깨달았다.

"그럼, 어째서— 아직도 싸우려는 거야?"

소피스가 감정 없는 어조로 묻자 바로 대답이 돌아왔다.

"분하지만, 이 녀석이 현재로선 유일한 가능성이라 말일세. 내가 『대성역』을 손에 넣으려면 그게 필요하다네."

뒤로 나가떨어진 싱글렌을 슬쩍 보면서 마기알카가 웃었다.

"아직도 그런 말이 나와? 장사꾼 근성도 이쯤 되니 존경스럽네."

메르가 질려하며 한숨을 내쉬었지만, 마기알카는 당당함을 잃지 않았다.

"당연하지. 여태껏 내가 해온 노력이 이깟 근본 없는 장치 탓에 의미를 잃는 꼴을 어떻게 보겠는가? 여기까지 오느라 투자한 자금만큼 보물을 뽑아낸다면 더 볼일 없다네. 그 후에는 이 몸의 재능만으로도 충분히 천하를 차지할 수 있으니까."

마기알카는 천연덕스럽게 자신의 욕망을 말하며 《요르문간드》와 함께 자세를 잡는다.

이미 일곱 개의 거대한 장갑팔 중 네 개가 파괴된 데다 호흡도 불규칙적이었지만, 물러설 생각은 조금도 없는 듯했다.

"세계를 다시 만들겠다고? 제 입맛에 맞게 고치겠다고? 참으로 풍류 없는 짓이로다. 자신의 실패를 교훈으로 삼을 줄도 모르는 우둔한 자는 영영 정답에 다다를 수 없는 법이지. 그래서 저 남자가 하는 짓이 싫은 게야. 싸울 이유 같은 건 그거면 충분하다네."

"──."

마기알카의 당당한 미소를 보고 남은 멤버는 심호흡을 했다.

꽉 움켜쥔 자신의 기공각검을 무엇을 위해 들어 올렸는지, 그 의지를 확인하는 것처럼. 그리고─.

"─간다. 《폭식》."
<small>리로드 온 파이어</small>

후길이 기공각검을 들어 올리며 《바하무트》의 신장을 기동한다.

능력 대상은 후길 뒤에 있는 《우로보로스》.

시간을 수십 배로 압축해서 5초 후에 압도적인 가속 상태로 공격할 심산이다.

"─우오오오오오!"

그 순간 그라이퍼가 포효하며 《쿠엘레브레》로 돌격했다.

이제는 어중간한 임기응변이 통할 상황이 아니다.

《광자잠행》를 발동해서 일직선으로 《우로보로스》의 흉부를 향해 가속했다.

후길이 《폭식》으로 시간을 압축 강화하는 경우, 첫 5초는 거의 움직일 수 없다.

그렇다면 그 틈에 본체에 대미지를 줘서 《영겁회귀》를 중지시키자고 생각했다.

동시에 후길의 의식을 분산하기 위해 먼저 《광자잠행》을 사용했지만─.

까앙!

그라이퍼가 《테일 블레이드》를 휘두른 순간, 후길의 대검이 그것을 쳐냈다.

조금 전에 본 광경의 반복.

《광자잠행》의 유일한 약점─ 사용자 쪽에서 닿은 경우에는 공격을 분산하는 효과가 적용되지 않는다는 점을 노려 거꾸로 그 장갑을 분쇄했다.

"크악……!"

리샤 일행이 이 자리에 있다면 룩스가 《와이번》을 장착했을 때 주력으로 쓰는 『극격』과 비슷하다는 걸 알아차렸으리라.

상대의 공격 기점. 힘을 개방하는 순간에 받아쳐서 그 위력을 고스란히 상대에게 돌려주는 카운터 절기.

하지만 한계돌파와 강화를 병용한 《바하무트》의 일격은 그 위력을 훨씬 초월했다.

충격이 장벽을 순식간에 뚫고 《쿠엘레브레》의 장갑이 안쪽부터 부서진다.

뼈 곳곳에 금이 간 소년은 입에서 핏덩이를 토해냈다.

결정적인 패배.

그 와중에도 그라이퍼는 기공각검을 뽑아 특수 무장 《미스트 사이퍼》를 발동했다.

금속 입자로 구성된 안개로 시야를 차단하고 레이더를 방해했다.

기껏해야 적을 잠시 지연시키는 정도밖에 못 한다는 걸 알면서도 필사적으로 물고 늘어졌다.

"『성식』이 구원해준 운명을 제 손으로 내다 버리다니. 결국 자신이 가야 할 길조차 찾지 못하는 들개에 불과했군."

싸늘한 후길의 시선.

하지만 신장기룡이 파괴되어 추락하면서도 그라이퍼는 매서운 의지를 담하 하늘을 향해 검을 들었다.

결코 닿지 못할 높은 곳에 있는 존재에게, 이를 드러내고 반항하는 것처럼.

『성식』이 인도한 운명에 반역하는 것처럼.

의식의 끈을 부여잡고 《미스트 사이퍼》의 금속 입자 안개를 유지했다.

"그래서 뭐 어쩌라고? 변덕으로 먹이를 줬더니 짖어 대서 열이라도 받으셨나? 부대장만큼은 아니지만 너도 맘에 안 들어. 네놈이 누구를 죽이든 지배하든 네 자유이지만— 그 꼴이 보기 싫은 사람도⋯⋯ 있다는 걸 알아라!"

마지막으로 《쿠엘레브레》의 기공각검을 공중에 떠 있는 후길에게 던졌다.

후길이 《바하무트》의 대검으로 어렵잖게 튕겨낸 순간, 머리 위에서 안개를 뚫고 번개가 명중했다.

"—동감. 나도 당신 방식은 받아들일 수 없어. 혼자만 모든 걸 가지고 무엇이든 안답시고 거만한 자세로 우리의 선택을 비웃다니. 염치없어."

《브리트라》의 특수 무장— 《금강저》.

하늘 높이 떠다니며 벼락을 떨어뜨리는 위성 병기의 저격과 함께 소피스도 《우로보로스》에게 달려들었다.

뇌격을 정통으로 맞은 장갑기룡은 일시적으로 구동이 제한된다.

소피스는 곧바로 《바람의 위광》을 발동해서 《바하무트》를 끌어당기는 동시에, 그 몸통을 향해 블레이드를 내찔렀다.

끌어당기는 힘과 밀어붙여 관통하는 힘.

남은 모든 에너지를 동원한 소피스의 일격은, 그럼에도 후길에게 가로막혔다.

"—윽?!"

다름 아닌 후길이 직접 뽑아 든 《우로보로스》의 기공각검.

그것이 소피스가 뻗은 블레이드의 궤도를 틀어서 빗나가게 했다.

신장기룡의 참격을 기공각검과 본인의 기량만으로 막아내리라곤 상상도 못 했기에 늘 무표정한 소피스마저 경악했다.

후길 자신이 환마인을 초월하는 인외의 존재임을 다시금 몸으로 다시 이해한 직후—.

"—힘을 얻으려면 그에 상응하는 자격과 그릇이 필요하지. 너희에겐 그게 없었다."

신기에 가까운 검술로 신장기룡의 공격을 방어한 후길은 속삭이듯이 소피스에게 말했다.

그리고 손에 든 기공각검에 사념을 보내서 펼친 신속제어의 일섬으로 《브리트라》를 격파했다.

"아악—!"

그라이퍼에 이어 자유 낙하하는 소피스를 추격하지 못하도록 메르와 《드래이그 귀버》가 후길을 뒤에서 습격했다.

"—《상극의 천리》! 박살 나버려!"

온도를 조작하는 신장.

메르는 다종다양한 방식으로 사용하는데, 이 순간에는 《바하무트》의 동력 부분에 집중적으로 고열을 가했다.

후길의 《바하무트》가 직전에 뇌격을 맞은 데다 『한계돌파』를 사용했으니 환창기핵이 뜨겁게 달아올랐으리라고 판단하고 기룡을 강제로 폭주시킬 심산이었다.

"……."

그 선택이 주효했는지 《바하무트》의 움직임이 현격하게 둔해졌다.

그러나 그 찰나, 후길 뒤에 있는 《우로보로스》가 거대한 블레이드로 《드래이그 귀버》를 강타했다.

"아, 커흑……!"

《폭식》의 대상이었던 《우로보로스》의 가속한 참격은 이미 피할 수 없다는 걸 알고 있었다.

그래서 각오를 다지고 장벽에 모든 에너지를 주입했지만, 그 위력은 예상을 아득히 웃돌았다.

《드래이그 귀버》의 장갑이 짓이겨지고, 팔과 늑골이 부러지고, 격통이 뇌를 태운다.

땅에 내동댕이쳐진 메르는 몽롱한 의식 속에서도 기공각검을 강하게 움켜쥔 채 《상극의 천리》를 유지했다.

직격당하는 와중에도 몸을 비틀어서 가까스로 환창기핵을 지켜낸 덕에 신장을 지속할 수 있었다.

초월적으로 가속한 《우로보로스》의 일섬을 정통으로 맞고도 즉사하지 않은 것은 탁월한 기룡 조작 센스 덕분이다.

그리고 빈사에 이르렀는데도 후길의 움직임을 방해하기 위해 열을 계속 가하는 것은 최연소 『칠용기성』인 그녀의 고집이었다.

"메르! 그만하게! 그대로 신장을 사용하다간 정말로 죽을 것이야!"

그걸 본 마기알카가 황급히 소리쳤다.

어린 탓에 체력이 남들보다 떨어지는 메르는 한참 전에 한계를 넘었다.

그럼에도 불구하고 이를 악물고 의식의 끈을 악착같이 부여잡고 있었다.

냉철하게 내려다보는 후길의 시선 앞에서도 굴하지 않았다.

"나는…… 인정할 수 없, 어. 나는 되돌리는 게 불가능한 세계에서 살아왔어……. 어떤 불행을 겪는다 해도, 잘못하더라도, 옳은 길은 자기 힘으로 찾을 수밖에 없어."

어렸을 때, 고향 유미르 교국에서 환신수의 습격으로 가족을 전부 잃었다.

그러나 메르는 명가의 긍지를 가슴에 품고 홀로 일어나 살아왔다.

어머니나 다름없었던 오르펠의 죽음을 극복하고, 결코 되돌릴 수 없는 운명에 저항하며, 약했던 자신의 마음과 마주했다.

"나는, 인정 못 해……. 그런 짓을 하는 사람은 믿을 수 없어. 그러니까― 지지 않을 거야. 당신이 되돌리는 운명 따위에게―"

부서진 장갑에 뒤덮인 채 바닥에 쓰러져 있는 채로 메르는 기공각검을 놓지 않았다.

성한 데가 없는 《드래이그 귀버》의 장갑이 빛나며 신장의 힘으로 후길을 붙잡았다.

"훗……."

후길이 실소를 흘리며 뒤에 서 있는 《우로보로스》에 명령했다.

다시 철탑 같은 블레이드를 후려치는 찰나, 활주해온 거대한 장갑이 이를 막아냈다.

거의 동시에 힘이 다한 메르가 의식을 잃었다.

그 앞에는 《고리니시체》를 장착한 로자가 서 있었다.

콰지지지직……!

굉음과 함께 충격이 전해지며 공격을 받아낸 《고리니시체》의 두 팔이 부서졌다.

하지만 신장 《연옥기구》의 재조립 기능으로 동시에 수리해서 눈앞의 검을 붙잡는 데 성공했다.

무기를 붙잡은 채 잡아당겨서 그대로 《우로보로스》를 구속했다.

부서진 채 주위에 흩어져 있는 장갑기룡 부품을 한계까지 긁어모아 합체한 합신형태.
_{데빌 마키아 모드}

후길과는 다르게 초인적인 체력을 갖지 못한 로자는 극한의 피로를 버티지 못하고 피를 토하면서도 입가에는 미소가 걸려 있었다.

"멋진 말을 다 하잖아. 어린애 주제에."

"로자……!"

빈정대는 듯한 어조로 말하는 소녀를 보고 에이릴이 자기도 모르게 소리쳤다.

《영겁회귀》로 개변된 법칙 탓에 후길 또는 《우로보로스》를 두 사람이 동시에 공격하는 것은 불가능하지만, 막아내는 건 가능하다.

그 가능성조차도 도박이었지만, 로자는 멋지게 승리를 붙잡았다.

"아무리 가속하더라도 움직일 수 없으면 말짱 꽝이지ㅡ. 유감스럽게 됐어ㅡ."

"……겨우 몇 초를 번다고 뭐가 달라지지? 네가 힘겹게 손에 넣은 것을, 여기서 다 써버려도 괜찮은 거냐?"

후길이 냉담하게 내뱉은 직후, 《우로보로스》의 흉부에서 뻗어 나온 주포에 고밀도 에너지가 모이기 시작했다.

원래는 충전을 마칠 때까지 수십 초는 걸릴 압도적인 힘이, 압축 강화 덕에 시간이 가속되어 어마어마한 속도로 충전되었다.

그럼에도 로자의 표정에서 두려움은 엿보이지 않았다.

거짓된 인격을 연기해야 했던 로자가 힘겹게 손에 넣은 것.

그 신념을 담아, 후길을 저지하기 위해서 꺼질 것 같은 목숨을 불태웠다.

"그래, 행복하다고ㅡ. 나를 구해준 그 사람은, 배신하지 않을 거라고 믿는걸. 그러니까, 이제는 무섭지 않아ㅡ."

"큭ㅡ!"

에이릴이 즉시 로자 뒤에 쓰러져 있는 메르를 채찍으로 감아 끌어당겼다.

그리고 불과 1초 후에 《우로보로스》의 주포가 불을 뿜었다.

시야 전체를 뒤덮는 충격과 폭발.

그 위력을 정면으로 받아낸 합신 형태의 《고리니시체》가 처참하게 부서진다.

"—으, 아악!"

마기알카가 다시 전개한 《요르문간드》의 그늘에서 에이릴이 절망의 한숨을 토해냈다.

숨조차 쉴 수 없는 작렬하는 지옥 속.

맨몸으로는 육체가 버틸 수 없는 공간을 《바하무트》를 장착한 후길이 가로지른다.

거칠게 몰아치는 먼지의 폭풍을 뚫고 마기알카의 정면으로 파고드는 후길.

리로드 온 파이어
"—《폭식》."

예리한 칠흑색 실루엣에서 진홍색 섬광이 솟구치며 마기알카와 《요르문간드》를 뒤덮었다.

아니, 모든 시간이 멈춘 것처럼 정지했다.

룩스가 보여준 적 있는 폭식의 전조.

본인 주위의 넓은 범위에 흐르는 시간을 압축 강화하는 것이지만, 후길이 사용한 것은 수준이 너무나도 달랐다.

극한까지 감속된 공간 속에서 검을 휘두르는 후길을 보며, 에이릴은 자신의 시간이 정지한 듯한 착각을 느꼈다.

"……아랑곳하지 않는다, 라."

마기알카가 직전에 꺼낸 한마디가 에이릴의 뇌리에 새겨졌다.

《바하무트》가 《요르문간드》의 거대한 장갑을 난도질하는 과정을 에이릴은 눈에 새겨 넣으며, 동시에 신장이 중간에 끊어지지 않도록 집중력을 강하게 유지했다.

'나는— 언니와 동생의 복수를 위해 싸우는 걸까?'

—아니다.

그를 인정하고 싶지 않은 것뿐이라고 마음속으로 생각했다.

인간을 초월한, 신을 방불케 하는 영웅의 비위를 맞추며 목숨을 부지하는 길을, 이곳에서 싸운 그들 중 아무도 받아들이지 않았다.

그것이 긍지 높은 용의 기사들이 목숨을 걸고 싸울 가치가 있는 이유라고 생각했다.

"크, 으……."

극한까지 감속된 광범위 공간 속에서 마기알카가 약하게 신음을 흘렸다.

후길은 일방적으로 맹공을 퍼부었지만, 그녀의 맨몸이 있는 위치를 파악하지는 못했다.

"—그렇군. 네놈 짓인가."

후길의 시야가 《요르문간드》의 그늘에 숨어 있는 에이릴을 포착했다.

이제는 날지도 못할 정도로 파괴된 《자하크》의 신장 탓에 마기알카 본인의 존재를 잊었다는 것을 알아차렸다.

"큭—!"

에이릴은 반파된 《블레이즈 윕》을 휘두르며 마지막으로 저항했지만, 시간 가속 차이 탓에 속수무책으로 제압당했다.

그리고 후길의 공격이 끝난 순간, 남은 5초가 시작됐다.

시간이 가속하며 마기알카 일행이 받은 참격의 충격이 전신을 유린했다.

《요르문간드》의 거대한 장갑팔이 주먹 하나만을 남긴 채 나가떨어지며 붕괴했다.

그리고 《우로보로스》가 그들을 확실하게 끝장내고자 대검을 쳐들었을 때, 뒤쪽에서 희미한 목소리가 들렸다.

후길은 놀란 눈초리로 에이릴 일행의 뒤쪽을 보았다.

"……어떻게 된 거지? 네게는 그걸 가르쳐주지 않았을 텐데."

슈왁! 공기를 순식간에 절단하는 소리.

나가떨어지며 장갑이 해제된 에이릴의 눈에, 되살아난 푸른 거룡의 실루엣이 비쳤다.

"저건—."

체표가 칠흑으로 물들고 벗겨진 안대에서 붉은 빛을 뿜어내는 싱글렌.

그리고 체구가 작은 그가 두른 거대한 장갑의 형태가 이질적으로 바뀌어 있었다.

"『한계돌파』…… 녀석도 습득한 모양이로구먼. 비장의 수단을—."

그 직후, 눈이 멀 듯한 빛이 번쩍이더니 얼음이 《우로보로스》를 구속했다.

『대성역』 내부가 다시 파손되었습니다. 몇 분 후의 재편성은 불가능합니다.』

《우로보로스》의 머리에 앉아 있는 아샤리아가 다시 무기질적인 목소리로 후길에게 말했다.

『한계돌파』 상태의 《리바이어선》.

추가 장갑을 덧붙이고 변형해서 진정한 형태를 드러낸 신장기룡의 출력으로 싱글렌은 다시 제어실을 공격한 것이다.

"모르는 게 당연하다. 너는 결국 신도 뭣도 아니니까. 내가무얼 했는지조차 꿰뚫어 보지 못했지. 조금 전, 네 동생에게서 『한계돌파』를 발동하는 법을 알아냈다는 사실도."

"——."

에이릴은 차갑게 웃는 싱글렌을 보며 지면에 엎드린 채 대화의 진상을 추측했다.

룩스가 특정한 상황에서만 기억이 되살아나 『한계돌파』를사용할 수 있게 된다는 건 에이릴도 아는 바다.

그리고 지금 이렇게 후길과 대치한 싱글렌을 보고 어떠한확신이 생겼다.

어쩌면 이 남자는 처음부터 후길을 쓰러뜨릴 생각이었던 게아닐까, 하는.

예전부터 룩스를 수하로 삼으려고 한 것도, 후길이 알려주지 않은 『한계돌파』 방법을 아마도 조금 전 룩스와 결투하며알아낸 것도.

주위에서 깨닫지 못하도록 그 진의를 숨긴 채, 대외적으로는 세계 통일 국가의 제정이 목적이라고 주장해왔던 것이 아

© 2018 Ayumu Kasuga

닐까.

하지만.

"―시답잖은 짓을 하는군. 그래서 뭘 어쩌려는 거지? 내 사명이 그렇게까지 마음에 안 드나?"

"잘 아는군. 네놈의 모든 게 마음에 안 들어."

후길의 냉철한 눈초리로 쏘아보자 『세례』의 힘을 해방한 싱글렌이 비웃었다.

"자기 뜻대로 움직이는 것이 구제라는 망상을 진심으로 믿는 네놈을, 모든 것을 자기 뜻대로 할 수 있다고 생각하는 그 오만함을, 나는 참을 수가 없다."

"……."

"네가 역사를 주물러서 내 누님이 죽는 쪽으로 움직였다는 것도 안다. 아니, 네 기준으로는 구해야 할 누군가를 움직인 결과였겠지. 아무래도 좋을 얘기다만. 하여간 네가 수작을 부린 이상적인 모형 정원에서 살아야 한다니 도저히 못 참아. 죽고 싶을 만큼 불쾌하단 말이다. 네놈이라는 존재가."

"……훗."

싱글렌의 매도를 들으며 후길은 실소했다.

그 직후, 폭발적인 기세로 대기를 뚫고 《리바이어선》이 활주. 탄환 같은 속도로 《바하무트》에게 접근하며 수류를 휘감은 대검을 휘둘렀다.

『한계돌파』를 기동한 《리바이어선》은 몸에 두른 물줄기의 위력과 양이 늘어났고, 거기다 《우로보로스》 주위에 얼음으로 만든 장애물을 대량으로 설치해서 움직임을 견제했다.

하지만 후길도 밀리지 않았다.

《제로 원》으로 치명적인 공격을 피하며 《폭식》을 발동할 최적의 타이밍을 가늠했다.

이제는 눈으로 좇을 수 없는 초월자들의 공방이 에이릴의 눈앞에서 교차했다.

"애초에 존재하지 않는 이상을 타인에게 강제하고 만들고 부수는 네 방식이, 거기에 흥미가 없는 날 끌어들인 오만함이, 나를 이렇게까지 화나게 했다. 따라서 살려두지 않겠다. 나는 네놈의 모든 걸 빼앗고! 지옥으로 떨어뜨릴 것이다!"

최대 출력으로 굽이치는 수류가 《리바이어선》을 지원해주었다.

지면을 박차고 추진하는 움직임, 몸을 뒤집어 피하는 움직임.

공격이 교차하고 불꽃이 흩어진 순간, 《바하무트》의 장갑이 얼어붙었다.

등날개가 얼어붙어 낙하하자, 얼어붙은 노면이 달라붙어 움직임을 방해했다.

물을 조작하는 신장 《왕권》으로 물을 공방일체의 무기로 다룰 뿐 아니라, 고체와 기체로 자유롭게 변환하며 『한계돌파』 상태인 《바하무트》를 몰아붙였다.

하지만 후길은 밀리는 상황에서도 침착하게 《바하무트》를 조작했다.

가장 빠른 알맞은 움직임으로 치명상을 피하고 반격했다.

장갑이 부서지고 몸에 상처가 생기는 와중에도 최단 동작으로 피하고, 그리고―.

　"내 모든 것을 빼앗고, 지옥으로 떨어뜨리겠다고?"

　《리바이어선》에게 추격당하는 와중에 《바하무트》의 장갑이 붉게 빛났다.

　"――."

　위기를 느낀 싱글렌이 두 눈을 부릅뜨며 순식간에 얼음의 벽을 생성해서 방패로 삼았다.

　그러나 《바하무트》의 참격은 방어를 가뿐하게 관통하고 《리바이어선》의 장갑을 갈랐다.

　"커헉!"

　싱글렌의 왼팔이 장갑째로 날아가고 《리바이어선》이 산산이 부서졌다.

　"―《폭식》. 경도를 압축 강화해서 주위의 내구력을 십여 분의 1로 줄였다."

　원래는 5초 후의 동작이 치명적인 압축 강화이지만, 첫 5초― 감쇠 효과를 이용하면 대상을 약화할 수 있다.

　우세를 점하던 싱글렌이 공격을 중단하고 즉각 방어로 돌아선 이유는, 직전의 싸움에서 룩스가 선보인 통각을 압축한 후의 카운터가 의식에 깊이 새겨졌기 때문이다.

　『대성역』 안에서 펼쳐진 전투는 그 광경마저 감시당하고 있었다.

　후길은 그것을 파악한 상황에서 싱글렌의 의식의 틈을 찌른 것이다.

이 극한 상황에서 순수한 공방을 벌인 끝에 후길은 싱글렌을 뛰어넘고, 승리를— 한 것이 아니었다.

"—걸려든 건 네놈이다, 어리석은 놈."

진홍색 두 눈을 부릅뜨며 피를 토한 악마가 웃었다.

그 순간 후길은 자신의 위치를 깨달았다.

바로 옆에 있던 마기알카와 《요르문간드》가 마지막으로 남은 거대한 장갑팔 하나를 힘껏 끌어당긴 후, 《바하무트》를 향해 혼신의 정권을 내질렀다.

동시에 신장의 마법진이 빛나며 지금까지 받은 대미지의 몇 할을 더한 최대의 파괴력을 발휘했다.

"—《천변초토》!"

충격파가 터지며 폭풍이 일대를 집어삼킨다.

후길이 기동한 《폭식》의 압축 강화 효과로 십여 배나 단단해진 《요르문간드》의 타격.

주먹을 안쪽으로 비틀어 내부까지 충격을 침투시키는 무술 특유의 타격법은 설령 장갑기룡을 부수지 못한다 해도 후길을 죽일 수 있으리라.

이 절체절명의 상황에서 마기알카와 싱글렌이 시도한 연계 공격은, 놀랍게도 미리 협의한 것이 아니다.

우연. 아니, 누가 먼저랄 것도 없이 서로 호응하는 것처럼 몸이 움직이면서 저절로 호흡이 맞아떨어졌다.

평소에는 시도 때도 없이 충돌하는 견원지간이지만, 후길을 쓰러뜨리고 싶다는 일념으로 동조했다고 할 수 있었다.

"……시시하구먼, 영웅. 네놈은 인간을 뭐라고 생각하는가? 이마에 장식하는 미술품인가? 혈통서가 붙은 애완동물인가?"

"돈으로 모든 걸 해결하는 네놈이 그런 소릴 하다니 아이러니하군."

장갑째 왼팔이 날아간 싱글렌이 일어나면서 멀쩡한 오른손으로 검을 들었다.

피가 솟구치는 치명상임에도 불구하고, 해학을 담아 웃으며 마기알카에게 말했다.

"순수한 노력의 성과라네. 폭군이라 불리는 네 녀석이 그런 말 할 처지인가?"

마기알카도 후길에게 시선을 고정한 채 숨을 거칠게 헐떡이며 악담했다.

"허나 후길이여. 그대가 하는 짓은 더욱 마음에 안 드는구먼. 그대는 인간에게 강요하고 있어. 말로는 야자를 구하기 위한 일이라면서, 자신들이 구해줄 가치가 있는 존재여야 한다며 인간을 선별하고, 세계를 몇 번이고 다시 만들려 하고 있지."

최대급 《천변초토》를 꽂아 넣은 충격의 여파로 《요르문간드》의 주먹에도 균열이 생겼다.

마지막으로 남은 무기조차 더는 충분한 성능을 발휘할 수 없게 됐다.

비틀거리며 일어나는 후길 뒤에 우뚝 서 있는 《우로보로스》의 장갑이 빛을 발했다.

직전의 공격은 반밖에 닿지 않아 《바하무트》는 무사했으며, 후길도 피를 조금 토하긴 했지만 침착하게 의식을 유지하고 있었다.

그 이유는 뒤에 버티고 있는 《우로보로스》의 지원 덕분임을 마기알카와 싱글렌은 깨달았다.

조금 전에 후길은 후방의 《우로보로스》로 자신의 《바하무트》를 공격했다.

따라서 마기알카의 일격은 《영겁회귀》의 개변 법칙에 따라 무효화되었다.

【―자신이 타인에게 공격받을 때, 그를 제외한 다른 이의 공격은 영향을 주지 못한다.】

조금 전부터 계속 적용되고 있는 《우로보로스》의 《영겁회귀》에 의한 세계 법칙.

본인이 본인을 공격할 경우, 공격 불가 규칙이 적용되는지 마기알카는 에이릴과 몰래 시험해보았다.

실험 결과, 적용되지 않았다.

따라서 확신을 품고 후길을 공격했지만, 후길이 《우로보로스》를 통해 자신을 공격할 때 사용한 것은 《제로 원》으로 흡수한 싱글렌의 물의 칼날이었다.

『타인의, 공격.』

물의 칼날의 출처가 싱글렌의 《리바이어선》이라면 《제로 원》으로 방출한 공격에도 개변 법칙이 적용되는 모양이었다.

『영향을 주지 못한다.』

즉 마기알카의 공격이 명중했음에도 아무런 영향도 받지 않았다.

단순한 물리 법칙의 왜곡이 아닌, 이른바 사상의 개변.

《우로보로스》가 최강 최대의 개변기룡임을 마기알카는 다시금 뼈저리게 이해했다.

그리고 마기알카의 공격을 간발의 차이로 먼저 간파하고, 즉시 뒤에 있는 《우로보로스》에서 물의 칼날을 방출한 순발력.

그러나 모든 승산이 사라졌다 해도 여기서 물러날 생각은 없었다.

마기알카의 가슴에 담긴 의지가 항복을 선택하는 일은 없었다.

"―나는, 사랑한다네. 사람들의 이기심, 추함, 뒤틀린 욕망조차도. 네놈이 경멸하고, 이 세계에서 없애려 하는 그 모든 것을."

"그렇기에 사명을 완수해야 하지. 사람은 의지로 자기 자신을 제어할 수 없다. 겉으로는 자유나 평화를 바라면서, 이기적인 고집을 부리고 다른 이를 파멸로 끌어들이지. 그러니―세계를 관리해야 해. 그러기 위해서 그녀와 나는 살아왔다."

후길은 침착하게 《바하무트》로 날아올라 마기알카에게 육박했다.

자기 자신에게 쏜 물의 칼날에 장갑이 부서지고 피투성이가 되었다.

그런데도 움직임은 조금 전과 달라진 게 없었다.

자신의 신념에 대한 망설임도 보이지 않았다.

"훗……. 인간은 반쯤 동물이라네. 자신이 올바르다고 생각하는 것조차, 이기적인 오만이지. 물론 악도 있어. 허나, 모든 인간에게 인간은 이래야만 한다는 이상을 강요하는 건! 자기가 무엇을 빼앗고 있는지조차 모르는 악임을 알게!"

마기알카가 혼신의 힘을 담아 뽑아든 기공각검을 꽉 움켜쥐었다.

마지막으로 남은 《요르문간드》의 장갑팔이 회전을 가한 혼신의 정권을 내지르고, 동시에 싱글렌도 부러진 블레이드 끝에서 물의 칼날을 해방했다.

그 공격들을 종이 한 장 차이로 날아올라 피한 후길은 남아 있던 《요르문간드》의 장갑을 뚫어버리는 듯한 일섬을 펼쳤다.

그 충격의 여파로 마기알카의 전신에서 피가 뿜어져 나왔다.

그러나 그 순간까지도 그녀의 입에는 평온한 미소가 걸려 있었다.

"나는…… 끝까지 자유롭게 살다 가는구면. 뒷일은 맡기겠네, 룩스. 그리고 사랑하는 나의 제자야."

소녀처럼 자그마한 육신이 힘없이 지면에 떨어진다.

그 옆에서는 후길 뒤에 군림한 《우로보로스》가 철탑처럼 거대한 블레이드로 싱글렌과 《리바이어선》을 꿰뚫었다.

"……지옥으로 떨어뜨리겠다고 했지? 1천 년도 더 지난 그날부터, 나는 계속 지옥에서 살고 있다."

허무함이 가득한 목소리.

싸늘하게 얼어붙은 시선으로 싱글렌의 주검을 바라보며 후길은 중얼거렸다.

"세계를 구원할 터였다. 저 『성식』과 아샤리아가. 이 일그러진 과오의 반복을, 불행의 연쇄를 끊어낼 터였다. 모두를 구하려고 했단 말이다. 그리고 너희는 거기까지 도달하지 못했지. 그저 그뿐이다."

—흥.

후길은 기공각검을 손에 쥐고, 미소 띤 얼굴로 쓰러져 있는 싱글렌의 주검이 코웃음을 친 듯한 착각에 빠졌다.

"편히 잠들어라, 싱글렌 쉘불릿. 내가 인정한 왕의 그릇이여."

작별 인사를 마치자 배후의 《우로보로스》에서 자동인형 아샤리아가 무기질적인 목소리로 후길에게 말했다.

『파괴된 기구의 재생과 《우로보로스》의 전투로 인해 동력이 부족합니다. 불완전한 결과가 예상됩니다만, 《영겁회귀》에 의한 세계 재편성을 시작하시겠습니까?』

"—그래. 『성식』은 이미 다음 그릇을 찾고 있다. 이 싸움을 일단 끝내고, 새로운 평화로 이끌어야 해."

『알겠습니다, 마스터.』

후길은 《바하무트》를 해제하고 『대성역』의 중추로 이동했다.

그 뒤로 몇 시간 뒤.

폐도 게르니카의 고성터를 중심으로 솟아오른 강렬한 빛이 세계를 뒤덮었다.

"—오빠. 일어나세요. 벌써 아침이라구요."

귓불을 간지럽히는 얌전한 목소리.

자그마한 손이 몸을 흔들자 룩스는 눈을 떴다.

이곳은 왕도— 전세 낸 숙소의 한 객실이다.

신년 퍼레이드에 참가하기 위해 학원 사람들과 이곳에서 묵고 있었다.

"—윽?!"

불현듯 기묘한 초조함이 솟아올라 룩스는 자신이 있는 방을 둘러보았다.

구석구석 청소한 깔끔한 실내와 화려하지는 않지만 살풍경하지도 않은 인테리어.

이상한 점은 아무것도 없다.

조금 전까지 보았던 기묘한 광경은 환상— 혹은 꿈이었던 걸까?

"그나저나 별일도 다 있네요. 늘 일찍 일어나는 오빠가 폭죽이 터지는 소리를 듣고도 안 일어나다니. 아직 피로가 덜 풀렸어요?"

옷을 갈아입으려는 룩스의 얼굴을 아이리가 까치발을 하며 들여다보았다.

귀여운 여동생이 꺼낸 그 말이 룩스는 마음에 걸렸다.

"폭죽 소리, 라니?"

룩스는 당황하며 되물었다.

생각해보니, 퍼레이드 첫날에는 아침부터 폭죽이 터지는 소리가 났다.

지난번에도, 지지난번에도.

'소리가…… 났었나?'

아니, 저번에 소리가 났던 것 자체는 기억하고 있지만, 오늘은 아무것도 없었던 것 같다.

적어도 룩스는 아무 소리도 듣지 못했다.

'저번……? 오늘은……? 내가 대체 무슨 생각을 하는 거지?'

그것을 언제 알게 된 걸까?

오늘 처음으로 사흘간 개최되는 퍼레이드 아침을 맞이했을 텐데, 소리는 그 이전에 들었다는 확신이 들었다. 그 기묘한 위화감에 현기증이 핑 돌았다.

세수하고 옷을 갈아입은 후, 숙소 1층 식당에서 아침을 먹었다.

통째로 빌린 데다 학원 학생들이 전부 온 것도 아니지만, 인원이 많아서 역시 좁았다.

그런 가운데 함께 식사 중인 트라이어드가 불만을 토로했다.

"아침밥이 너무 적어……. 난 아침부터 든든하게 챙겨 먹는 타입인데 말야—."

티르파가 아쉬워하는 목소리로 수프 그릇을 쳐다봤다.

그러자 옆자리의 샤리스가 쓴웃음을 지으며 연장자답게 나무랐다.

"참을성을 좀 길러, 티르파. 이래서야 오늘 퍼레이드 경호만이 아니라 마지막 날 표창식까지 걱정되는군."

"Yes. 숙소 직원분들도 사과하셨습니다. 예정보다 부족한 식재료를 마련하고 있는 듯하니, 저녁때까지는 해결될거라고 봅니다."

"저녁에는 파티가 열리잖아. 난 아침에 먹고 싶다구~!"

여느 때처럼 냉정한 녹트와 어린아이처럼 투덜대는 티르파.

트라이어드의 허물없는 대화를 듣던 룩스는 묘한 점을 느꼈다.

"그나저나 확실히 양이 적긴 하네. 메뉴는 같은데 양이 절반이야."

테이블 위에 놓인 아침 식사의 양을 보고 룩스는 고개를 갸웃했다.

그 말을 들은 아이리는 이상한 것을 보는 듯한 시선으로 룩스를 보며 어깨를 쿡쿡 찔렀다.

"마치 먹어본 사람처럼 말씀하시네요. 아직도 잠이 덜 깼어요? 정말……."

"간식을 안 먹으면, 못 버텨……. 나중에 루우도, 과자 먹을래?"

늘 무표정하며 멍한 피르히도 역시나 공복을 참을 수 없었는지 왠지 모르게 슬퍼 보였다.

"남게 되면 줘. 나는 그렇게 배고프진 않으니까, 피이가 먹어."

룩스는 웃는 얼굴로 대답하며 베이컨 에그를 내밀었지만, 피르히는 동요하면서도 참았다.

"그런데 피이는 들었어? 오늘 아침에 폭죽 소리."

"……아니. 나도 못 들었어. 전혀."

생각난 김에 물어봤더니 뜻밖에도 그런 대답이 돌아왔다.

—이상하다.

피르히는 라그나뢰크의 씨앗이 심어진 영향으로 신체 능력과 오감이 일반인보다 월등히 뛰어나다. 청력도 예외는 아니다.

'그럼 역시 피로가 덜 풀린 걸까?'

참고로 트라이어드나 다른 『기사단』 멤버에게도 물어봤지만, 폭죽 소리는 확실하게 들린 모양이다.

"하아…… 피르히 씨까지 잠이 덜 깨셨나 보네요. 퍼레이드 호위 중에 잠들지만 말아주세요."

불안함이 담긴 도끼눈으로 한숨을 쉬는 아이리.

겸연쩍게 쓴웃음을 지으며 룩스는 아침 식사를 마쳤다.

평온한 시간이 평소보다 반쯤 빠르게 지나갔다.

신년 축제를 알리는 퍼레이드 첫날은 병사들의 행진과 함께 왕족이 마차를 타고 얼굴을 비춘다.

당연히 룩스도 오전 중에는 리샤와 함께 행동했다.

총 네 시간에 달하는 마차 행진을 마치고 숙소로 돌아와 친구들과 방에서 휴식했다.

이틀째인 내일은 왕성에서 파티가 열린다.

거기서 크루루시퍼와 세리스와 에이릴, 귀빈인 『칠용기성』 일행과도 재회할 수 있으리라.

그토록 치열한 전장이었음에도 전원이 무사히 살아남았다.

그들과도 2주 만에 만나는 것이라 재회가 기대되었다.

하지만 오늘의 공식 일정은 이것으로 끝이다.

이제 렐리가 전세를 낸 대형 술집에서 학원 학생들과 연회를 즐길 일만 남아 있다.

출발 전에 화장실에 들렀다가 객실로 돌아왔을 때 누군가가 룩스에게 말을 건넸다.

"**─전원이 무사하다고**? 네놈도 참 박정한 남자로군, 날품팔이."

"윽……?!"

오만한 조소가 섞인 목소리에 룩스는 뒤를 돌아봤다.

짙은 주황색 석양빛이 들어오는 통층 구조로 된 2층 복도.

그 그늘에서 기어 나온 것처럼, 검은 외투를 걸친 남자가 서 있었다.

"당신은─."

『칠용기성』 부대장, 『푸른 폭군』 싱글렌 쉘불릿.

룩스는 2주 전에 폐도 게르니카에서 『대성역』의 독점을 꾀하던 이 남자의 야망을 저지하기 위해 싸웠고, 그리고─.

"어째서 당신이 여기에 있지…… 라는 질문이라도 할 셈이냐? 여전히 어리석구나, 잡부. 내게 물어볼 건 그뿐이냐?"

싱글렌은 비아냥거리며 룩스에게 다가왔다.

그 건방지고 거만한 태도와는 다르게 작달막했지만, 섣불리 건드리는 것조차 꺼려지는 중압감이 있었다.

"아직도 모르는 거냐?『세례』를 받았어도 저항하기 위해서는 의지가 필요하다. 네놈이 이 평화로운 세계를 향유하는 한, 인식의 저주는 풀리지 않을 거다."

"······."

싱글렌이 무슨 말을 하는지 이해할 수 없었다.

그럼에도 불구하고 평소처럼 말을 끊을 생각은 들지 않았다.

'그래. 나는 이 남자한테 얘기를 들었어.『대성역』의 제어실에서 싱글렌과 무승부를 내고, 그 뒤에 그가 한 말은—.'

『······여기서 밖으로 전송될 때까지 앞으로 30초 남았군. 나를 한 번 쓰러뜨린 상으로 네놈에게 진실을 가르쳐주마. 네놈이 과거의 나와 같은 길을 걸어가려 한다는 것을. 그리고 이제부터 무슨 일이 일어날지 말이지.』

그렇다. 분명히 그런 말을 했다.

그런데— 정작 중요한 부분이 떠오르지 않았다.

생각할수록 의식에 안개가 끼었다.

"도망치고 싶으냐? 네가 바란 몽상으로. 하지만 눈치채지 못하면 여기서 끝장이다. 너는 무슨 일이 일어나고 있는지도